KB232214

로즈
아일랜드

로즈 아일랜드 1
서성일 판타지 장편 소설

초판 1쇄 찍은 날 § 2003년 7월 2일
초판 1쇄 펴낸 날 § 2003년 7월 10일

지은이 § 서성일
펴낸이 § 서경석

편집장 § 문혜영
편집 § 장상수 · 박영주 · 권민정
마케팅 § 정필 · 강양원 · 이선구 · 김규진 · 홍현경

펴낸곳 § 도서출판 청어람
등록번호 § 제1081-1-89호
등록일자 § 1999. 5. 31
어람번호 § 제1-0397호

주소 § 경기도 부천시 원미구 심곡1동 350-1 남성B/D 3F (우) 420-011
전화 § 032-656-4452 팩스 § 032-656-4453
http://www.chungeoram.com
E-mail § eoram99@chollian.net

ⓒ 서성일, 2003

값 8,000원

ISBN 89-5505-739-3 04810
ISBN 89-5505-738-5 (SET)

서성일 판타지 장편 소설

로즈 아일랜드

1

콜렉터(Collecter)

도서출판 청어람

목차

제 1 장

콜렉터 사냥

나는 지금 사냥 중이다. 그것도 사람 사냥이다. 정확히 말하면 우리 같은 정상적인 사람은 아니고 콜렉터(Collecter)로 불리는 속이 뒤집어질 정도로 잘생긴 남자들이다. 생김새는 우리와 같지만 콜렉터들은 일단 먹는 것이 다르다. 여자를 제물로 해서 에너지를 얻으면 한 달가량 마음 편히 지내는 놈들이다.

"휴우~"

사냥감을 기다리며 숨 고르기를 시도 중이었다. 불쑥불쑥 올라오는 긴장을 푸는 데 가장 효과적인 방법이다. 처음에는 천천히 내뱉듯이 쉬다가 시간이 지나면서 빠른 속도로 훅훅 몰아쉬었다.

"훅— 훅—"

오늘의 사냥이 성공해서 나 또한 진정한 콜렉터가 된다면 이 세상 모든 여자들에게 품었던 냉철한 복수를 수월히 이룰 것이다. 또래의 아이들처럼 집에서 책이나 읽고 있어야 할 내가 어쩌다가 이 지경이 되었는지 몰라도 그동안의 노고를 생각하면 감회가 새롭기까지 하다.

열여덟 살.

누가 뭐래도 새파랗게 좋은 나이다. 하지만 그렇지 못한 내 청춘이 지금처럼 빗나가며 퇴색된 것은 순전히 못생긴 내 외모 때문이었다. 평균치를 조금 웃도는 싱거운 키를 빼곤 전혀 봐줄 데가 없는, 수북히 뒤엉켜 툭하면 새집이나 짓는 회색 머리칼과 강한 턱이 불쑥 튀어나와 언뜻언뜻 흉측한 몬스터를 연상케 하는 크고 네모난 얼굴, 그리고 송충이 눈썹 이하 대충 뚫린 채 중앙 집약적으로 옹기종기 몰려 있는 이목구비들. 솔직히 내가 둘러봐도 별로 정이 안 가는 얼굴이다. 더군다나 짧은 목에 힘겹게 매달려 있는 살덩어리의 집합체인 배불뚝이 큰 배는 보는 사람들의 시야를 무던히도 답답하게 만들었다.

나도 사랑을 알기 전에는 외모 따위에 전혀 신경 쓰지 않았었다. 비록 생긴 것은 이래도 황제의 유일한 친구인 카롤로스 백작의 외아들이며 친구들은 잔머리라고 놀려댔지만 '루벤스 제국'에서 제일 가는 천재이기도 했다. 종종 강한 개성 탓으로 혼자서 사색—이것도 친구들은 삐치는 거라 한다—즐기는 것을 제외하면 털털하고 낙천적인 성격에 리더십도 강해서 나를 따르는 사람이 꽤나 많았다. 그러나 이처럼 화려한 배경이나 뛰어난 능력이 한 여자의 사랑을 얻는 데는 아무런 소용이 없다는 것을 뼈저리게 깨달았다. 그녀는 잘생기고 멋진, 소위 말하는 백마 탄 왕자만을 기다리는 동화 속 공주 같은 여자였다.

2년 전 어느 날 목숨을 담보로 사랑을 맹세했건만 수잔의 도도함은 꼼짝도 하지 않았다. 오히려 '주제도 모르는 뻔뻔한 돼지'가 되어 심한 모욕을 당해야만 했다. 남자의 순수한 첫사랑이 하찮은 놀림감으로 짓밟힌 것이다. 그 순간 나는 맹세에 대한 책임을 지고 남자의 사랑은 단 하나뿐인 생명과도 같음을 보여주려 했었다. 그러나 절벽의 맨 끝에 올라서 눈을 질끈 감고서야 누구도 거들떠보지 않을 나의 죽음보단 의미있는 복수를 선택하게 되었다. 남자의 껍데기에 값을 매기는 여자들한테 사랑을 우롱한 대가를 치르게 함으로써 그녀들의 선택을 후회하게 만들고 싶었다.

여자의 마음을 훔치고 싶은 자!
사랑의 가시를 삼킨다면 그 뜻을 이루리라.

바다의 전설인 '로즈 아일랜드(Rose Island)' 는 아름다운 자태의 떠돌이 섬이다. 마치 화사한 장미 한 송이가 핑크 빛 물안개 속에서 우아한 몸짓으로 왈츠를 추는 듯한 착각을 불러일으킨다고 한다. 그러나 겉으로 보이는 이 같은 로맨틱한 분위기와 달리 '로즈 아일랜드' 는 입맛이 까다로운 식인섬으로 더욱 유명했다. 당장에 굶어 죽는다 해도 젊고 예쁜 여자가 아니면 눈길조차 주지 않았다. 그러다 보니 훌륭한 식사거리를 얻기 위해 완벽한 미끼들을 '이스팀 대륙(The Esteem Continent)' 으로 내보내고 있었다.

'콜렉터' 로 불리는 미끼들은 모두가 잘생기고 멋진 남자들이었다. 그들은 '로즈 아일랜드' 에서 배운 테크닉으로 여자의 마음을 손쉽게 낚아챘다. 정열적인 시와 노래, 세련된 에티켓(Etiquette)부터 달콤한 속삭임에 이은 황홀한 입맞춤까지. 한 치의 빈틈도 없이 깔끔하게 해치웠다. 아무리 정숙한 여인이라도 콜렉터의 눈길을 받는 순간 자신도 모르게 사랑의 늪으로 빠져들었다. 그것은 이 땅에서 사라져야 하는 불행의 시작이었으며, 그녀들을 사랑했던 남자들의 아픔이기도 했다.

깎아지른 바다 속 둥근 파도!
똬리를 튼 미끈한 절벽을 타고 오르면…
지혜의 불꽃 위로 장미의 꽃망울이 터진다.

처음에는 뱃사람들의 소문을 좇아 무작정 '로즈 아일랜드'를 찾아나섰다. 하지만 드넓은 바다에서 전설의 떠돌이 섬을 만난다는 건 거의 불가능한 일이었다. 그래서 시작한 것이 콜렉터 사냥이었다. 사람들은 한낱 옛날이야기에 미쳐서 '이스팀 대륙'을 이 잡듯 돌아다니는 나를 보며 실연의 충격으로 맛이 갔다고 혀를 찼다. 뿐만 아니라 가까운 지인(知人)들은 별의별 방법을 다 동원해서 내 발길을 막으려고 무던히도 애를 썼었다. 하지만 나는 어떠한 역경에도 굴하지 않고 콜렉터 사냥에 전념했다. 이러한 나의 각고한 노력이 하늘에 닿았는지 드디어 오늘 그 소원을 이룰 절호의 찬스를 맞이한 것이다. 이 세상의 모든 여자들에게 복수를 다짐하고 집을 떠난 지 2년 만의 쾌거였다. 사막 위의 작은 마을 '산타마'에서 겨우 찾아낸 콜렉터는 먹이로 고른 여자에게 해질 무렵 마을 어귀에서 만나자는 약속을 했다. 인적이 드문 곳은 콜렉터가 먹이를 전송(傳送)하기에 아주 좋은 장소이다. 놈이 여자를 '로즈 아일랜드'로 보내려는 순간 때를 놓치지 않고 덮친다면 그동안의 노고를 한꺼번에 보상받을 수 있을 것이다.

부엉! 부엉!

시간은 어느덧 흐르고 흘러 야조들의 기지개 켜는 소리가 뱃고동처럼 들려왔다. 따사롭게 내리쬐던 봄 햇살은 서산 너머로 꼬리를 감춘 지 이미 오래였고, 까만 어둠이 마을 전체로 소록소록 내려앉고 있었다. 조금만 더 기다리면 내가 숨어 있는 이곳에 콜렉터와 여자가 나타날 것이다.

서서히 결전의 시간이 다가오면서 숨 고르기와 상관없이 온몸으로 긴장이 겹겹이 쌓여왔다. 잔잔히 흐르던 심장 박동은 귓가에 들릴 정도로 쿵쾅거렸으며 이마와 손바닥에는 땀방울이 송골송골 맺히고 있었다. 불안하거나 겁이 나는 것은 아니었지만 가슴속 밑바닥부터 숨찬 떨림이 흔들흔들 올라왔다.

"카론 스메드! 기운 내!"

마을 어귀에서 조금 떨어진 아름드리 나무 뒤에 숨어 있던 나는 스스로를 추슬렀다. 어깨도 두세 번 툭툭 흔들어보았고 큰 호흡도 몇 차례 나누어 세차게 훅훅 뱉어내었다. 시선은 최대한 느긋이 하여 마을 어귀 쪽으로 깊숙이 두었다. 삼삼오오 모여 있는 작은 집들의 창문에는 어느새 불들이 밝혀져 있었다. 그만큼 어둠은 깊숙이 짙어만 갔고, 내 심장의 쿵쾅대는 소리도 더욱 거세게 들렸다. 그때 누군가가 몸을 잔뜩 웅크리며 이쪽으로 살금살금 다가왔다.

달도 없는 어둠 속이라 물체의 정체를 분간하기가 어려웠다. 그러나 여자임을 아는 데는 그리 큰 수고를 하지 않아도 되었다. 내가 숨어 있는 나무 근처까지 다가온 여자가 주변을 두리번거리며 남자의 이름을 부른 것이다.

"제라드."

아직 오지 않은 콜렉터가 대답할 리는 만무했지만 그 사실을 모르는 여자는 남자의 대답을 기다리는 듯 한자리에 멈추어 꼼짝도 하지 않았다.

'흥!'

나는 그런 여자를 바라보며 비웃음을 흘렸다. 영주(領主)의 아들에게도 넘어가지 않던 그녀가 어디서 굴러왔는지도 모를 콜렉터에게 쉽게 유혹당하다니 한심하게 느껴졌다.

'저런 것들은 당해도 싸!'

괜히 울화가 치밀었다. 여자는 식당에서 허드렛일을 하는 헬렌이란 열여덟 살가량의 예쁜 처녀였는데, 그 미모가 마을에서 제일이기에 낮은 신분임에도 불구하고 숱한 남자들의 애간장을 녹이고 있었다. 그러나 그녀는 고개만 빳빳이 세울 뿐 어떤 남자에게도 눈길 한번 주지 않았다. 내 사랑을 무참히 걷어찼던 수잔하고 같은 족속인 것이다. 어쨌든 헬렌은 잘생긴 콜렉터가 노리기에 완벽한 조건을 지닌 셈이었다. 따라서 그녀는 나에게도 좋은 미끼였다. 오늘의 쾌거는 한 달가량을 그녀의 주변에서 맴돌다가 얻은 수확이었다.

"헬렌!"

이런저런 생각이 겹치는 동안 콜렉터가 나타난 것 같았다. 묵직한 목소리가 어둠을 가르며 나무 근처로 바쁘게 접근해 왔다.

"헬렌, 어디 있어?"

"제라드, 여기예요!"

헬렌이 반갑게 나서자 콜렉터가 그녀의 손을 마주 잡는다.

"보고 싶었어."

콜렉터는 헬렌을 사랑스럽게 잡아끌었다.

"정말?"

헬렌의 애교 섞인 비음이 어둠까지 녹인다.

"그럼, 정말이지."

"제라드."

두 남녀는 누가 먼저랄 것도 없이 서로를 꼭 껴안았다. 이것은 콜렉터가 먹이를 '로즈 아일랜드' 로 보내는 순서이다. 이제 콜렉터는 헬렌에게 키스를 할 테고, 기나긴 입맞춤이 끝나면 그녀는 이 땅에서 영원히 사라지게 되는 것이다.

'시간 끌지 말고 빨리 끝내!'

나는 입술에 침을 바르며 콜렉터가 헬렌에게 키스하기만을 기다렸다. 종종 여자 문제로 결투를 치러야 하는 콜렉터의 검술 실력은 상당히 뛰어난 편이지만 먹이를 전송하는 순간만은 전혀 힘을 쓰지 못한다.

"헬렌, 사랑해."

"제… 라… 드."

드디어 기다리던 장면이 눈앞에서 펼쳐졌다. 콜렉터의 머리가 헬렌의 입술로 향하고 있었으며, 여자의 숨 막힐 듯한 목소리도 짧게나마 촉촉이 들려왔다.

"지금이야!"

기회를 포착한 나는 지체없이 두 남녀에게 접근하였다. 혹시 모를 사태에 대비하여 미리 준비해 두었던 '핸드 엑스(Hand Axe : 손도끼)' 를 품속에서 꺼내며 다른 손으로는 콜렉터를 묶기 위한 밧줄을 확인했다. 허리춤에 매어놓은 굵은 끈의 까칠한 촉감이 부르르 전해져 왔다. 새삼 굳건한 결의가 다시 올라와 쿵쾅대던 긴장마저 녹여 버렸다.

'조심… 조심……'

　호흡에 박자를 맞추어 뒤로 접근하는 나의 존재를 콜렉터는 전혀 눈치 채지 못하고 있었다. 아마 그의 신경은 오로지 먹이에게만 쏠려 있을 것이다.

　'조심… 조심…….'

　콜렉터와의 사이가 점점 가까워지면서 발소리에 신경을 곤두세웠다. 공격하기 적당한 거리까지 다가간 나는 두 눈을 질끈 감았다.

　"으아—"

　냅다 소리를 지르며 콜렉터의 허리를 향해서 그대로 달려들었다. 싸움이라곤 한 번도 해본 적이 없는 나였지만 오늘을 위해 연습만은 게을리 하지 않았다. 무작정 두 손으로 콜렉터를 감싸며 다리부터 걸었다.

　우당탕탕!

　한순간에 덩어리로 뭉쳐진 세 사람은 땅바닥으로 쓰러지며 한 바퀴를 굴렀다.

　"꾸엑!"

　맨 밑에 깔린 콜렉터가 반사적으로 배 눌린 고통을 토해냈다. 그는 갑작스러운 공격에 크게 놀란 듯했지만 아무런 대응도 하지 못한 채 헬렌의 입술에 붙어 있었다. 먹이를 '로즈 아일랜드'로 전송 중인 것이다.

　"착하지? 그렇게 꼼짝 말고 있어."

　나는 어린애 타이르듯 이죽거리면서 부지런히 움직였다. '핸드 엑스'를 땅바닥에 내려놓고 주머니에서 밧줄을 꺼내 손과 발을 묶는 동안에도 콜렉터는 어떠한 저항도 하지 못했다. 먹이를 전송 중에 움직인다는 것은 죽음을 뜻하기 때문이었다.

"아직도 전송이 멀었나?"

순식간에 콜렉터를 해치운 나는 득의만면하여 두 남녀를 번갈아 보았다.

"으읍!"

콜렉터는 난감한 표정으로 신음 소리만 뱉어냈으며 헬렌은 정신을 잃은 듯 눈을 꼭 감고 있었다. 그녀의 하반신은 벌써 전송이 끝났는지 보이지 않았다.

스르르르!

헬렌의 나머지 부분이 모두 사라지자 그 자리에는 엄지손가락만한 빨간 알약이 나타났다. 먹이를 보낸 대가로 '로즈 아일랜드'에게 받는 '레드 볼(Red Ball)'이었다. 이 작은 알약이 콜렉터에게는 절대적으로 필요한 에너지 공급원이다.

"이제 우리 둘만의 진지한 대화를 해볼까?"

나는 '레드 볼'을 집으며 콜렉터를 느긋하게 쳐다보았다. 2년 만에 이룬 이 통쾌한 감회를 누가 알겠는가? 나도 모르게 입가에 자꾸 주름 잡히는 웃음을 지울 수가 없었다.

"정체가 뭐냐?"

손발이 묶여 바닥에 누워 있던 콜렉터가 대뜸 질문을 했다. 어둠 속이었지만 그의 눈빛에 날카롭게 빛을 냈다. 그러나 칼자루를 쥔 쪽은 어차피 나였다. 대답 대신 콜렉터를 일으켜 앉히고 불을 지피는 여유까지 보였다.

"진정해, 시간은 많으니까."

"나를 죽일 건가?"

내 손에 쥐어진 '레드 볼'을 쳐다보는 콜렉터의 안색이 창백했다.

최소한 한 달에 한 개씩은 섭취해야 살아갈 수 있어 '레드 볼'은 그의 생명이었다.

"이것 때문에 걱정이 되나 보군."

"원하는 게 뭐지?"

"글쎄, 천천히 하자니까."

모닥불을 피우고 주위가 밝아지자 콜렉터의 하얗고 잘생긴 얼굴이 드러났다. 먼 거리에서 몇 번 보았지만 남자가 봐도 반할 만큼 완벽한 얼굴이었다. 스무 살 정도의 그는 반듯한 이마 위로 몇 갈래 흩어져 내려온 윤기 자르르한 노란 머리칼과 커다랗고 맑은 초록색 눈동자, 높고 오뚝한 코에 이지적인 얇은 입술은 가히 완벽한 조각품이었다. 난 잠시 동안 넋을 잃고 콜렉터를 쳐다보았다.

"혹시 내가 자네 여자를 빼앗았나?"

"⋯⋯."

"말해 봐, 원하는 게 뭔지."

신경질적으로 계속 이어지는 콜렉터의 질문에 퍼뜩 정신을 차렸다.

"좋아, 단도직입적으로 묻지."

나는 자세를 바로 하며 본론으로 들어갔다.

"로즈 아일랜드는 어디 있나?"

"몰라!"

용수철 퉁기듯 곧장 대답이 온다. 그 대답이 어찌나 단호한지 냉기마저 싸하게 느껴질 정도였다.

"아직도 상황 파악을 못하는 친구로군."

엄포성 경고가 아님을 보이기 위해 '레드 볼'을 방금 피워놓은 모닥불로 집어 던졌다. 그러자 의외로 반응이 빨리 나타났다.

"뭐 하는 짓이야? 나는 그거 없으면 죽는단 말야!"

성질도 급하지만 목숨에 꽤 미련이 많은 콜렉터였다. 그는 어쩔 줄 몰라 동동거리며 내 얼굴과 모닥불을 번갈아 쳐다보았다.

"그러니까 앞으로 조심해!"

나는 의기양양한 표정으로 잠시 쉬었다가 콜렉터를 강하게 쪼아댔다.

"경고는 이번 딱 한 번뿐이야. 또다시 그 따위로 성의없이 나를 대하면 그때는 끝장인 줄 알아! 콜렉터는 너 말고도 또 있으니까."

눈을 가운데로 몰며 무서운 표정을 지어 보였다. 가뜩이나 붙어 있는 내 눈이 더욱 쏠리며 강렬한 카리스마를 전달했을 것이다.

"아, 알았으니까 얼른 '레드 볼'이나 꺼내."

예상대로 콜렉터는 기가 죽어 고개를 떨구었다. 나보다 잘생긴 놈이 쩔쩔매니까 무진장 통쾌했다.

"진작에 그럴 것이지."

말귀를 잘 알아듣는 콜렉터라 대화의 장(場)을 여는 데는 큰 무리가 없을 듯하다. 다만 꽤나 멋있던 콜렉터가 아무리 목숨 앞이라지만 너무 쉽게 무너진 것 같아 동종(同種)의 길을 선택한 나에게 씁쓸하니 실망을 주었다. 그래도 입가에 번져 있는 내 미소는 쉽게 지워지지 않았다.

"히히히!"

나는 승리자의 기쁨을 실컷 만끽했다. 앞으로도 까만 밤이 하얗게 새는 동안 그 행복은 지속될 것이다.

"첫 질문에 대답부터 해보시지."

불쏘시개로 사용하던 잔가지를 휘휘 저어 모닥불 속의 '레드 볼'을 꺼내면서 승자의 목소리로 약간 거만하게 물었다. 콜렉터는 오늘의 패배를 곱씹는지 머리를 푹 숙이고 있었다.

“로즈 아일랜드 말인가?”

콜렉터가 천천히 고개를 들며 착잡한 표정을 지었다. 그에게 있어 모태(母胎)와도 같은 식인섬은 신성 불가침 지역이었다. 어쩌면 목숨을 걸고라도 지켜야 할 부분이 있을지도 모른다. 좀 더 쉽게 대답을 유도하기로 했다.

“정확히는 콜렉터가 되는 방법이야.”

“뭐?”

똑바로 알아듣지 못한 모양이다. 재차 나의 목적을 짧게 강조했다.

“콜렉터가 되는 방법!”

“푸우!”

콜렉터는 대답 대신 실없는 웃음을 입 밖으로 날렸다. 조롱하듯 나를 쳐다보는 그의 눈과 마주치자 지금까지의 행복이 쭈글쭈글 사그라들었다. 2년 전에 수잔이 그랬듯 콜렉터도 내 외모를 우습게 보고 있는 것이다.

“그 묘한 웃음은 내가 못생겨서 콜렉터가 될 수 없다는 뜻인가?”

확인할 필요도 없는 멍청한 질문이었다.

“알면서… 후후.”

은근슬쩍 처지가 뒤바뀌고 있었다. 웃음의 빈도(頻度)가 나보다는 콜렉터에게서 더 자주 쿡쿡 튀어나왔다. 갑자기 부아가 욱하고 치밀어 올랐다.

“그래서 못 가르쳐 준다?”

“가르쳐 준다 해도 소용없잖아, 그 얼굴로는.”

콜렉터가 나를 놀리기까지 한다.

"에잇!"

방금 꺼내 아직도 후끈후끈한 '레드 볼'을 거칠게 걷어찼다.

떼구르르!

잠깐이나마 낄낄거리던 콜렉터가 화들짝 놀랐다.

"이봐, 진정해. 나 때문에 화가 났다면 사과하지. 사실은……."

콜렉터는 씩씩거리는 나를 달래려고 무수히 많은 말들을 빠르게 쏟아냈다.

"…자네를 처음 대하는 순간 대단한 사내라고 생각했어. 이유야 모르겠지만 남들은 거들떠보지도 않는 전설 따위를 좇아서 콜렉터를 찾아낸다는 것은 확고한 신념과 강력한 의지가 없으면 이룰 수 없는 힘든 일이지. 물론 치밀한 계획을 짜기 위해서는 판단력과 머리도 좋아야겠고……."

들기 좋은 찬사가 막힘도 없다.

"…상황에 따라 컨디션이 오락가락하는 걸 보면 매우 단순하기도 한데, 그것도 일을 빠르게 결단하고 처리하는 데는 오히려 득이 될 수 있는 좋은 성격이야. 거기다가 콜렉터가 되려고 하는 것은 분명 여자에게 차였기 때문일 테니 자네는 명예를 소중히 여기고 자존심도 강한 사람이겠지."

여자의 마음을 능숙히 훔치는 콜렉터라서 그런지 초면인데도 나에 대해 족집게처럼 잘 파악하고 있었다. 거의 나를 꿰뚫어 본다 해도 과언이 아니었다.

"그만 됐어!"

콜렉터의 끊임없는 아부성 발언으로 부글거리던 기분은 조금 누그러져 내렸다. 저만치에서 굴러다니던 '레드 볼'을 다시 내 앞으로 끌고 왔다.

"내가 꼭 '레드 볼' 때문만은 아냐."

달콤한 말들을 늘어놓은 콜렉터에게 또 다른 저의가 있는 듯했다.

"……?"

"당신은 어떤 일을 하든지 성공할 게 틀림없어. 기사나 학자는 물론이고 상인이 된다 해도 최고 자리에서 이름을 떨칠 거야."

"무슨 말이 하고 싶은 건데?"

"더군다나 그거……."

콜렉터가 턱으로 내 가슴을 가리켰다. 언제 밖으로 튀어나왔는지 우리 가문의 목걸이가 모닥불에 반사되어 은은한 빛을 발하고 있었다. 내가 사냥을 다니면서 톡톡히 신세를 지고 있는 우리 가문의 징표였다.

"…페가수스를 가문의 상징으로 쓰는 곳은 '루벤스 제국'의 '스메드 가(家)' 뿐인데 좋은 집안은 든든한 배경이 되지."

모르는 게 없는 콜렉터였다.

"그래서 결론이 뭔데?"

"콜렉터가 되려는 것을 포기하라는 거야."

"포기?"

내가 다시 발끈하자 콜렉터가 자조 섞인 미소를 지었다.

"결코 자네의 외모 때문만은 아냐. 외모는 마법으로도 얼마든지 바꿀 수 있어."

"흥!"

그 정도는 예전부터 나도 알고 있었다. 하지만 마법으로 아무리 잘생긴 얼굴이 된다 해도 기껏 해야 여자 한두 명을 어떻게 해볼 것이다.

이 순간에도 내가 진정으로 원하는 것은 세상 모든 여자들에 대한 복수였다. 내 콧방귀를 눈치 챘는지 콜렉터의 얼굴이 더욱 심각하게 변했다. 마치 말 못할 깊은 속뜻이 있다는 표정이다.

"이봐, 친구!"

콜렉터가 진지하게 나를 부른다.

"왜?"

"당장은 힘들겠지만 사랑의 상처는 세월이 지나면서 저절로 딱지가 떨어지게 돼 있어. 그러다가 또 다른 사랑을 만나면 과거나 추억 따위는 깨끗이 잊혀지는 거고……."

"체!"

듣고 보니 기대만큼은 별로 도움이 안 되는 말뿐이었다.

"쓸데없는 소리 그만 하고 어서 콜렉터가 되는 방법이나 말해."

나는 흩어졌던 심기를 싸잡으며 궤도를 이탈한 본론을 다시 끄집어내었다. 그러나 콜렉터는 자신의 말에 도취된 듯 목소리를 낮게 깔고 나하고는 상관없는 말들을 계속 지껄였다.

"벌써 100년을 넘게 콜렉터로 살아온 내가 왜 목숨 따위에 연연하는 줄 알아?"

"우와!"

나는 환호성을 질렀다. 100년이면 얼마나 많은 여자들에게 복수를 할 수 있단 말인가? 계산도 제대로 되지 않았다. 하지만 나한테서 의외의 반응이 나왔는지 콜렉터는 눈만 깜빡거리며 하던 말을 멈추어 버렸다.

"콜렉터가 영원불사(永遠不死)라고 하더니 정말인가 보네?"

"바보야, 그게 중요한 게 아냐!"

콜렉터가 꽥 하고 소리를 질렀다. 그 기세가 너무 당차서 나도 모르게 주춤했다.

"그럼?"

"나는 사람이 되고 싶은 거야. 진정한 사랑을 할 수 있는 너같이 평범한 사람 말야."

핏대를 세우는 것에 비해서 우스운 얘기였다.

"나 같은 사람에게 진정한 사랑 따위는 없어. 그러니까 어서 내 질문에 대답이나 해."

"사람이 되는 방법은 한 가지뿐인데……."

내 말은 흘려들으며 중얼거리는 콜렉터에게도 감추고 싶은 비밀이 있는 듯 그의 눈가로 슬픔이 잔뜩 배어들었다. 그 모습이 얼마나 실감나던지 괜히 나까지 우울해지려고 했다.

잠시 우리 둘 사이에 깊은 정적이 흘렀다. 모닥불이 어른거리며 비추는 콜렉터의 얼굴은 짙은 우수를 머금고 있었다. 내가 콜렉터가 되기 위해 절치부심 노력한 만큼 그에게도 평범한 사람이 되고 싶은 안타까움이 존재하고 있었던 것이다. 우리 둘은 서로 바뀌어 태어났어야 했는데, 이래서 세상은 완벽하지 못한가 보다. 내가 바라는 바를 콜렉터가 준다면 나도 그에게 필요한 것들을 협조할 마음이 드는 순간 생각지도 못한 카랑카랑한 목소리가 남자들만의 애틋한 분위기를 완전히 부숴놓았다.

"꼴 좋네!"

느닷없이 나타난 방해꾼은 여자였다.

"누구냐?"

나는 소리난 쪽으로 재빨리 몸을 돌리며 싸울 자세를 취했다. 땅바닥에 놓여 있던 '핸드 엑스'도 집어 들었다.

"그렇게 도망 다니더니 결국은 저런 애송이한테 잡혀 있어?"

모습은 보이지 않았지만 여자는 애교 만점의 목소리를 들려주었다.

"도도……."

콜렉터는 여자의 이름을 알고 있었다.

"누군데?"

내가 곁눈질로 그를 보았다.

"나를 쫓아다니는 여자야."

조금 전까지 우수에 차 있던 콜렉터의 얼굴이 심하게 일그러진 것으로 봐서는 여자와 썩 좋은 사이는 아닌 듯했다. 그래도 여자의 음성은 매우 다정스러웠다.

"제라드, 나도 힘들어."

"누가 쫓아다니래?"

콜렉터는 퉁명스럽게 말했다.

"진심으로 사랑한다니까."

안타까움이 깊이 배인 애원조다. 그렇다면 여자는 머리가 잘못됐거나 콜렉터의 정체를 모를 것이다. 세상에 어떤 여자가 콜렉터를 사랑한다고 쫓아다니겠는가?

"도도, 쓸데없는 소리 말고 어서 집으로 돌아가!"

"싫어!"

"계속 까불면 나도 참지 않을 거야."

싸늘한 협박마저 튀어나온다. 하지만 여자는 닭살 돋는 앙탈까지 부리며 모닥불가로 서서히 모습을 드러냈다.

"그러지 말고 제발 이쯤에서 포기해 줘라."

순간 내 입이 저절로 벌어지며 탄성이 흘러나왔다.

"아아……."

세상에 저토록 예쁜 여자가 있다니, 믿을 수가 없었다. 길게 늘어뜨린 붉은 머리카락을 휘날리며 적당한 키의 가냘픈 모습을 드러낸 그녀는 몸에 바짝 달라붙는 검은 가죽 옷을 입고 있었다. 나하고 비슷한 나이인데도 어찌나 몸매의 윤곽이 뚜렷한지 눈 둘 곳을 찾지 못할 정도였다. 숨 막히는 아름다움이란 이 순간을 위해서 만들어진 말이리라.

"제라드, 내가 구해줄게."

여자는 콜렉터에게 사랑스럽게 윙크를 하더니 내 쪽으로 천천히 걸어왔다.

스르렁!

별로 유쾌하지 않은 굉음이 예쁜 여자에게서 들렸다. 그녀의 손에 들린 '롱 소드(Long Sward)'를 보며 나는 정신을 번쩍 차렸다.

"이리로 와!"

그때 콜렉터가 나를 다급하게 부른다.

"왜?"

엉거주춤 게걸음으로 그에게 다가갔다.

"빨리 나를 풀어줘! 그래야 둘 다 살 수 있어!"

칼을 들고 있는 여자를 보면 거짓말은 아닌 듯했지만 어렵게 잡은 콜렉터를 풀어주자니 선뜻 내키지 않았다.

"내 사랑을 못살게 굴다니 혼내줄 거야."

도도라는 저렇게 예쁜 여자가 나를 죽일 거라니, 전혀 믿어지지 않았다. 나는 다가오는 그녀를 멍하니 바라보았다.

"이 멍청아! 어서 피해!"

“어… 엉!”

콜렉터의 서슬 퍼런 외침에 퍼뜩 눈에 힘을 주었다.

휘이익!

도도의 칼날이 바람을 가르고 있었다.

“으헉!”

얼떨결에 뒤로 넘어졌다.

쩌억!

도도의 첫 번째 공격을 겨우 피했다. 내 대신 그녀의 칼을 맞은 덩치 큰 나무가 두 쪽으로 갈라져 비틀비틀 흔들거린다.

“빨리 밧줄을 풀어!”

아직도 등골이 오싹한 나는 상황 판단이고 뭐고 콜렉터에게 기어갔다.

“조, 조금만 기다려.”

무작정 밧줄을 풀기 시작했다. 하지만 두 손이 덜덜거리며 제대로 말을 듣지 않았다.

“뒤뚱거리는 모습이 제법 귀여운데? 한 번에 죽이기는 아깝네.”

어느새 다가온 도도가 장난스레 말한다.

“뚱땡아, 이번엔 정말로 끝내줄게.”

뒤에서 도도의 발칙한 음성이 들림과 동시에 파공음이 무섭게 귓가를 파고들었다.

휘이익!

그 짧은 순간에 부모님과 친구들의 얼굴이 쭉 지나갔다. 하나뿐인 아들을 본인의 모습으로 완벽하게 재현해 놓은 아버지, 그렇게 닮고 싶었지만 신이 농간으로 빗겨간 어여쁜 엄마, 세상에서 나보다 더 불쌍한 쌍둥이 내 여동생, 그리고 언제나 나를 챙겨주는 '예비 기사단'의 의리파 친구들… 모두 보고 싶다.

펑!

옆에서 땅 꺼지는 소리가 크게 울렸다. 롱 소드를 쥐고 있던 도도가 매우 재미있다는 표정으로 우리를 바라보았다. 일촉즉발의 위기에서 콜렉터인 제라드가 나를 안고 한 바퀴 구르며 도도의 공격을 피한 듯했다. 하지만 밧줄은 분명히 풀리지 않았는데…….

"내 사냥감에 손대지 말랬지?"

또 다른 남자의 목소리다.

"코넬프!"

도도가 앙칼지게 소리쳤다.

"오늘도 내 채찍 맛을 봐야겠군!"

"후후… 실력은 좀 늘었어?"

"도도, 그 입은 여전하구나!"

갑지가 나타나 우리를 구해준 사람은 고슴도치수염의 남자였다. 추(鎚)가 달린 기다란 가죽 끈을 쥔 그는 돌돌 말고 있던 채찍을 풀어 땅바닥을 내려쳤다.

철썩!

흙먼지가 푸드득 솟아올랐다.

"체! 성질만 늘었나 보네."

"도도, 까불지 마라!"

둘은 잘 아는 사이 같았다. 그렇다면 제라드까지 셋은 어떤 관계이든 간에 연결되어 있는 것이 틀림없었다.

"제라드, 너도 아는 사람이야?"

"콜렉터 사냥꾼!"

내 질문에 제라드는 간단히 설명했다. 나 말고도 전설 따위를 좇아 다니는 맛이 간 사람들이 이렇게 존재하다니 외롭지는 않았다. 어떤 면에서는 우리 모두 콜렉터 사냥꾼들이었다.

"저 사람도 나처럼 콜렉터가 되려나 보군."

"아니, 콜렉터에게 복수하려는 거야."

뭔 말인지 알 만했다. 도도와 마주 보고 있는 저 사냥꾼은 콜렉터에게 사랑하는 여인을 빼앗긴 것이다. 아니나 다를까, 두 남녀는 그 문제로 설전을 벌이고 있었다.

"저놈들은 전부 잡아 죽여야 해!"

"그래서 많이 잡아 죽였잖아."

"마지막 한 놈까지 껍질을 벗길 거야."

사냥꾼은 콜렉터를 닥치는 대로 죽이는 듯했다.

"제라드를 그냥 놔둬."

"안 돼!"

사냥꾼은 단호했다.

"그럼 너도 죽어."

도도는 칼을 들어 사냥꾼을 겨누었다.

"매번 콜렉터를 감싸주다니, 이해하지 못하겠군."

"사랑하니까."

"너는 저놈한테 속고 있는 거야. 내가 사랑했던 여자도 콜렉터가 마법으로 꼬셔서 '로즈 아일랜드'로 보냈어."

"무식하면 가만히 있기나 해."

"뭐야?"

"콜렉터는 여자를 사랑할 때 마법을 쓰지 않아."

내가 뒤져 본 자료에도 그와 비슷한 내용이 있었다. 콜렉터는 마법이나 사술(邪術)로써 여자의 마음을 빼앗으면 안 된다고 했다. 순백한 사랑을 먹이로 보내야 하기 때문이다. 하지만 먹이로 고른 여자의 진정한 사랑을 한 달 안에 얻지 못한다면 콜렉터는 에너지를 구할 수 없어 죽는다는 부연 설명까지 있었다. 덧붙이면 소문을 내지 않기 위해서 콜렉터는 한군데에 오래 머물면서 먹이를 전송하지 않았다.

"도도, 오늘로서 결판을 내야겠군."

"코넬프, 제발 그렇게 해주라."

"이젠 너하고 마주치는 것도 지겹다!"

"내가 하고픈 말이네."

"좋아!"

코넬프가 채찍을 당기어 말아 쥐더니 몸을 출렁 흔들었다.

"우선 이것부터 받아보시지."

채찍이 바람을 가르며 꿈틀거렸다.

휘이익!

마치 눈이 달린 뱀의 머리 같은 채찍 앞에 달린 작은 쇳덩이는 정확히 도도의 얼굴을 향해 돌진했다.

카앙!

도도의 롱 소드가 가볍게 채찍을 막았다.

"다시 공격해 봐. 어째 전보다 못하다?"

"이게!"

고슴도치수염이 꿈틀거린다.

휘이익!

이번에는 채찍이 위에서 아래로 떨어졌다.

"흥!"

비웃음을 던진 도도의 몸이 옆으로 비키며 피하려고 했다. 순간 아래로 갈라 내려가던 채찍이 수직으로 꺾이며 그녀를 쫓아갔다.

"이런!"

도도는 허리를 숙이며 땅으로 구를 수밖에 없었다. 아슬아슬하게 채찍을 피한 그녀가 벌떡 일어섰다.

휘이익!

순간 기다란 그림자가 발 밑으로 낮게 깔리어 휘어지듯 둥글게 원을 그리며 그녀의 다리를 후려쳤다.

"에잇!"

점프를 해서 피해보지만 방향을 바꾸어 허리로 날아오는 채찍 때문에 그녀는 또 한 번 땅바닥을 굴러야 했다.

"재주나 넘어볼까?"

코넬프의 공격은 쉬지 않고 이어졌다.

"이크!"

도도는 땅바닥을 온통 쓸고 다니며 채찍을 피했다. 그녀는 칼 한번 제대로 휘두르지 못하고 있었다. 그만큼 코넬프의 채찍은 빈틈을 주지 않았다.

"도도! 이제 마지막이다!"

코넬프의 입에서 굵은 침이 튀었다.

"어라운드 타겟!"

휘이이익!

단순하게 한 방향에서 나오던 채찍이 갑자기 사방에서 출렁거리며 수십 개의 뱀 머리처럼 나뉘어 달려들었다.

"어딜?"

도도는 눈 하나 깜짝 하지 않고 롱 소드를 휘둘렀다.

카아앙!

채찍이 칼과 부딪치며 몇 겹으로 감겼다.

"에잇!"

코넬프는 채찍을 풀기 위해 힘껏 당겼다. 그러나 도도는 저항하지 않고 롱 소드를 재빠르게 놓으며 그대로 코넬프의 품으로 뛰어들었다.

"어어어."

채찍을 뒤로 당기던 자신의 힘에 중심을 잃은 코넬프가 잠시 휘청했다.

"승부는 지금부터야."

도도는 달려드는 탄력으로 코넬프의 팔을 잡고 바깥쪽으로 꺾어 돌려 세운 뒤 체중을 실어 앞으로 쓰러뜨렸다.

"으헉!"

고통스러운 신음을 흘린 코넬프가 앞으로 넘어갔다. 도도가 온몸을 실어 누르자 밑에 깔린 콜렉터 사냥꾼은 꼼짝하지 못했다.

"코넬프, 죽는 일만 남았네?"

"으윽!"

참으로 대단한 실력이었다. 나를 죽이려 할 때 이미 알아봤지만 바로 코앞에서 싸우는 모습을 보니 더욱 실감이 났다. 갑자기 나도 모르게 소름이 주르르 타고 올라왔다.

"이봐!"

제라드가 나를 불렀다.

“왜?”

대답만 했을 뿐 내 시선은 두 사람의 결과를 기다리고 있었다.

“빨리 풀어줘!”

“뭘 풀어?”

“밧줄 말야!”

“……?”

나는 제라드를 빤히 쳐다보았다.

“빨리 풀지 않고 뭘 생각해?”

제라드는 답답한지 자신의 등을 내 쪽으로 돌리면서 쉬지 않고 떠들었다.

“살고 싶으면 어서 풀라니까!”

“……!”

“이대로 죽고 싶어?”

참으로 말 많은 콜렉터다. 하지만 옳은 말만 하니 뭐랄 수도 없다. 현재로 봐서는 도도가 코넬프를 당연히 이길 테고, 그러면 처음과 달라지는 게 없으니까 그녀는 다시 나를 죽이려고 할 것이다. 팔에 돋았던 소름이 아직도 부들거린다.

“밧줄을 풀면 우리 둘 다 사는 거지?”

나는 제라드에게 재차 확인하며 밧줄에 매달렸다.

“걱정 말고 빨리 풀기나 해!”

두 번 대답하기 싫은지 짜증이다.

“기다려!”

묶을 때는 몰랐는데 막상 풀려고 하니 무척이나 힘들었다. 더군다나 시간에 쫓기다 보니 마음만 급할 뿐 느린 손은 제자리걸음이었다. 그래도 얼추 더듬거리며 밧줄의 매듭을 요리조리 빼내었다.

“이걸 받아!”

느슨해진 밧줄을 스스로 풀어내던 제라드가 나에게 반지를 쥐어주었다. 그리고는 재빠르게 일어나서 땅바닥에 굴러다니던 ‘레드 볼’을 낚아채었다.

“뭔데?”

나는 반지와 제라드를 번갈아 보았다.

“스메드 가의 친구, 나중에 보자!”

제라드는 대답 대신 나에게 윙크를 하며 뒹굴고 있는 두 사람을 힐끔 보더니 마을 쪽으로 냅다 달렸다.

“어어······.”

말릴 틈도 없었다. 그때 코넬프의 팔을 뒤로 꺾고서 마지막 일침을 놓으려던 도도가 깜짝 놀라서 소리를 질렀다.

“제라드! 또 도망가는 거야?”

모닥불에 일렁이는 예쁜 얼굴이 무척 낙심한 표정이다.

쿵!

도도는 코넬프를 머리통을 한 대 쥐어박았다.

“너 때문에 놓쳤어!”

또 한 번의 주먹이 아래로 떨어졌다.

퍽!

조금 전보다 소리가 더욱 둔탁했다.

“다음에는 봐주지 않겠어!”

도도는 롱 소드를 거두며 곧바로 제라드의 뒤를 쫓았다.

“으음!”

　한참을 땅바닥에 엎드려 있던 콜렉터 사냥꾼이 무거운 짐을 벗어 던진 모습으로 자리를 털고 겨우 일어났다. 그는 제라드와 도도가 사라져 버린 마을 쪽을 한참이나 바라보더니 채찍을 챙겨 넣었다.

　"꼭 없앨 거야."

　코넬프는 나에게 관심도 없는 듯 않는 소리 한마디를 툭 던지더니 어디론가 떠나갔다.

　"……."

　모두가 사라진 마을 어귀에는 고요만이 밤하늘의 별을 헤아렸다. 정신을 가다듬고 순식간에 일어났던 일들을 되새겨 보았다. 현재의 결과만 보면 도망 다니는 콜렉터의 처지가 쉬운 것만은 아닌 듯했다.

　"그건 그렇고, 나를 다시 보자고 했는데……."

　혼자 남게 된 나는 콜렉터가 했던 마지막 대사를 중얼거리며 그가 쥐어준 반지를 이리저리 둘러보았다. 큼직한 장미 모양이 박혀 있는 날렵한 금반지였다. 무슨 징표인지는 몰라도 예사 반지는 아닌 듯했다.

　"일단 숙소로 돌아가자."

　반지를 손가락에 끼며 걸음을 막 옮기려 할 때였다.

　"아직 멀리 가지 않았네?"

　경쾌한 목소리, 도도였다. 혼자인 것을 봐서는 콜렉터를 놓친 듯했다.

　"무슨 일이지?"

　불길한 마음이 죽음처럼 까맣게 스며들었다.

　"제라드를 놓친 화풀이!"

　예상은 재수없게 딱 들어맞는다.

"그 말은 나를 죽이겠다는 거야?"

"맞아!"

가슴이 철렁했다. 18년을 살면서 한 번도 죽음을 두려워해 본 적이 없었는데, 너무 쉽게 대답하는 도도를 보며 머리가 쭈뼛 서는 듯했다. 불현듯 같이 살 수 있다고 떠벌리다가 혼사 도망간 콜렉터가 괘씸해졌다.

"죽일 놈! 나쁜 놈! 더러워서 지옥에도 못 갈 놈!"

나는 콜렉터에게 욕설을 퍼붓기 시작했다. 그것도 모자라서 저주까지 서슴지 않았다.

"그런 놈은 죽어서 끓는 물에 담갔다가 살이 연해지면 오크(Orc)에게 던져 줘야 해!"

"……."

도도는 이성을 잃고 마구 날뛰는 내 모습을 조용히 지켜보았다.

"흑흑흑!"

서글퍼 눈물까지 흘러나왔다. 콜렉터가 되려는 뜻도 못 이루고 이렇게 죽으면 너무 억울했다. 그런 내 심정을 아는지 모르는지 도도가 조용히 입을 열었다.

"다 했어?"

장난기가 가득했다. 살려달라는 말이 무의미할 정도다.

스르렁!

잊지 못할 굉음이다.

"어떻게 죽을래?"

도도는 롱 소드를 흔들며 그 예쁜 미소를 입가에 가득 머금었다.

"마음대로 해."

자포자기다.

“그럼 네 머리로 내 칼을 쳐 봐.”

“뭐?”

무슨 소리를 하는 건지 얼른 그림이 떠오르지 않았다.

“빨리 해!”

도도가 나를 재촉한다.

“죽이려면 그냥 죽이지… 그리고…….”

한마디 하려던 나는 잠시 뜸을 들였다.

“나중에라도 콜렉터를 만나면 이걸 전해줘.”

죽게 생겼는데 재수없는 반지를 더 끼고 있고 싶지 않았다.

“그게 뭔데?”

도도는 커다란 눈을 깜빡이며 내 손가락을 유심히 살폈다. 그녀의 눈이 호기심으로 초롱초롱 빛을 발했다.

“콜렉터가 나한테 준 건데…….”

손가락에 끼어 있는 콜렉터의 반지가 꿈짝도 하지 않았다.

“이… 게… 왜 안 빠지는 거야?”

“그게 제라드의 물건이란 말이지?”

도도가 궁금한지 좀 더 가까이 밀착해 왔다.

“엉, 근데 안 빠지네?”

이를 악물고 힘을 써보았지만 장미 금반지는 요지부동이었다.

“뭘 그리 힘을 써? 내가 도와줄게.”

“자!”

나는 아무 생각 없이 손가락을 내밀었다.

“조금만 기다려. 아프지 않을 거야.”

도도는 내 손가락을 잡더니 그대로 내려칠 기세로 칼을 들었다.

"으악!"

새파랗게 질린 내가 본능적으로 손가락을 빼내려 했다.

"어라? 이건……?"

장난스럽게 남의 고통을 즐기던 도도가 콜렉터의 반지를 잠시 동안 들여다보더니 고개를 설레설레 가로저었다.

"너같이 못생긴 뚱보가 콜렉터의 후계자라니……."

그녀에게서 심각한 모습은 처음이다.

"내, 내가?"

"어찌 된 영문인지는 몰라도 제라드의 후계자를 죽일 수야 없지."

도도는 놀잇감을 놓쳐서 아쉬운지 입맛을 다시며 롱 소드를 다시 허리춤에 꽂았다.

"내가… 그러니까 내가 콜렉터의 후계자란 말이지?"

정확한 내용은 들어봐야 알겠지만 아무튼 죽음은 면한 것 같았다. 그러나 살았다는 안도감보다 믿지 못할 사실에 머리 속이 텅 빈 듯했다.

"반지를 받고도 몰라?"

"반지라고?"

장미 모양이 선명한 금반지를 보는 내 가슴이 들썩들썩 흥분하기 시작했다. 콜렉터의 후계자란 것은 곧 콜렉터가 됐다는 의미와 별반 다르지 않았다.

"네가 제라드의 뒤를 이을 예비 콜렉터인 것은 분명한 사실이야."

도도가 입술을 찡그리며 나를 위아래로 살펴보았다. 그 순간 나는 참을 수 없는 기쁨에 소리를 질렀다.

"야호!"

이보다 더 기쁜 일은 없을 것이다.

"그렇게 좋아?"

"얼마나 바라던 일인데 당연하지."

"콜렉터 수업을 받으면 그런 소리는 쏙 들어갈 거다. 더군다나 그 얼굴이면 뼈를 깎는 고통이 뒤따를 거야."

"상관없어. 나는 콜렉터만 되면 되니까."

"큰소리는…….”

"걱정하지 마. 나는 잘할 수 있어!"

"그거야 두고 봐야지.”

"두고 볼 필요 없다니까."

"쉽지 않을 거야.”

"히히히!"

나는 도도의 반박에도 가슴이 벅차올랐다. 얼마나 많은 여자들이 내 품에서 눈물을 뚝뚝 흘리며 사랑한다고 울먹일까? 행복한 상상의 나래였다.

"아무튼 뚱보는 제라드가 다시 나타날 때까지 나하고 같이 다닌다."

여전히 못마땅한 표정이던 도도가 나에게 명령조로 말했다.

"같이?"

"제라드는 분명히 자신의 후계자 앞에 나타날 거야."

곁눈질로 훔쳐본 도도는 정말 예쁜 여자였다. 작고 빨간 입술만 해도 그렇고, 남자들이 그냥 지나치지 못할 정도로 빼어난 미인이었다. 여자들에게 복수를 다짐한 나였지만 살인마고 뭐고 그녀 정도라면 사랑에 빠지고도 남을 것 같았다.

"그만 가자!"

도도가 나의 발길을 몰았다.

“어… 디로 가야 하지?”

나쁜 짓을 하다가 들킨 아이처럼 말까지 더듬거렸다.

“가고 싶은 데로 가. 뚱보가 어디 있든 제라드는 찾아올 테니까.”

“알았어.”

세상에서 내가 제일 편하게 쉴 수 있는 곳은 가족과 친구들이 있는 고향일 것이다. 그곳에서 콜렉터를 기다리며 그와 예쁜 살인자의 관계를 알아보기로 했다. 도도가 제라드를 사랑한다고 할 때부터 생각했던 거지만 그녀처럼 훌륭한 먹이가 쫓아다니는데도 피하기만 하는 콜렉터가 이상했다. 둘 사이에는 무엇인가 석연치 않은 비밀이 있을 것이다.

　‘루벤스 제국(The Ruvenz Empire)’은 일백 년 전에 ‘이스팀 대륙’의 북부 지역을 모두 통일한 강대한 국가였다. 그렇기에 황제가 사는 수도이자 내 고향 ‘유스레오’는 그 위용이 매우 대단했다. 세상에 존재하는 것 중에 없는 것이 없었으며 거리마다 밤낮을 가리지 않고 철철 넘쳐 나는 각양각색의 사람들로 밝은 빛이 꺼지지 않는 대륙 최고의 번화한 도시였다. 죽기 전에 ‘유스레오’를 한번 가보는 것이 사람들의 소원일 정도로 휘황찬란한 신세계가 바로 내 고향이다. 하지만 이렇듯 자랑스런 고향으로 향하는 내 발길은 그리 썩 좋은 기분만은 아니었다. 동행하는 15일 동안 옆에서 계속 나를 불러대는 도도 때문이었는데, 그녀는 내 이름 대신 외모를 애칭으로 사용하고 있었다. 같이 오면서 친해진 것도 있었지만 좋은 소리도 한두 번이지, 뚱보야, 뚱보야 하고 외쳐 대는 데는 아주 죽을 맛이었다. 가뜩이나 외모 때문에 삶의 방향이 완전히 뒤바뀐 나로서는 지옥이 따로 없었다. 앞으로도 집에 도착하려면 10일 정도가 더 남았는데 견딜 수 없는 일이었다.

"뚱보야, 아직 멀었어?"

도도는 봄볕에 탱글탱글 여문 이마 위의 땀방울을 닦아냈다.

"조금만 더 가면 돼."

"뚱보는 좋겠다, 돌아갈 집이 있어서."

"집 없는 사람이 어디 있어?"

나는 시큰둥하게 반문한다.

"제라드하고 나는 돌아갈 집이 없어."

도도가 어울리지 않게 제법 가라앉은 목소리로 말했다. 그러나 나는 그런 분위기를 못 맞추고 가슴에 꾹꾹 눌러놓았던 얘기를 꺼내고야 말았다. 남자가 좀스럽다고 할까 봐 참았는데 더 이상은 가만히 있을 수가 없었다.

"부탁이 하나 있는데!"

"뚱보야, 뭔데?"

"앞으로는 이름을 불러줬으면 해!"

"그러지 뭐."

"이런……."

나는 도도의 너무나 쉽게 나온 대답에 기운이 쭉 빠졌다. 아무튼 그녀는 조금이라도 복잡해지는 것을 용납하지 않았다.

생각해 가며 묻고 답하는 것을 얼마나 싫어하는지 같이 있는 동안 수없이 많은 얘기들을 여러 분야에 거쳐 지껄였지만 정작 그녀에 대해서 알아낸 것이라고는 없었다. 그래도 어쩌다가 한마디씩 꺼내는 콜렉터에 대한 얘기들은 깜짝깜짝 놀랄 정도로 풍부한 지식을 담고 있었다.

　나도 콜렉터 사냥을 다니면서 나름대로 그들에 대해 많은 연구를 했는데 콜렉터의 후계자와 반지에 대해서는 그녀에게 처음 들었다. 콜렉터의 반지는 다른 후계자를 찾기 전에는 빠지지 않는데 그 반지의 모양과 색깔에 따라 콜렉터의 서열이 정해진단다.

　나에게 장미 문양의 금반지를 준 제라드는 최고는 아니지만 높은 서열의 콜렉터였다.

　"도도, 집에 도착하면 우리 둘 사이를 뭐라고 할까?"

　고향으로 발길을 옮기면서 내내 결론을 얻지 못한 부분이었다.

　"그게 그렇게 중요한 거야?"

　"엉!

　몇 개월 만에 돌아온 아들이 떡하니 여자, 그것도 절세의 미녀를 데리고 와서 아무 사이도 아니라고 하면 그 말을 액면 그대로 받아줄 부모는 없을 것이다.

　"뚱보, 아니, 카론 마음대로 해."

　"애인이라고 해도 되지?"

　"그러든지."

　도도가 귀찮은지 손을 저었다.

　"야호!"

　나는 속으로 쾌재를 불렀다. 아무리 임시방편이라지만 예쁜 여자가 애인이라니 너무 신이 났다. 그녀가 내 애인이라고 하면 놀라 자빠질 사람이 한둘이 아니었다. 아마 나를 선택한 그녀에게 미쳤다고 수군거릴 게 틀림없었다. 외모만으로 보면 우리는 전혀 어울리지 않는 커플이었다.

　"도도, 오늘은 여기서 머물자."

“날도 저물고 그래야겠네.”

우리가 도착한 곳은 작은 마을이었다. 저녁 식사 때가 가까워져서 그런지 사람들이 별로 눈에 띄지 않았다. 두리번거리며 큰길을 따라 어느 정도 들어가자 건물들도 제법 있고, 깔끔하게 꾸며놓은 식당도 몇 군데 보였다.

“카론, 저기가 좋겠다.”

“너무 비싼 데는 안 돼!”

생각지도 못한 곁다리가 붙는 바람에 준비했던 자금이 거의 바닥을 보이고 있었다.

“일단 가보자.”

“알았어.”

도도를 앞세우고 들어선 식당 안은 겉보기와 달리 낡아 있었다. 내부 깊숙이 뿌연 연기가 자욱했으며, 벽에 금이 간 곳은 셀 수도 없었고, 식탁은 꾀죄죄하게 얼룩이 져 있었다. 음식할 때 지피는 연기가 빠져나가지 않았는지 느끼한 냄새도 진동했다. 그나마 위안거리는 먹음직스러운 통돼지 바비큐가 기다란 화로 위에서 골고루 익어가고 있다는 것이었다. 꼬르륵 소리만 절로 신이 났다.

“어서 오세요.”

주인이 굽실거리며 우리를 맞이한다.

“통돼지 바비큐 주세요.”

생각할 것도 없이 바로 주문했다.

“자고 갈 건가요?”

“방은 두 개!”

검지와 중지를 쫙 펴 보였다.

“선불입니다.”

그리 비싸지 않은 돈을 지불한 우리는 좋은 자리를 찾아 앉았다. 주변을 둘러보니 일행인 듯한 사내들이 테이블 몇 개에 나누어 앉아 식사를 하고 있었다. 덩치가 커다란 그들은 거칠어 보였다.

“음식 나왔습니다.”

구운 통돼지는 금세 나왔다. 구수한 냄새를 참을 수 없던 나와 도도는 부지런히 먹기 시작했다. 입으로 가져가는 고기 조각은 피곤한 여정을 잊어버릴 만큼 맛있었다.

“도도, 많이 먹어.”

“내 걱정 말고 너나 많이 먹어. 그 덩치 유지하려면 힘들잖아.”

“지금부터 살 뺄 거라니까.”

“콜렉터 교육받으면 저절로 빠진다니까.”

“그래도 준비는 해놔야지.”

“몸만 준비되면 뭐 하냐?”

“우리… 기분 좋게 먹자.”

매일같이 되풀이되는 대화였다. 그리고 또 한 가지.

“젠장! 무지 시끄럽군.”

“어디서 굴러들어 온 것들이 어르신네 식사하는 데 방해를 해!”

사내들이 못마땅한 얼굴로 중얼거렸다. 방법은 조금씩 다르지만 결론은 도도에게 집적거리기 위한 수작이다. 이 또한 매일 거르지 않고 있었다. 예쁜 여자를 애인으로 둔다는 것이 여간 힘든 게 아니었다.

“카론, 우리보고 그러는 것 같은데?”

“하루 이틀도 아닌데 신경 쓰지 말고 어서 먹기나 해.”

나는 바비큐 먹는 데만 열중했다.

"저 덩치는 먹는 것도 돼지 같구먼."

사내가 빈정거렸다.

"카론, 너보고 돼지란다."

"그래도 아직은 너에게 아무 소리 안 했잖아."

"곧 뭐라 하겠지."

도도의 말이 끝나기 무섭게 사내들이 슬슬 접근을 시도한다.

"예쁜 레이디, 꿀꿀이랑 놀지 말고 이리로 오지?"

"그런 푸석한 물살보다야 나하고 노는 게 더 화끈하고 좋지."

"히히히, 어서 오라니까."

점점 노골적으로 도도를 자극하고 있다.

"이제야 나를 부르네."

도도가 의자를 밀며 일어선다.

"그럼 가봐."

말려야 소용없다는 걸 15일 동안 함께하며 경험으로 알았다. 단지 그녀를 건드리지 않으면 절대 나서지 않기로까지는 약속을 했다. 그러나 오늘도 소용없는 약속이 돼버리고 말았다. 언제쯤 조용히 식사 한 번 할 수 있으려는지…….

"아저씨들! 날 불렀어?"

도도가 사내들 앞으로 다가갔다.

"어쭈, 계집애는 그래도 성질이 있는데?"

"남자 놈보다는 낫구먼."

사내들도 천천히 자리에서 일어났다.

"아이야, 너 무지하게 예쁘구나?"

사내들 중 덩치가 제일 커다란 대머리가 도도에게 다가왔다.

퍽!

대머리는 비명도 없이 무릎을 꺾으며 주저앉았다.

"저리 가!"

도도는 주저앉는 대머리의 턱을 발로 걷어찼다.

우당탕탕!

삽시간에 사내들이 도도를 둘러쌌다.

"이것이!"

"감히 우리가 누군 줄 알고!"

"혼나고 싶어?"

사내들이 동료를 일으켜 세우며 도도에게 달려들었다. 하지만 그녀의 빠른 몸놀림에 사내들은 속수무책으로 식당 바닥으로 고꾸라졌다

우당탕탕!

쨍그랑!

우직끈!

나는 천방지축으로 날뛰는 도도를 무심히 바라보았다. 그녀의 활극(活劇)에 어느 정도 익숙해진 것 같았다.

"한 번 더 해볼까?"

도도는 싸움을 즐기고 있었다. 그녀는 가시를 숨기고 있는 장미 같은 여자였다.

"이……!"

사내들은 자기들끼리 눈치를 살피며 어쩔 줄을 몰라 했다. 그냥 물러나자니 자존심이 상하고, 또 덤벼봐야 상대가 안 될 것 같으니 답답할 것이다.

스스릉!

롱 소드는 도도의 분신과도 같은 도구였다.

"자신있으면 다시 덤벼봐."

칼끝이 사내들의 가슴을 일일이 겨누며 지나갔다. 새파랗게 질린 놈들은 누가 먼저랄 것도 없이 도망가기 바빴다.

"아, 아닙니다."

"빨리 나가!"

이리저리 엉키고 설키고 식당 문이 미어터졌다.

우당탕탕!

사내들이 그림자 꼬랑지까지 싹 감추자 어딘가에 숨어 있던 식당 주인이 나타났다.

"이층에 방을 준비했는데요."

양손을 꼭 쥐고 우리의 눈치를 살핀다.

"올라가 보죠."

주인을 따라서 위층으로 올라온 우리는 곧장 각자의 방으로 흩어졌다.

"카론, 잘 자라."

"너도."

자기 방으로 들어서는 도도의 뒷모습을 보며 고개를 절레절레 흔들었다. 남자 알기를 발가락에 낀 때만큼도 안 여기는 여자가 뭐가 좋다고, 요즘따라 그녀 방에 같이 들어가고 싶다는 생각을 불현듯 하게 된다. 그럴 때마다 나는 주문을 외웠다.

"카론 스메드, 넌 이제 콜렉터야!"

오늘도 피곤한 하루였다.

“아— 함!”

방문을 열고 들어오면서 하품을 그어댔다.

핑그르르!

물기 젖은 눈앞에 포근한 침대가 나를 유혹한다. 작은 촛불이 흔들거리는 아늑한 분위기가 내 마음을 잠자리로 더욱 끌어당겼다.

“아흐!”

그 자리에서 팔을 벌리고 허공으로 몸을 날렸다. 출렁이는 내 살덩이들이 침대에 철퍼덕 내리깔리는 찰나였다.

“커억!”

순간 침대 깊숙이 숨어 있던 커다란 손이 불쑥 나오며 내 목을 움켜잡았다.

“누, 누구?”

목소리가 갑갑하게 겨우 올라왔다.

“콜렉터는 모조리 죽인다.”

침입자는 나를 밖으로 밀며 촛불이 있는 밝은 쪽으로 나왔다.

“어어?”

아는 얼굴이다.

“오잉?”

고슴도치수염도 나를 아는지 깜짝 놀라는 표정이다. 하지만 그가 정작 놀란 이유는 다른 데 있었다.

“너처럼 못생긴 콜렉터가 있다니 믿을 수가 없구나!”

어딜 가나 빠지지 않는 내 얼굴이다.

“캑! 캑!”

버둥거릴수록 목이 더욱 조여왔다.

“못생긴 것도 신기한데 너무 어설픈 콜렉터로군. 싸움도 전혀 못하는 것 같고 말야.”

“코… 넬프.”

나는 사내의 이름을 기억해 냈다. 자세히 보니 그는 중년쯤 되어 보이는 곰보사내였다. 그러나 고슴도치수염은 나를 전혀 모르고 있었다.

“오늘은 약골이라 쉽게 끝나겠어.”

“숨… 막혀……”

코넬프는 제라드를 좇아 여기까지 온 것이 아니었다. 순간 나의 빠르게 회전하는 머리가 위험 신호를 보내왔다. 코넬프가 내 앞에 나타났다는 것은 콜렉터로서의 죽음을 뜻하는 것이었다.

“일단… 이… 이것 좀 놔주세요.”

“죽으면 고통 따위는 사라지지.”

무슨 말인가 해야 했다. 여기서 생을 마감할 수는 없다.

“우리… 전에… 만났잖아요.”

“언제?”

눈을 부릅뜬다.

“15일쯤 됐어요.”

“그래?”

사냥꾼은 떠오르지 않는 과거를 뒤적이는지 고개를 갸우뚱거렸다.

“죽… 을 뻔한 나를 구… 해줬잖아요.”

“거짓말 마라!”

채찍이 내 턱을 들어 올렸다.

"기… 억 안 나세요?"

답답한 가슴을 내밀며 겨우겨우 말을 이었다.

"내가 콜렉터를 구해주다니, 있을 수 없는 얘기다!"

"정말이라니까요."

"……?"

코넬프는 믿을 수 없다는 눈빛으로 나를 노려보았다. 잠시 뚫어지게 나를 응시하던 그가 내 목을 풀어주며 채찍을 곧추세웠다.

"자세히 말해 봐라!"

목이 편해진 나는 모자란 숨부터 폐 속 깊숙이 채워 넣었다.

"후우~"

"무슨 이유로 내가 콜렉터를 살려준 거냐?"

놀랐던 만큼 무척이나 궁금한가 보다. 전혀 기억이 나지 않으니 더할 것이다.

"당시에는 나도 콜렉터가 아니었어요. 따지고 보면 지금도 정식 콜렉터는 아니에요."

"그럼 후계자인가?"

"예!"

"나를 처음 만났을 때에도 후계자였나?"

"아뇨."

"어쩐지……."

사냥꾼은 자신이 나를 살려준 이유를 만족하게 받아들였다.

"후계자이든 콜렉터이든 나한테 걸리면 오로지 죽음뿐이거든."

"그렇군요."

나는 아직도 아픈 목을 쓰다듬으며 섬뜩한 기분을 느꼈다. 그의 말대로라면 이 순간 내가 살아날 가망성은 전혀 없어 보였다. 지금부터는 잘난 내 머리로 이 곤경을 빠져나와야 한다. 도도가 외주면 더 이상 바랄 게 없을 텐데, 그런 일은 내가 죽을 때 꽥 하고 비명이라도 질러야 가능할 것이다.

"우리 산타마라는 곳에서 봤잖아요."

내가 웃음을 띠며 친근감을 보였다. 위급한 생각이 행동을 부르고 있었다. 슬슬 사냥꾼의 마수에서 벗어나기 위한 작전을 펴야 했다.

"산타마?"

코넬프가 지난 일을 더듬거린다.

"제라드를 쫓고 있었는데……."

작은 힌트를 주었다.

"아하, 그렇군."

탁 하고 무릎을 친다.

"이제야 기억이 나시는군요."

나는 과장된 몸짓으로 반색했다. 마치 잃어버렸던 강아지라도 찾은 듯이 쩍 벌린 웃음으로 하하거렸다.

"제라드하고 붙어 있어서 내가 둘 다 끄집어냈었지."

"맞아요."

"제라드 이 나쁜 놈! 얼굴도 안 되는 아이를 자기가 살기 위해 이용하다니, 다음에 잡히면 그냥 두지 않을 거다."

코넬프는 무엇을 확인하듯 내 손을 잡아당겼다.

"제라드가 준 반지인데요."

"그렇구나. 금빛 장미는 흔하지 않으니까."

"어떨결에 반지를 받아서 끼었죠."

나는 처량한 목소리로 대답했다. 일단은 동정심을 유발해야 했다.

"불쌍한 놈이구나."

코넬프가 나를 안쓰럽게 바라본다.

"나를 죽일 건가요?"

이쯤에서 툭 한번 건드려 본다.

"불쌍하기는 하지만 어떤 경위로 후계자가 됐든 죽음을 면치는 못한다."

"왜요?"

나는 깜짝 놀라는 척을 했다. 이미 짐작했던 일이었고, 여기까지는 머리 속에 환히 그려져 있었다. 그 답도 뻔할 것이다.

"악(惡)은 뿌리부터 뽑아야지."

예상한 대로다.

"그런데 나를 어떻게 찾았죠?"

나는 자연스럽게 대화를 다른 쪽으로 돌렸다. 코넬프에게 결론을 만들어준다는 건 위험을 자초하는 일이었다.

"이게 뭔지 아니?"

코넬프가 품에서 작은 상자를 꺼냈다.

"콜렉터를 찾는 기구인가요?"

상자 안에는 작은 바늘이 흔들거리고 있었다. 마치 바다에서 뱃사람들이 쓰는 나침반 비슷한 모양이었다.

"얼굴은 안 된다 했더니 머리는 꽤 똑똑하구나."

"다른 것도 알아요."

"뭘?"

"그 기구는 정확히 말하면 콜렉터의 반지를 추적하는 거죠?"

‘콜렉터 추적기’를 보는 순간 코넬프가 나를 쉽게 찾은 이유를 알았다. 그것은 제라드의 반지 때문이었으며, 덕분에 제라드가 나를 후계자로 삼은 진짜 의도까지 파악할 수 있었다. 이빨에서 으드득 소리를 냈다.

“맞다. 우리는 그것을 보고 콜렉터를 추적하지.”

코넬프가 신기한 듯 나를 쳐다본다.

“우리라면… ‘콜렉터 사냥꾼’이 많은가요?”

“몇 명인지는 모르지만 사냥꾼은 모두 코넬프라고 부른다.”

“그럼 진짜 이름은 뭐예요?”

나는 부드럽게 물었다. 괘씸한 제라드 때문에 기분은 별로 좋지 않았지만 우선은 코넬프의 비위부터 맞춰야 했다.

“사냥꾼이 되면서 이름을 잊은 지는 오래다.”

“그전에는 무슨 일을 하셨는데요?”

“곡예단에서 채찍으로 묘기를 보였었지.”

얘기가 뜻한 대로 잘 흘러가고 있었다. 그래서인지 코넬프는 물어보지 않은 말까지 쉬지 않고 꺼내놓았다.

“코넬프 중에는 마법사들도 있는데 무척 강하지. 어떤 콜렉터도 그들에게는 꼼짝 못할 거야. 설령 ‘로즈 아일랜드’라고 해도 말야.”

사냥꾼이 눈을 가늘게 떴다.

“모두 콜렉터에게 여자를 빼앗긴 사람들인가요?”

“청부업자도 있지만 대부분이 그렇지.”

“저도 여자에게 버림받았죠.”

나는 슬픈 표정으로 고개를 떨구었다. 얘기의 초점을 우리 둘의 공통점으로 몰고 가며 살기 위한 두 번째를 시도했다.

“정말? 너도 사랑하는 여자가 있었단 말야?”

고슴도치수염도 별로 잘나 보이지 않고만, 그는 믿을 수 없다는 표정이다.

“그럼요.”

떨떠름하게 고개를 끄떡였다.

“콜렉터에게 빼앗겼어?”

“예!”

기다리던 대목이다.

“나쁜 놈들!”

코넬프는 화가 나는지 벌떡 일어났다. 아마 그는 애인을 빼앗기던 당시를 떠올리고 있을 것이다. 나에게는 아주 좋은 기회였다.

“할 말이 있어요.”

내가 글썽이는 눈길로 사냥꾼을 바라보았다. 그러자 그도 나를 무척이나 측은하게 받아주었다. 같은 처지로써 연민의 정을 느낄 수 있었다.

“말해 봐!”

“저를 살려주세요!”

슬쩍 눈치를 보았다.

“뭐야?”

사냥꾼은 원래의 목적을 깨달았는지 흠칫했다. 하지만 다른 말 할 기회를 주지 않고 강하게 밀어붙여야 한다.

“사랑하던 여자를 빼앗긴 것도 모자라서 놈들의 후계자가 되어서 이렇게 죽어야 한다면 너무 억울하잖아요.”

“그래서?”

"제라드를 죽여서 복수하겠어요!"

나는 침착하게 준비했던 결론을 말했다.

"네가 죽인다고?"

"기회를 주세요."

"기회라?"

"설령 놈한테 당한다 해도 어차피 죽을 목숨이었으니까 상관없어요."

"그거야 그렇지만 놈을 죽일 방법은 있어?"

"후계자인 나를 찾아왔을 때 죽이면 돼요."

나는 자신있게 말하며 눈에 힘을 주었다. 확고한 의지를 제대로 보여줘야 했다.

"그게 가능할까?"

코넬프는 미심쩍은 표정이다.

"설마 후계자를 의심하겠어요?"

의기양양하게 대답했다. 그러나 코넬프의 반응은 어이없다는 웃음뿐이었다.

"하하하!"

"왜 웃어요?"

불길한 느낌이 급히 달아오른다.

"너를 죽이러 오는데 뭘 의심하고 안 하고 해?"

"주, 죽이러 온다고요?"

한순간에 모든 것이 무너지며 머리가 아찔해졌다.

"문제는 네가 놈을 이길 실력이 안 된다는 거야."

"도대체 무슨 말인지……."

충격 때문에 말끝도 챙기지 못하고 흐느적거렸다.

"놈이 너를 찾아오는 건 반지를 회수하기 위해서야."

입맛을 다시는 코넬프의 표정에서 결론이 쉽게 나왔다. 앞뒤 가리지 않고 후계자가 됐다고 좋아하던 내 자신이 한심했다.

"이 반지를 찾는 방법이 후계자를 죽이는 건가요?"

나는 금빛 반지를 들여다보았다.

"그렇지."

사냥꾼의 대답을 들으며 모든 것을 알게 되었다. 나를 이용해서 코넬프의 손아귀에서 벗어나려던 제라드의 본심을 재차 확인하는 순간이기도 했다.

"제라드가 반지를 회수하러 올 날이 최대한 보름 정도 남았겠군요."

나는 무뚝뚝하게 코넬프를 바라보았다.

"한 달 동안 '레드 볼'을 섭취하지 않으면 죽으니까."

코넬프가 내 짐작을 확인시켜 주었다. 제라드가 나를 죽이러 올 수밖에 없는 현실이 더욱 확실해진 것이다.

"진작에 눈치 챘어야 했는데……."

이제 와서 후회해야 소용없는 일이었다. 멍하니 허공만 바라보았다.

"내가 너를 죽이려는 진짜 이유를 아냐?"

코넬프는 자신의 입장을 설명하려고 했다.

"악은 뿌리부터 없애야 한다면서요?"

나는 들은 대로 퉁명스럽게 대답했다.

"아니… 그거 말고……."

그냥 죽이면 될 텐데 그래도 한줄기 양심은 있는지 코넬프가 당황하며 말을 이었다. 보기보다 마음이 약한 듯했다.

"…어차피 제라드에게 죽을 텐데 굳이 내가 너를 처치해야 하는 이유 말야."

"알아요."

"알아?"

놀라는 눈치다.

"그 정도는 기본이죠."

"캬!"

감탄사까지 흘러나온다.

"죽이기에는 머리가 아깝구나."

"나도 같은 생각이에요."

하나를 알면 열 가지를 챙겨내는 천재적인 머리가 그렇게 흔한 것은 아니었다.

"혹시 내가 그 반지를 뺏으려고……."

"그거 아닌 것도 알아요."

나는 코넬프의 말을 중간에서 끊었다. 만일 반지가 코넬프의 손에 들어갈 수 있었다면 '로즈 아일랜드'는 벌써 찾고도 남았을 것이다. 하지만 전설이 생기고 몇백 년 동안 섬을 보았다는 코넬프나 사람들은 없었다.

"내가 죽으면……."

잠시 머리 속을 종합적으로 정리해 보았다. 코넬프의 입장에서 잣대를 놓고 재어본다면 나보다는 제라드가 더 가치가 있었다. 그런데도 나를 인질로 삼아 제라드를 기다리는 것이 아니라 여기서 못생긴 후계자를 곧바로 죽이려 하는 것은 이 방법이 훨씬 이득이기 때문이다. 여기까지 생각이 도달하자 나의 최종 결론이 쉽게 튀어나왔다.

"내가 사라지면 제라드도 펑!"

양팔을 벌리며 어깨를 으쓱했다. 후계자가 죽으면 콜렉터의 반지는 '로즈 아일랜드'로 귀속되는 것이 분명했다.

"그러니 내 손에 죽더라도 나를 이해해 주기 바란다."

아직도 감탄의 눈빛으로 나를 바라보는 코넬프였다.

"후후후."

이럴 땐 허탈한 웃음이 제일 먼저 나온다는 사실을 몸소 체험했다.

"제라드가 생각보다 빨리 올 수도 있겠네요."

"네가 섬으로 들어가면 놈도 끝장이니까."

후계자는 어떤 경로로든 '로즈 아일랜드'로 불려 들어갈 것이다. 그 말은 스승인 콜렉터가 생을 마감했다는 뜻이었다. 제라드는 내가 섬으로 불려가기 전에 사력을 다해 나타날 것이다. 하지만 시간이 흐르면서 한 가지 의문이 생기는 것은 어쩔 수 없었다.

코넬프의 추적기가 쫓아오는데도 후계자를 정하기 전에는 절대로 빠지지 않는 콜렉터들의 반지가 왜 중요한가는 고슴도치수염을 통해서 확인했었다. 장미 모양의 반지는 먹이를 '로즈 아일랜드'로 전송하는 생명의 도구였던 것이다.

따라서 '언데드'에 가까운 콜렉터가 함부로 후계자를 정하지는 않을 텐데 제라드는 선뜻 나에게 자신의 반지를 빼 주었다. 콜렉터에게 그런 경우는 목숨을 걸 만큼 중요한 사태가 발생했거나, 콜렉터로서 회의를 느껴 스스로 죽음을 선택할 때뿐일 것이다.

그러나 제라드는 후자일 가능성이 전혀 없었다. 그는 삶에 미련이 많은 콜렉터였다. 그렇다고 도도의 엉덩이에 깔려 있던 고슴도치수염이 제라드의 목숨을 위협할 가능성은 거의 제로였다.

"그만 가봐야겠다."

코넬프가 채찍을 바로 쥐었다.

"이제 죽는 일만 남았군요."

팔을 벌렸던 어깻죽지가 덜거덕 소리를 내며 힘없이 떨어졌다.

"꼬마야, 너는 어차피 제라드에게 죽을 목숨이다. 설령 내가 너를 살려주고 운이 좋아 콜렉터가 된다 해도 언젠가는 다른 코넬프들에게 잡히게 돼 있다."

"훗, 그렇겠죠."

"모든 걸 신의 뜻으로 받아들이고, 오히려 나한테 죽는 것을 감사하게 생각해라. 다른 코넬프들은 너무 잔인해서 콜렉터들이 스스로 목숨을 끊는 경우도 있단다."

코넬프가 선심을 베푸는 일장 연설을 끝내더니 채찍을 천천히 들었다.

그 순간,

꽝!

방문은 거의 부서지기 직전이었다.

"카론! 안 자고 뭐 해?"

긴 머리의 여자였다.

"도도……."

나보다도 코넬프가 먼저 그녀를 알아보았다.

"혼자서 뭘 그리 중얼거려? 시끄러워서 잘 수가 없잖아!"

아직까지 상황 파악이 덜 된 도도가 고래고래 소리를 지른다. 침대에서 뒹굴다 일어나서 그런지 머리가 삐죽삐죽 솟아 있었다. 그래도 그녀는 구원의 천사였다.

"잉? 코넬프?"

이제 봤나 보다.

"도도, 네가 여긴 어쩐 일이냐?"

사냥꾼은 당황하고 있었다.

"후계자를 쫓아온 거야?"

"네가 이 뚱보하고 같이 있다니……."

상상하지 못한 일이 현실로 일어나면 사람들은 종종 멍청해질 때가 있는데 코넬프도 예외는 아니었다.

"오라는 제라드는 안 오고 저런 날파리만 왜 자꾸 나타나는 거야?"

잠을 못 잔 짜증을 코넬프에게 퍼부었다.

"뭐? 날파리?"

"오늘은 기필코 너를 가만 두지 않겠어."

"으음!"

코넬프가 무거운 신음을 흘렸다. 둘이 싸우는 모습을 본 적이 있는 나로서는 고슴도치수염의 심정을 읽을 수 있었다. 실력 차이가 꽤 나던데 무지 걱정될 것이다. 산타마에서 짠 하고 나타났을 때의 기백은 전혀 보이지 않았다.

"꼼짝 말고 기다려!"

도도는 롱 소드를 가지러 가는지 내 방에서 일단 나갔다.

"뭐 해요? 빨리 도망가요!"

"그, 그래야지."

엉거주춤 어찌할 바를 모르던 코넬프가 뒤도 돌아보지 않고 창밖으로 몸을 날렸다.

"체!"

코웃음이 나왔다. 내심 바라고 있던 결과였지만 황급히 도망치는 코넬프를 보며 그동안 무슨 배짱으로 매번 도도 앞에 나타났는지 의심스러웠다.

"코넬프 어디 갔어?"

잠시 후 칼을 들고 다시 내 방으로 들어온 도도가 사냥꾼을 찾았다.

"도망갔지."

"흥! 정말 운 좋은 놈이네."

"너한테 그렇게 당하면서도 아직 이곳에 있다면 머리가 나쁜 놈이지."

"알고서 나타나는 게 아니라 콜렉터를 쫓아왔다가 몇 번 부딪쳤지. 하필이면 꼬박꼬박 제라드만 잡으러 온다니까."

"그래도 산타마에서는 꽤 용감하던데?"

"그전까지야 데리고 노는 정도였지. 그랬더니 놈이 겁이 없어진 거야."

장난감 수준이었다는 말이다. 산타마까지는 몇 번이고 멋있게 등장했겠지만 고슴도치수염도 도도의 시퍼런 서슬을 느꼈기에 부리나케 도망간 것이다.

"하지만 이제는 죽여야겠어."

도도가 입술을 꾹 깨문다.

"제라드를 지키려고?"

“아니, 놈은 제라드의 상대가 되지 않아.”

“그럼?”

“놈을 데리고 노는 것이 재미없어졌어.”

“허허… 코넬프가 불쌍하군.”

도도는 ‘콜렉터 사냥꾼’ 이 도망친 창문으로 천천히 걸어갔다. 그녀
가 여린 손끝으로 커튼을 들추자 달빛이 환하게 들어오며 여인의 아름
다운 몸매를 은근히 비춰주었다. 사람 죽이기를 재미로 아는 그녀였지
만 내가 보기에는 틀림없이 천사가 맞았다.

결투(決鬪)

　며칠째 시름시름 앓고 있었다. 도도의 말로는 콜렉터의 규칙을 어겨서 벌을 받는 중이라고 했다. 반지를 받고 후계자가 되는 순간부터 몸도, 마음도 콜렉터로서 명예를 지켜야 한단다. 자신이 살기 위해 '로즈 아일랜드'와 콜렉터의 이름을 파는 행위는 절대로 용서받을 수 없는 중형이란다. 나 같은 후계자가 들으면 억울할 정도로 일방적인 규칙이었다. 죽음을 앞둔 상황에서 그런 거 따질 사람, 아니, 콜렉터는 없을 것이다. 그리고 제라드를 죽인다고 큰소리쳤던 '스승 모독죄'도 덤으로 내 죄명에 얹혀져 있었다.

　"제라드는 나를 이용했던 거야."

　"그거야 직접 만나서 물어봐야 알겠지만 꼭 그렇지만은 않아."

　부들부들 떨리던 입이 말을 할 정도가 되면서부터 나는 제라드를 비난하기 시작했다. 고슴도치수염하고 나누었던 내 영특한 짐작들을 마

구 퍼부었다. 당연히 '스승 모독죄'에 몇 번이고 걸려서 허연 거품을
물기도 했지만 분을 삭이기에는 너무 모자란 아픔이었다.

"후계자가 살면 스승인 콜렉터가 죽는 거잖아."

"물론 카론 말이 무슨 뜻인지는 아는데……."

도도는 끝까지 제라드의 편에 서서 변명을 늘어놓으려 했다. 그러나
내가 그녀의 말을 냉정하게 끊어버렸다.

"솔직하게 말해 봐!"

"뭘?"

"내 곁에 있는 진짜 이유 말야."

"그거야 제라드를 만나기 위해서지."

별걸 다 묻는다는 표정이다.

"정말?"

강하게 노려보았다.

"다… 른 이유가 있을 턱이 없잖아."

도도가 주춤한다.

"후후, 내가 살아서 '로즈 아일랜드'로 들어가거나 그전에 코넬프의
손에 죽으면 제라드를 영원히 만날 수 없는데도?"

"으음!"

대답을 하지 못한다.

"도도의 본래 목적은 나를 지키는 거였어. 그래야 제라드도 살릴 수
있으니까. 제라드를 만나는 것은 그 다음 문제였던 거야. 하기야 삶에
미련이 많은 콜렉터가 다시 나타나리라는 확신도 어느 정도, 아니, 절
대적으로 확신했겠지. 그러니까 태연스럽게 후계자 운운하면서 '로즈
아일랜드'가 어떻고 하며 나를 안심시켰던 거야. 혹시라도 내가 미리

알고 도망쳐서 섬에 들어갈까 봐 말야."

나는 마음에 담고 있던 말들을 비웃듯이 쏟아냈다. 그러나 도도의 반응은 오히려 차분했다. 그녀는 복잡한 걸 싫어하는 성격이었다.

"훗, 들켰네."

"뭐?"

어이가 없다.

"카론 말이 모두 맞아. 하지만 그렇다고 우리 사이가 달라지는 건 없어."

"왜 달라지는 게 없어?"

목숨이 걸린 문제다.

"제라드가 나타날 때까지 카론은 나하고 같이 다니는 거야."

"콜렉터가 나타나는 날이 내가 죽는 날이겠네?"

"후계자의 반지는 스승 콜렉터만이 뺄 수 있으니까."

"죽여서 말이지?"

"호호호."

도도가 대답 대신 느닷없이 웃어 젖힌다.

"웃어?"

"호호호호호."

점점 더 자지러진다.

"남은 죽게 생겼는데 지금 웃음이 나와?"

내가 벌컥 화를 냈다.

"당연히 우습지."

"뭐가?"

"내가 겪은 바로 카론은 똑똑한 사람인데 지금은 바보 같아서."

"……?"

"그렇게 다 알고 있으면서 뭐 하러 나한테 묻냐?"

"……?"

"그냥 모른 척하고 있다가 기회 봐서 도망가면 될 텐데."

"후후……."

무슨 얘기인가 했더니 별거 아니었다. 나라고 그런 생각을 안 해본 것은 아니었다. 다만 도도를 통해서 확인하고 싶었을 뿐이다. 더구나 그녀의 눈을 속이고 도망간다는 것은 거의 불가능한 일이었다.

"내가 무슨 수로 마녀의 손아귀에서 벗어나? 어차피 이렇게 끌려 다니다가 죽는 거지."

도도의 인상이 찌그러진다. 마녀라는 말에 기분이 상했나 보다. 그러나 그녀는 한마디 반박도 없이 심각한 어조로 앞으로의 우리 사이를 강조했다.

"어쨌든 우리는 같이 다녀야 해! 그리고 제라드가 나타난다 해도 카론을 꼭 죽인다고는 할 수 없어."

"휴우~"

한숨을 절로 나왔다. 도도의 마지막 말을 들으며 내 머리 속을 계속 헤집고 다니는 문제를 들춰냈다.

"다른 것은 묻지 않겠어."

"……?"

"내 짐작으로는 콜렉터가 후계자를 정하는 이유는 딱 두 가지뿐이야. 그런데……."

나는 어젯밤 가지고 있던 의문점을 풀어놓았다.

"맞아!"

도도가 내 얘기를 들으며 반색했다.

"내가 지금 그 얘기를 하는 거야. 산타마에서 제라드는 후계자를 정할 필요가 전혀 없는 상황이었어. 그런데도 카론에게 반지를 주었다면 다른 생각이 있을 거야."

"혹시 도도 때문에 도망가려고 그랬던 건 아닐까?"

"그가 나를 피해 다니기는 하지만 목숨까지 버릴 정도는 아니지."

"이해를 못하겠다니까."

나는 고개를 가로저었다.

"내가 제라드를 이해 못하는 것은 너처럼 싸움도 못하는 아이를 후계자로 삼은 거야. 나 아니었으면 어제 같은 경우 코넬프에게 고스란히 당했을 거 아냐?"

옳은 얘기였다. 의심은 의심을 낳는다고 하더니, 모든 것이 답답하기만 했다.

"제라드가 며칠 안으로 반지를 회수하러 오겠지?"

"솔직히 그것도 모르겠어."

"안 오면 죽는데?

잠깐이지만 뭔가 희망이 보이는 듯했다. 그러나 제라드는 삶에 미련이 많은 콜렉터였다.

"아고고, 모르겠다. 그만 하자."

도도가 귀찮은 듯 손을 내저었다. 하기야 그녀에게는 머리를 써야 하는 이 순간이 지옥 같을 것이다.

"나한테는 중요한 문제야."

"우선은 제라드를 기다려 보고, 만일 안 나타나면……."

"정말 안 나타날 수도 있는 거야?"

가능성이 없는 얘기는 아닌 듯해 재차 확인하면서 내 귀가 솔깃했다.

"몰라!"

도도가 심각한 표정으로 입을 다물었다. 그녀에게는 나보다는 제라드의 목숨이 더 중요할 것이다. 그가 나타나지 않는다는 것은 곧 그의 죽음을 의미하기 때문이었다.

"카론."

"왜?"

"여자 사귀어본 적 있어?"

"아니."

"휴우~"

이번에는 도도가 긴 한숨을 뿜어냈다.

"왜 그러는데?"

분위기가 갑자기 변해 버렸다.

"만일 제라드가 나타나지 않는다면 그를 살리는 방법은 카론이 먹이를 '로즈 아일랜드'로 보내는 것뿐이야."

"뭐?"

너무나 기가 막힌 얘기였다.

"물론 우리가 '레드 볼'을 전해줄 때까지 제라드가 살아 있어야 하겠지만……."

도도의 얼굴이 더욱 참담하게 변하였다. 그녀는 진정으로 제라드를 사랑하고 있었다. 하지만 그런 모습이 나한테는 별로 반갑지 않았다. 그래도 요즘 행복할 수 있던 것은 코넬프의 침입이 있은 후부터 도도와 함께 잔다는 것이었다. 밤이면 밤마다 불쑥불쑥 바랬었는데 그 소원이 이루어지다니 꿈만 같았다. 인생이라는 게 동전의 양면 같아서 좋은 일과 나쁜 일이 한꺼번에 공존한다더니 딱 맞는 말이었다. 비록 코넬프의 손길에서 나를 보호한단 명목이었지만 하루의 그만큼을 도도의 향기로 더 채울 수 있다는 사실이 아픈 것을 잊게 할 만큼 기뻤다.

"카론, 그만 나가자."

"알았어."

나는 한발 물러서서 도도를 바라보았다.

"모든 것은 제라드가 나타나면 알겠지."

"그래."

벌써 태양이 하늘의 꼭대기를 찌르고 있었다. 우리는 방금 끝난 식사를 뒤로 물리고 짐을 챙겨서 하루 묵었던 숙소 문을 나섰다. 요즘은 내가 아픈 까닭에 잠자리를 좋은 곳으로 얻고 있었다. 돈이 조금 모자라긴 했지만 방을 하나로 쓰는 덕에 그럭저럭 하루하루를 넘기는 중이었다.

"카론, 집까지는 아직 먼 거야?"

"오늘밤만 숙소 신세를 지면 돼."

"와우! 거의 다 왔구나?"

움츠려 있던 도도의 어깨와 얼굴이 활짝 퍼진다.

"그렇게 좋아?"

"이제 편하게 잘 수 있잖아."

"어휴!"

단순한 여자 같으니라고. 길을 나서기 전의 심각한 상태는 이미 사라지고 없었다.

"카론은 별로 안 좋은가 보다?"

“그냥 그래.”

집에 가면 제라드가 찾아올 날만 속태우며 기다려야 한다. 그나마 위안거리인 도도와의 동침도 끝나는 것이다. 이러니 고향이 반가울 리 없었다. 더군다나 지금 내 머리 속에는 제라드가 나타나지 않을 경우를 생각하고 있었다. 도도의 말과는 달리 내가 먹이를 ‘로즈 아일랜드’로 보내지 않는다면 나는 살 수 있을 것이다. 하기야 이 얼굴로 먹이를 챙긴다는 것도 거의 불가능한 일이었다. 이런저런 상념이 어지럽게 떠오를 때였다.

“카론!”

도도가 내 어깨를 잡아당긴다.

“어… 엉?”

머리 속이 복잡하던 나는 깜짝 놀랐다.

“저기 무슨 일이 있나 보다.”

“어디?”

나는 도도가 가리키는 곳으로 몸을 돌렸다. 그곳에는 이른 시간인데도 불구하고 사람들이 무더기로 모여 있었다.

“카론, 가보자.”

“대신 남의 일에 나서지 말기야?”

벌써 사람들 곁으로 달려가는 도도에게 주의를 잊지 않았다.

“알았어.”

건성으로 대답한 도도가 사람들 사이를 헤집었다.

“도도, 무슨 일인데?”

“남자 둘이 서로 노려보고 있어.”

“결투인가 보다.”

“그런 거 같아.”

“벌써 시작한 거야?”

“아니.”

우리는 앞쪽으로 좋은 자리를 잡았다. 사람들이 마구 파고드는 우리를 못마땅하게 바라보았지만 크게 개의치 않았다.

“누가 이길 것 같아?”

“잘생긴 남자!”

“치! 도도는 무조건 잘생긴 쪽이구나?”

“기분 나쁘면 카론은 못생긴 남자에게 걸어.”

“나하고 내기하자는 거야?”

“뭐 내기할래?”

“으음!”

나는 잠시 결투를 앞두고 있는 두 남자를 바라보았다. 긴 머리를 뒤로 질끈 묶고 있는 남자는 싸움하고는 상관없어 보이는 호리호리한 미남형이었고, 다른 남자는 강한 인상의 전형적인 용사 타입의 역삼각형 근육질 몸매였다.

“나는 용사 쪽에 걸 테니까⋯⋯.”

“후회하지 않지?”

도도가 겁을 준다. 그러나 누가 봐도 승부는 결정난 거나 다름없었다.

“안 해!”

“그럼 뭐 내기할래?”

“지는 사람이 이긴 사람에게 뽀뽀해 주기로 하자.”

슬며시 웃음이 나왔다. 지든 이기든 도도와 입맞춤을 할 수 있었다.

“카론, 실속적인 걸로 하자.”

“나한테는 이게 실속…….”

“업어주기로 하자!”

도도가 내 말을 딱 자르는 순간 결투가 시작됐다.

“감히 내 여자를 숨기다니, 용서할 수 없다!”

우락부락한 용사의 입에서 침이 사방으로 튀었다.

“나는 숨기지 않았어!”

“그렇다면 빨리 내놔!”

“사라가 자네를 보기 싫다고 하는군.”

여자의 이름이 사라인 듯했다.

“거짓말 마라!”

“평소에 잘해주지.”

미남이 비웃었다.

“뭐야?”

“지금이라도 물러나면 없던 일로 해주지.”

상대가 안 될 거 같은데 오히려 큰소리다. 더군다나 남의 여자를 빼
앗은 주제에 적반하장도 유분수였다.

“아무튼 잘생긴 것들은 뻔뻔하다니까.”

자신의 잘못도 모른 채 함부로 지껄이고 있었다.

“또 아플라.”

“아프긴, 겨우 괜찮구먼.”

“같은 콜렉터끼리 비난해도 벌을 받지.”

“뭐?”

“나한테 뭐라고 하지 말고 선배가 싸우는 거나 잘 봐.”

"선배?"

"머리 뒤로 깍지 낀 남자의 손을 잘 봐."

도도는 손으로 잘생긴 남자를 가리켰다. 그의 손가락에 은백색의 반짝이는 것이 보였다. 자세히 보니 장미 모양이 뚜렷한 은반지였다. 그녀가 내기에서 호리호리한 쪽이 이긴다고 장담한 이유를 알 만했다.

"저 남자도 콜렉터란 말이지?"

"엉. 실버 콜렉터야."

2년 동안을 죽어라 쫓아다녀도 안 보이던 콜렉터가 이제는 너무 쉽게 보이는 듯했다. 어쩌면 지금처럼 너무 흔한 것을 무심코 지나쳤을지도 모르는 일이다.

"저 남자처럼 자신있게 해야 해."

"저건 뻔뻔한 거지."

"너도 저렇게 될 거야."

"제라드가 나를 죽이지 않으면……."

나는 말끝을 흐렸다. 잊을 만하면 떠오르니 참으로 못 견딜 일이다. 내 앞날이 어떻게 될지 모르는데 선배고 뭐고 눈에 들어오지 않았다.

"죽어라!"

먼저 칼을 휘두른 것은 용사였다. 강력한 힘에서 나오는 검기(劍氣)는 엄청났다.

휘이익!

용사의 칼을 맞는 순간 실버 콜렉터는 단번에 박살이 날 듯했다. 하지만 그는 가벼운 동작으로 무지막지한 칼날을 가볍게 막아냈다.

쨍!

사람들의 입에서 경악하는 소리가 터졌다.

쨍! 쨍! 쨍!

용사가 두 손으로 꼭 잡은 롱 소드를 휘두르면 실버 콜렉터는 한 손은 허리에 올린 채 다른 한 손으로만 방어하고 있었다. 언뜻 보기에는 실력이 비슷한 것 같았지만 그는 시종 여유를 보이고 있었다.

"이봐! 그만 하지."

실버 콜렉터는 땀에 절은 용사에게 제안을 했다. 그러나 그 말은 씩씩거리는 용사를 더욱 화나게 할 뿐이었다.

"죽일 놈!"

칼을 머리 위로 들어 올린 용사가 있는 힘껏 내려쳤다.

"이만 끝낼까?"

실버 콜렉터는 빙그르르 옆으로 돌아 용사의 등 뒤로 갔다. 그리고는 빠른 동작으로 손을 뻗었다.

"크악!"

용사의 입에서 신트림 올라오는 소리가 났다.

"잘 가게!"

승자는 웃음을 잃지 않았다.

"이… 놈……."

"다음에는 좋은 여자를 만나도록 해."

용사는 눈이 튀어나올 정도로 실버 콜렉터를 노려보다가 그대로 그 자리에 쓰러져 버렸다.

"카론, 잘 봤어?"

"뭘?"

"선배가 싸우는 모습 말야."

"싸움이야 도도 때문에 지겹도록 보잖아."

나는 별로 탐탁하게 느껴지지 않았다. 그러자 도도가 새침하게 나를 보더니 한마디 한다.

"업어!"

"으그그."

결투가 싱겁게 끝나자 사람들이 흩어지고 있었다. 실버 콜렉터도 옷을 툭툭 털며 자리를 뜨려 했다.

"콜렉터! 그냥은 못 간다!"

"누구냐?"

실버 콜렉터가 멈칫했다.

"뭐야?"

"글쎄."

인상을 빡빡 긁으며 도도를 업고 있던 나는 고개를 돌렸다. 그때까지 자리를 뜨지 않은 사람들도 다시 실버 콜렉터가 서 있는 곳으로 시선을 모았다. 언제 나타났는지 파란 로브의 늙은이가 아무도 없던 공간에 턱하니 자리 잡고 있었다. 그는 하얀 머리와 수염이 온통 수북했으며 날카로운 갈색 눈매가 예사롭지 않았다. 거기다가 이상하게도 늙은이의 몸은 윤곽이 뚜렷하지 않고 마치 아지랑이 속에 갇혀 있는 듯 흔들거렸다.

"트렌스 스페이스(Trans Space)야!"

"공간 이동?"

"마법사 코넬프다!"

도도가 바짝 긴장한다. 예전에 내 방에 침입한 고슴도치수염이 말한 적이 있어 나도 알고 있었다.

"카론, 피하자!"

싸움이라면 만사를 제쳐 놓고 앞서던 도도가 꽁무니를 빼려고 한다.

"마법사 코넬프가 도도보다 강해?"

"난 마법사하고는 싸우지 못해."

"왜?"

"나중에 말해 줄 테니까 어서 피하기나 하자!"

도도는 나를 잡아끌었다. 그러나 나는 마법사 코넬프가 얼마나 대단한가를 보고 싶었다.

"내가 진짜로 콜렉터가 된다면 마법사 코넬프에 대해서도 알아야지."

"카론, 위험하다니까!"

"숨어서 보자."

내가 무작정 밀어붙이자 도도는 입술만 깨물었다. 그녀의 다급하고 심각한 얼굴마저 예쁘게 보이니 나도 문제가 있긴 있는 것 같다.

"실버 콜렉터! 목숨을 내놓아라!"

마법사 코넬프는 시간이 지나면서 점점 윤곽이 또렷해졌다.

"맘대로는 안 될 것이다."

콜렉터는 눈을 부릅떴다.

"그럴까?"

코넬프는 미소를 지으며 싸늘하게 콜렉터를 바라보았다. 그의 갈색 눈동자는 먹이를 노리는 배고픈 독수리 같았다.

"궁금하면 내 칼을 받아보라고!"

콜렉터는 서두르고 있었다. 용사하고 싸울 때와 다르게 긴장하고 있었다.

"이얍!"

칼끝이 파도치듯 마법사 코넬프의 위아래를 쉬지 않고 공격한다. 시퍼런 검기가 한 치의 오차도 없이 꽉 메워져 마법사의 전신을 훑었다.

"프로텍터!"

코넬프가 뒤로 물러나며 마법의 스펠을 캐스팅했다.

"그런다고 내 칼을 피하지는 못한다!"

실버 콜렉터는 코넬프의 보호막을 거리낌없이 치고 들어갔다.

콰꽈광!

거대한 폭음이 터지면서 먼지바람이 자욱하게 시야를 가렸다.

"우읍!"

뽀얀 먼지 사이로 신음 소리가 흘렀다.

"나를 너무 우습게 보았군."

"우읍!"

두 번째 신음 소리에는 더욱 커다란 고통이 담겨 있었다.

"패럴라이즈!"

상대의 움직임을 봉하는 마법이었다. 먼지가 가라앉으며 코넬프가 콜렉터의 턱으로 손가락을 바짝 들이밀었다. 마법에 걸린 콜렉터는 움직일 수 없었다.

"이봐! '실버 콜렉터'!"

고슴도치수염의 말대로 마법사 코넬프는 굉장한 실력을 보여주었다.

"나, 나는 콜렉터가 아냐!"

콜렉터가 강하게 부정했다.

"반지를 끼고도 거짓말인가?"

“당… 신도 반지를 끼고 있군.”

“말장난하자는 건가?”

마법사의 얼굴이 바짝 굳었다. 그 순간 콜렉터가 크게 소리를 질렀다.

“세상에 콜렉터가 어디 있어!”

“……!”

마법사가 주춤하자 사람들이 웅성거렸다. 나도 예전에는 그랬지만 평범한 사람들이 옛날이야기 따위를 믿을 리 없었다.

“저 늙은이 머리가 잘못됐나 봐.”

“콜렉터라니, 그건 전설이잖아.”

“나중에는 ‘로즈 아일랜드’ 까지 들먹이겠네.”

구경꾼들이 마법사를 이상한 눈으로 쳐다보았다. 그 눈길이 부담됐는지 마법사는 미남의 곁으로 바짝 다가갔다.

나도 귀를 쪽 빼고 두 사람의 대화에 최대한 신경을 곤두세웠다.

“반지를 내놔!”

마법사는 콜렉터의 손을 잡아챘다.

“어림없다!”

실버콜렉터는 몸을 최대한 비틀었다.

“콜렉터 이놈이!”

“으윽!”

갑자기 콜렉터의 몸이 축 늘어졌다.

“이런…….”

마법사가 낭패한 표정이다.

“자살을 하다니, 독한 놈들이야.”

너무 간단했다. 그때 내 시선은 콜렉터의 반지에 가 있었다.

<u>스르르르!</u>

흐릿한가 싶더니 사라져 버렸다. 콜렉터가 죽자 '로즈 아일랜드'로 귀환한 것이다.

"그만 가자!"

도도는 상황이 종료되자마자 나를 끌고 자리를 피하려고 했다.

"그… 래……."

미남 콜렉터의 죽음은 나의 가까운 미래를 보는 듯했다. 제라드가 나를 살려준다면 나도 저렇게 최후를 맞이할 것이다. 가뜩이나 후계자 문제로 어수선하던 나는 콜렉터의 환상에서 벗어나고 있었다.

"모두 멈춰라!"

우리를 중심으로 많은 사람들이 각자의 길로 떠나려는데 마법사가 막아섰다. 그러자 사람들은 멀뚱멀뚱 마법사를 바라보았다.

"이 중에도 콜렉터가 있다!"

마법사가 사람들을 서서히 훑기 시작했다. 그러자 사람들이 웅성거리기 시작했다.

"이 세상에 콜렉터가 어디 있다고 저러지?"

"여자가 도망가서 머리가 잘못됐나 보군."

"나이도 지긋한 사람이 정신도 못 차리고 난리야."

사람들 중에 몇몇은 어이없단 말투로 마법사에게 대들었고, 주변의 사람들은 중얼거리며 자리를 뜨려고 했다.

"맞아, 콜렉터는 옛날이야기잖아."

"바닷가에 떠도는 전설이지."

"그럼 바다로 가야지."

“옳소!”

나도 동참하는 분위기로 손을 한 번 들어주고 은근슬쩍 사람들의 덩어리에 뭉쳐서 발길을 옮겼다.

“잠깐만!”

마법사가 다시 사람들을 막아서서 일일이 살펴보더니 그 눈길이 나한테서 우뚝 멈추었다.

“너!”

손가락으로 나를 짚어낸다.

“왜… 그래요?”

떨리는 마음을 진정시키며 겨우 대답했다. 나는 반지가 끼어 있는 손을 주머니 깊숙이 넣고 있었다.

“……!”

마법사는 나를 불러놓고 꼼짝도 하지 않았다. 무엇인가 한참 생각하는 듯하더니 손을 까딱거렸다.

“이리 와봐라!”

“무슨 일인데요?”

나는 몸을 뒤로 빼고 도도를 바라보았다. 그러나 그녀는 눈을 깜빡거리며 도움을 청하는 내가 안 보이는지 다른 짓만 하고 있었다.

“빨리 와봐!”

하얀 수염이 꿈틀거린다.

“아, 알았어요.”

콜렉터의 법칙까지는 모르지만 후계자의 법칙만은 확실히 알게 됐다. 그건 바로 죽음이었다.

“빨리 와!”

“가잖아요.”

쭈뼛거리는 발걸음을 마법사 쪽으로 겨우겨우 옮기며 이 위기에서 빠져나갈 방법을 찾느라 전전긍긍하는데 몇 명의 사람들이 아지랑이 피어나듯 빈 공간에서 스멀거리며 나타났다. ‘트렌스 스페이스’로 이곳에 온 그들은 모두 마법사와 같은 로브를 입고 있었다.

“크론 경!”

그들 중 한 명이 새하얀 마법사에게 귓속말을 했다.

“정말인가?”

마법사가 흠칫거린다.

“틀림없는 수정 콜렉터입니다.”

“지금 어디 있나?”

“멀지 않은 곳입니다.”

“알았다.”

“빨리 가야 합니다.”

마법사는 사내에게 고개를 끄떡이더니 나를 잠시 살폈다.

“꼬마야, 나하고 만날 인연이라면 또 보겠지.”

“그런 일은 없을 거예요.”

속으로 가슴을 쓸어 내렸다.

“후후후.”

섬뜩한 웃음이다.

“나도 네가 콜렉터라니 믿지 못하겠다만 나중에 두고 보면 알겠지.”

마법사는 재회를 암시하며 사내들과 함께 텅 빈 공간 속으로 사라졌다. 오싹한 한기가 온몸에 깨알처럼 돋아났다.

“카론, 못생긴 덕 좀 봤나 보다?”

도도가 곁에 와서 활짝 웃었다. 그러나 나는 조금 전 일을 묵과할 수 없었다.

"나도 내 살길을 찾아야겠다."

"삐쳤구나?"

난처함을 무마하는 애교 작전이다. 하지만 다른 때 같으면 너무 예뻐 숨이라도 막힐 지경이었을 텐데 지금은 전혀 아니다.

"삐치긴… 능력없는 놈이 잘못이지."

나는 등을 돌려 앞으로 걸어나갔다.

"카론."

"됐어!"

도도는 더 이상 말하지 않았다. 원래의 성격이 복잡한 것을 싫어하니 구차한 설명 따위야 하지 않더라도, 사랑하는 제라드를 살리려면 나를 잘 보호해야 할 텐데 나름대로 무진장 미안할 것이다. 내가 아니라 제라드에게.

내일이면 집에 도착한다. 그렇다면 오늘 잠자리가 도도와 함께하는 마지막 밤이었다. 혹시라도 또 한 번의 인연이 돼서 나중에라도 같은 방에서 잘 수 있을지는 몰라도 가능성이 무척이나 희박한 얘기다. 따라서 오늘밤이 나에게는 아쉽지만 행복한 밤이어야 했다. 그러나 우리 사이에는 낮의 여운이 채 가시지 않아 전혀 그렇지 못했다. 서먹서먹한 시간만 화살처럼 빠르게 지나가고 있었다.

"저… 도도."

내가 먼저 입을 열었다. 그래도 남자인데 지난 일을 오래 담고 있을 순 없었다.

"왜?"

"수정 콜렉터가 제일 강해?"

적당한 말이 없어 대충 주워들은 걸로 시작했다.

“응.”

“그 다음이 이거지?”

나는 금빛 반지를 들어 보였다.

“맞아.”

짧게 끊어 건조하게 대답하는 도도의 기분은 여전히 안 좋은가 보다.

“기분 풀어.”

“못 풀어!”

“정작 기분 나빠야 하는 건 나야.”

“그럼 너도 풀지 말고 계속 삐쳐 있든지.”

먼저 화해하려던 기분이 더욱 나빠지려고 한다.

“친구가 죽게 생겼는데 모른 척하니까 화가 난 거지.”

“그렇게 봤다면 어쩔 수 없지만 나도 카론을 구하려고 방법을 찾고 있었어. 마법사에게는 내 검술이 안 통하기 때문에 함부로 나서지 못했을 뿐이지.”

“정말?”

“믿든지 말든지 그건 네 맘이야.”

“도도, 진작에 말을 하지.”

“삐쳐서 언제 물어보기나 했어?”

“알았어, 미안해.”

“휴우~”

성격에 맞지 않는 긴 변명이 답답한 듯 도도가 숨을 몰아 뱉었다. 하지만 나는 나빠지려던 기분이 많이 풀려 나갔다.

“도도의 그런 마음도 모르고 내가 너무 소심했어.”

“알면 됐어.”

“기분 푸는 거지?”

내가 남자답게 사과하며 도도에게 환하게 다가갔다. 이렇게 쉽게 물러나다니, 그것도 여자에게. 나야말로 정말 나답지 않은 행동이었다.

“미안한 거 알았으면 오늘 내기했던 거나 꼭 지켜!”

“내가 업어주지 않아서 화난 거였어?”

장난스레 물어본다.

“그럼 뭐 땜에 화난 줄 알았어?”

눈을 흘기는 도도 역시 화가 풀린 것 같다.

“알았어. 내일 허리가 부러져라 업어줄게.”

“당연하지! 한 번 내기는 영원한 내기니까.”

입꼬리를 올리며 새침한 표정을 짓는다.

“근데…….”

도도의 화가 어느 정도 풀리자 나는 궁금증을 참지 못했다.

“네 검술이 마법사에게 안 통하는 이유가 뭐야?”

그녀에게도 남모를 비밀이 있을 것이다. 하기야 그녀는 모든 것이 신비스럽다. 어디서 왔는지, 어떻게 제라드를 만나서 쫓아다니는지, 정확한 나이가 몇 살인지, 궁금한 것이 많은 여자였다. 그러나 나는 아직까지 아무것도 묻지 않고 있었다. 그냥 예쁜 여자와 함께 있다는 것이 좋을 뿐 다른 것에는 크게 관심이 없었다. 그런데 요즘 들어 자꾸 알고 싶어지니 우스운 일이었다.

“도도, 혹시 저주 같은 건가?”

“나도 몰라.”

“그런데 마법사에게 안 통하는 건 어떻게 알았어?”

“전에 몇 번 싸운 적이 있는데 아무 이유도 없이 힘을 쓸 수가 없었어.”

“그래서?”

“그래서는 뭐가 그래서야? 나 살려라… 도망 다니기 바빴지.”

우리 사이가 어느 정도 완화되자 나는 낮에 죽은 은빛 콜렉터를 떠올렸다. 그는 스스로 죽음을 택했었다. 고슴도치수염이 말하기를, 마법사 코넬프들은 너무 잔인해서 콜렉터들이 먼저 죽는다고 했는데 그 현장을 직접 본 것이다.

“콜렉터의 법칙이란 게 꽤 무섭더라.”

“복잡한 것은 없어. 섬과 콜렉터에 대한 모든 비밀을 지키고 반지만 뺏기지 않으면 돼.”

“그래?”

의외였다. 콜렉터나 후계자가 죽으면 ‘로즈 아일랜드’ 로 회수되는 반지였다.

“코넬프가 반지를 가지려면 나처럼 후계자가 되어야 하나?”

“이론적으로는 그렇지만 어떤 콜렉터가 코넬프를 후계자로 삼겠어?”

“그럼 어떻게 코넬프가 반지를 빼앗지?”

“자세히는 모르지만 마법으로 방법이 있을 거야. 그게 콜렉터에게는 죽음보다 더한 고통을 주는 거 같아.”

“마법이라…….”

나는 도도의 말을 되새겼다.

“카론.”

“왜?”

반지를 빼앗는 마법을 생각하던 내가 건성으로 대답했다.

"아직 몸 상태가 좋지 않으니까 얼른 자."

"벌써 자라고?"

그 순간 머리 속에 있던 것들이 싹 달아났다. 이 밤에 절대 어울리지 않는 말이었다.

"집에 빨리 가려면 일찍 자야 해."

"도도는?"

"낮에 마법사도 봤는데 오늘은 특히 후계자를 잘 지켜야지."

무지하게 생각해 준다. 그렇다고 다른 날처럼 '감사합니다' 하고 그냥 잘 수는 없었다. 얼마나 귀중한 시간인데 잠으로 때우다니 말도 안 된다. 물론 도도는 오늘뿐만 아니라 나하고 한 방을 쓰면서 먼저 자본 적이 없었다. 코넬프로부터 나를 보호하는 이유가 뭐든 간에 그녀는 지킴이 노릇에 최선을 다했다. 고슴도치수염 이후에 다른 침입은 없었지만 그녀는 항상 같은 자세로 밤을 살폈다.

"마법사들은 수정 콜렉터를 잡으러 간다고 했는데……."

나는 말끝을 흐리며 자리를 뜨려는 도도를 내 곁에 잡아두려 했다.

"마법사가 아무리 강해도 '수정 콜렉터' 를 놓쳤을 가능성이 매우 높아."

도도는 뭔가를 생각하는지 커다란 눈을 가늘게 떴다.

"마법사들이 되돌아올 수도 있다는 말이야?"

"죽지 않았다면 되돌아오겠지."

"죽어?"

마법사의 실력을 본 나로서는 수정 콜렉터의 능력이 궁금했다. 사실 이런 얘기도 지금은 별 필요 없는데 하던 말이라 멈추지 못하고 있는 것이다.

“누구도 수정 콜렉터를 이길 수는 없어.”

“어느 정도인데?”

“나도 싸우는 모습을 직접 보지는 못했지만 로즈 아일랜드와 버금가는 실력이라니까 짐작이 가고도 남지.”

“그래?”

놀라운 일이다. 전설 속의 그 무시무시한 ‘로즈 아일랜드’ 하고 능력이 비슷하다니, 상상이 가지 않았다. 아직까지 콜렉터의 실력을 많이 접해보지는 않았지만 도도의 말이니 믿음은 갔다. 우선 그녀만 해도 상당한 실력인데 제라드를 높게 평가하는 걸 보면 거짓말은 아닌 듯했다.

“모든 콜렉터의 리더인 수정 콜렉터는 이 세상에 단 한 명뿐이야.”

도도가 말을 계속 이어갔다.

“단 한 명? 그러면 도대체 몇 살인 거야?”

“계산이 안 나오지.”

“으음.”

‘로즈 아일랜드’ 가 언제부터 전해지는 옛날이야기인진 몰라도 수백 년은 족히 됐을 텐데, 충분히 놀랄 일이었다.

“그 정도라면 아까 그 마법사들도 죽었을 가능성이 높겠네?”

“직접 부딪쳤다면 그렇지만 ‘수정 콜렉터’ 는 사람들 눈에 잘 띄지 않거든.”

“그렇구나.”

“수정 콜렉터는 싸움을 싫어하기 때문에 코넬프들이 와도 피한다고 해.”

걱정되는 부분이다.

“만일 ‘수정 콜렉터’를 놓친 마법사들이 다시 돌아오면 어떡하지?”

“그러니까 내가 미리 준비한다고 하잖아.”

“도도는 마법사에게 꼼짝도 못한다면서?”

“그렇다고 넋놓고 당할 수는 없잖아.”

“마법사들이 죽었기만을 바래야겠군.”

내가 푸념조로 중얼거렸다.

“코넬프가 마법사만 있는 게 아니잖아.”

“그렇긴 하지.”

“그럼 삐치기 대장은 그만 주무시고, 나는 대비책을 세워놔야겠다.”

도도는 자리에서 일어났다.

“참말로……”

내가 못마땅한 표정을 지었다.

“또 왜 그러는데?”

그녀가 일어서다가 다시 앉는다.

“다른 날은 몸이 아파서 어쩔 수 없이 잠만 잤지만 말짱해진 이 밤에 코넬프들이 나를 잡으러 온다는 데 내가 남의 일 대하듯 잠이 오겠어?”

“카론은 깨어 있어도 도움이 안 되잖아.”

돌려서 말하는 법이 전혀 없다.

“싸움으로는 안 되지만 나한테는 머리가 있잖아.”

“훗!”

도도가 우스운지 헛바람을 뱉었다.

“무슨 좋은 수라도 있어?”

“있지.”

“정말?”

의외였나 보다.

"마법사는 나 혼자 있는 줄 알 거야."

"그래서?"

"좋은 방법이란……."

며칠째 기나긴 밤을 도도와 한 방에 있었지만 다음날 아침이면 어김없이 숙소를 나서는 나를 부러운 눈길로 쳐다보는 주인들의 헛된 상상력을 만족시켜 줄 달콤한 행동은 해본 적이 없었다. 솔직히 그런 생각을 전혀 안 했다고 말하면 거짓이라 하겠지만 그동안은 몸이 많이 아파 말하기조차 힘들었다.

"빨리 말해 봐."

도도가 궁금한지 재촉한다.

"내 침대에 숨는 거야."

"침대 밑에?"

"아니."

"그럼?"

"내 시트 안에!"

아무렇지 않게 얘기를 꺼냈다. 얼굴을 붉히거나 하면 더 이상하게 볼 것이다.

"시트?"

도도가 인상을 찡그린다.

"다른 코넬프들 같으면 도도가 해치울 수 있으니까 괜찮지만 마법사는 아니잖아. 그러니까 내 시트 속에 몰래 숨어 있다가 마법사가 나타나면 그대로 공격하는 거지. 놈이 아무리 영악하다고 해도 그것까지는 생각하지 못할 거야."

얼른 이유를 설명했다. 단순한 그녀에게 생각할 여유를 주지 않기 위해서다. 이래서 천재적인 내 머리를 친구들은 잔머리라고 하나 보다. 그러나 이번에 짜낸 엉큼한 작전은 완벽한 것이 아니었다. 만일 도도가 시트 안에 둘이 함께 있으면 코넬프가 금방 눈치 챌 거라며 나의 천재성을 의심하면 딱히 할 말이 없으니 말이다. 하지만 다행히 아직까지는 도도의 입에서 특별한 반문이 나오지 않았다.

"카론의 말은 마법사의 방심을 노리자는 거지?"

"맞아, 나하고 다니더니 머리가 많이 빨라졌네."

한 시트 안에서 둘이 있다는 상상만으로도 숨이 막힐 지경이었다. 그녀의 향기를 바로 코앞에서 느끼고 그 예쁜 얼굴의 고운 살결을 세세히 살필 수 있다니, 마지막 밤에 가질 수 있는 최고의 행복이었다.

"시도해 볼 만한 방법이잖아?"

도도의 대답을 기다리며 초조한 마음을 감추기 위해 표정 관리에 신경을 많이 썼다.

"시트 안에 숨는다… 이 말이지?"

못마땅한 표정이다.

"썩 내키지 않으면 관두던가."

이게 웬 헛소리야? 빠져나갈 빌미를 주면 안 되는데…….

"그러자!"

열 손가락 한 번 접는 시간만큼 좋았다가 망한 꼴이었다.

"도도 마음대로 해."

내가 들어도 내 목소리에 실망이 잔뜩 고여 있다.

"급습한다는 게 치사하긴 하지만 어쩔 수 없는 상황이란 것도 있으니까."

"잉?"

희망의 불꽃이 일렁거렸다.

"밤도 깊었는데 결정했으면 어서 준비하고 있자."

"그… 러니까 시트 안에 숨어 있자는 말이지?"

목소리까지 떨려 나온다.

"그러자고 했잖아."

"그래, 그러자고."

"……?"

도도가 이상한 눈으로 나를 본다.

"하하하! 드, 들었지? 나도 똑똑히 들었어."

웃음으로 얼버무리기.

"왜 그래?"

"아냐."

더 이상 생각할 게 없었다. 재빠르게 침대로 가서 누웠다.

"이리로 들어와."

"엉."

도도가 쉽게 대답하고 내 시트 안으로 들어왔다. 가슴은 쿵쾅쿵쾅 쿵콰광 난리를 치고 내 커다란 덩치가 바짝 오그라든다.

"카론, 바짝 붙어 있어야 놈이 모를 거야."

"그, 그렇지."

최대한 밀착한 나와 그녀는 잠시 숨소리만 뿜어냈다. 그때마다 불룩 불룩, 들락날락거리는 내 배가 그녀의 가죽 옷에 턱턱 걸친다.

"후— 우!"

가냘픈 여자의 곡선이 나를 숨차게 했다. 같이 누워 있으면 좋을 줄 알았는데 이건 또 다른 고역이었다.

"어서 자."

도도는 나를 재우려 한다. 그러나 오지 않는 잠이 갑자기 올 리도 없고, 그녀의 말소리가 들리면 뜨거운 입김이 주르르 간지럽다.

"잠들 때까지 얘기나 하자."

말이라도 안 하면 가슴이 터질지도 몰랐다.

"그럴까?"

도도 역시 내 생각하고 똑같은 것 같았다.

"제라드를 사랑하지?"

처음부터 알고 있었지만 함께 동행하면서 25일 동안 한 번도 꺼내지 않던 질문이었다. 이상하게 묘한 감정이 아지랑이처럼 피어올랐다.

"응."

역시 도도의 대답은 거침없다.

"잘생겨서?"

"아니."

나는 그녀도 다른 여자들과 같을 거라고 생각했다. 비록 내가 도도의 외모에 반해서 사랑한다고 할 수도 있겠지만 남자의 외모에 값을 매기는 족속이라 콜렉터를 쫓아다닌다고 여겼었다. 나도 모르게 그녀를 평가 절하하고 있던 것이다. 솔직히 콜렉터를 사랑하는 아름다운 여인이라니, 무슨 연극의 비극도 아니고 쉽게 이해할 수 없었다.

"그럼 왜 제라드를 사랑하는데?"

궁금증이 더욱 올라온다.

"세상에서 제일 불쌍한 남자니까."

희한한 대답이었다. 내가 보기에는 콜렉터가 세상에서 제일 행복한 남자였다.

"무슨 말이야?"

"그런 게 있어."

도도가 대답을 회피한다. 가까이에서 바라보는 그녀의 커다란 눈에 연민이 깊이 깔려 있었다.

"으흠!"

괜한 얘기를 꺼낸 것 같아 미안했다.

"푸히히!"

그녀도 쑥스러운지 억지 미소를 배시시 흘린다.

"뭐 하나 물어봐도 돼?"

나는 다른 궁금증을 들고 나왔다.

"이상한 거 묻지 말고."

도도에게 제라드는 난감한 문제인 듯했다.

"알았어."

미안한 마음에 머리를 긁적였다.

"또 뭐가 궁금한데?"

"다른 게 아니고……."

"엉."

내가 뜸을 들이자 도도가 슬픔을 떨쳐 낸 눈을 더욱 크게 떴다.

"여자는 남자의 뭐에 약해?"

"글쎄."

"도도야 제라드가 불쌍해서 그렇다고 하지만 아무래도 얼굴이 제일 이지?"

“그렇게 생각하는 이유라도 있어?”

도도는 내 판단이 궁금한지 눈을 치켜뜬다.

“경험상…….”

수잔에 대한 과거를 떠올렸다.

“카론 경험이 어땠는데?”

재미있다는 표정이다. 나같이 못생긴 남자에게 여자에 대한 과거가 있다니 생각도 못했을 것이다.

“아냐.”

나는 말을 거두었다.

“그 여자를 사랑했어?”

“아냐, 내 질문에 대답이나 해봐.”

잘나지도 못한 과거를 들출 필요는 없었다. 잠시 나를 살펴보던 도도는 벌레 씹은 표정이다. 그녀는 정답을 모르는 학생 같았다.

“특별히 생각해 보지 않아서 말이야.”

“얼굴이 제일이지?”

“……?”

“그렇지? 얼굴이 제일이지?”

솔직히 왜 이런 질문을 하는지 모르겠다. 여자나 남자나 상대방의 외모부터 보는 것은 당연했다. 종종 남자는 외모보다 능력이라는데 내가 능력이 없어서 차인 것은 아니었다. 다정다감하고 사랑 표현도 잘하는 남자가 좋다는데 그것 역시 모자라지 않은 나다. 하지만 이런 얘기들은 외모가 어느 정도 받쳐 줘야 가능한 것들이었다.

“말해 봐! 얼굴이 제일이지?”

집요하게 매달렸더니 가만히 지켜보던 그녀가 짧게 대답했다.

"아니!"

"그럼?"

"호흡!"

"그게 뭔데?"

"여자의 호흡을 맞출 줄 아는 남자가 사랑을 얻지."

무슨 말인지 모르겠다.

"지금이라도 내가 도도와 숨 쉬는 속도를 똑같이 맞춘다면 우리 둘은 서로가 사랑할 수 있다는 거야?"

여자들은 남자들과 달라서 가슴으로 숨을 쉰다. 나는 도도의 입술과 가슴을 유심히 바라보았다. 그때 탄탄한 글래머의 가슴이 숨을 몰아쉬었다.

"뭘 봐?"

도도가 눈을 심하게 흘긴다.

"호흡이라고 하니까."

"정확히는 심장이야!"

"심장?"

"손을 이리 줘봐!"

도도는 내 손을 자신의 가슴 위에 갔다 댔다.

"꼴깍!"

손이 가는데 목이 떨리는 이유를 모르겠다.

"느껴져?"

"어… 엉."

대답은 했지만 뭐가 느껴지는지 머리 속이 하얗게 탈색됐다. 내가 그녀의 가슴을 만지다니, 평생 손을 씻지 말라고 해도 지킬 수 있을 것 같았다.

“카론, 심장이 왜 뛰는지 알아?”

“생… 명의 피를 만들잖아.”

도도는 더듬거리는 나를 지그시 쳐다보았다.

“여기에 사랑이 있어.”

“심장에?”

얼른 이해가 되지 않았다.

“이제 됐어!”

새침하게 내 손을 물리치는 도도의 모습이 아쉽다.

“그, 그래서?”

아직도 손바닥이 팔딱거린다.

“카론의 가슴도 만져 봐.”

“내 가슴?”

나는 도도가 시키는 대로 내 가슴에 손을 갖다 댔다.

“어때?”

“뭐가?”

“나하고 심장 뛰는 속도가 다르지?”

“어… 엉. 내가 좀 늦게 뛰네?”

“바로 그거야.”

알쏭달쏭한 해답이다.

“사랑하는 연인들은 심장의 박동 수가 같아. 그래서 말을 하지 않아도 그 파동으로 서로를 알아볼 수가 있어.”

도도는 가슴을 톡톡 두들겼다.

“콜렉터가 여자를 사로잡는 방법도 비슷한 거야?”

언제나 앞서가는 나였다.

"나중에 섬에 가면 알게 돼."

도도는 제라드가 나를 죽이지 않을 거라고 확신하나 보다.

"그러면 도도는 사랑하는 사람과 호흡을 맞추는 방법도 알아?"

로즈 아일랜드와 콜렉터에 대해서는 해박한 지식을 지닌 그녀였다.

"그건……."

"어서 말해 봐."

둘이 함께 있는 시트 안에서 제일 필요한 내용이었다.

"콜렉터가 되면 배울 텐데 너무 서두르지 말아."

이번에도 그녀는 결정적인 대답은 회피했다.

"치!"

김새는 소리다. 그래도 처졌던 콜렉터에 대한 기대치가 다시 상승하고 있었다.

"싸움 기술은 어디서 배웠어?"

이 부분도 매우 흥미로운 궁금증이었다.

"로즈 아일랜드."

"뭐… 뭐라고?"

깜짝 놀랄 만한 대답이었다.

"나도 비밀을 지켜야 하는데……."

도도가 살짝 웃음을 보였다.

"어라? 어떡해?"

"나야 콜렉터도 아니고 후계자도 아니니까 벌받을 걱정은 없어. 다만……."

말을 하다가 중간에 그쳐 버린 그녀가 걱정하는 일을 알 수 있었다.

‘로즈 아일랜드’ 출신인 게 알려지면 자신뿐만 아니라 섬도 위태롭기 때문이었다.

“걱정 마. 비밀은 지켜줄게.”

“역시 빠르다니까.”

“후후후.”

나타날 때부터 의문 가득했던 그녀가 ‘로즈 아일랜드’ 출신이라 니… 어쩐지 콜렉터에 대해서 잘 알고 있었다. 이제야 콜렉터를 사랑 하는 것도 이해가 됐다. 시트 안의 뜨거운 분위기를 가라앉히려고 아 무 생각 없이 꺼낸 얘기가 도도의 뜻하지 않은 대답으로 몇 개의 질문 을 줄지어 이어지게 만들었다.

“로즈 아일랜드가 어디 있는지 알아?”

“바다.”

“아니, 정확한 위치 말야.”

“몰라!”

“도도, 거기서 뭐 했는데?”

“그건 말할 수 없어.”

“그럼 ‘로즈 아일랜드’에는 왜 갔었는데?”

“더 이상은 정말 비밀이야.”

도도는 입을 꾹 닫아버렸다.

“도도…….”

“몰라!”

슬슬 달래가며 이 얘기 저 얘기 물어보았지만 속시원한 결론은 없었 다.

“카론, 또 궁금한 거 있어?”

“아니.”

이쯤에서 포기다. 오늘은 이런 잡다한 얘기들이 필요없는 날이었다.

“그럼 어서 자!”

“……..”

정적이 둘 사이로 슬그머니 끼어들자 잊고 있던 감정이 꿈틀거리며 숨소리만 가느다랗게 울렁거렸다.

“도도, 괜찮아?”

그녀도 나와 같은지 알고 싶었다.

“뭐가?”

“흥분까지는 아니더라도 숨이 가빠진다거나 가슴이 떨린다든지… 뭐 그런 것 없어?”

“아니.”

냉정하다.

“아냐?”

“응.”

아니, 이럴 수가! ‘로즈 아일랜드’ 출신이라 그런가? 어찌 같은 사람인데, 그것도 혈기왕성한 청춘이면서 이런 경우에 아무렇지 않다니, 이해할 수 없었다.

“남자랑 한 시트를 덮고 있는데 아무렇지도 않단 말야?”

내가 따져 물었다.

“누가 남잔데?”

“잉?”

도도는 나를 남자로 보지 않나 보다.

"어서 잠이나 자."

"이런."

완전히 나 혼자 북 치고 장구 치고 다 한 꼴이었다.

"나도 눈이나 붙여야겠다."

"그냥 자려고?"

"잠이 안 오면 숫자라도 세봐."

"이 좋은 밤에 수나 세라… 이거지?"

"엉."

도도는 벌써 잠에 빠지려 한다.

"정말로 자는 거야?"

"얼른 수나 세."

"도도……."

그녀를 살짝 흔들어보았다.

"카론, 어서……."

목소리가 기어들어 갔다.

"하나… 둘… 셋……."

마음에서 우러나오는 썩은 이 않는 소리다.

"도도……."

부드럽게 그녀를 불렀다.

"으… 웅."

눈을 감은 그녀가 내 품으로 파고든다.

"자는 거야?"

"어엉."

아직 잠이 안 들었는지 대답은 꼬박꼬박 한다. 잠들어가는 그녀의 모습은 내가 보았던 어떤 것보다 아름다운 장면이었다.

"…여덟… 아홉… 열……."

나는 잔잔한 리듬으로 계속해서 수를 셌다.

고향(故鄕)

내 고향 유스레오로 가는 길은 탄탄대로였다. 세상에서 가장 화려한 도시로 들어가는 넓은 길가에는 색색이 아름다운 꽃들이 줄지어 늘어서서 나의 귀향을 환영해 주었다. 가벼운 발걸음으로 한 발 한 발 앞으로 내딛는 도도는 목적지에 가까워지자 콧노래까지 곁들여 봄 햇살을 즐기고 있었다. 하지만 나는 별로 유쾌하지 않았다. 어젯밤 수를 얼마까지 세다가 잠이 들었는진 몰라도 햇살에 눈이 부셔 벌떡 일어났을 때는 이미 도도가 출발 준비를 모두 끝낸 상태였다.

어젯밤 그렇게 걱정했던 코넬프는 나타나지 않았다. 그래서인지 황홀한 분위기는 둘째 치고 도도의 잠든 얼굴을 단 한 번도 쓰다듬어 보지 못하고 하나, 둘, 셋… 숫자에 내가 취해 잠이 들었으니 한숨만 푹푹 나올 정도로 두고두고 아쉬웠다. 세상에 나처럼 바보 같은 미련 잠탱이는 없을 것이다.

“빨리 움직이자.”

도도는 이른 아침의 햇살을 등지고 내 손을 잡아끌었다.

“기어가도 오늘 안에는 도착할 거야.”

나는 툴툴거리며 천천히 걸었다.

“잠을 제대로 못 잤나, 왜 아침부터 계속 찌뿌드드한 얼굴이야?”

“어젯밤에 천사를 놓쳐서 그래.”

나만이 아는 변명이었다.

“카론, 꿈을 꿨구나?”

“내 인생에 최고로 황홀한 꿈이었어.”

천사는 바로 내 앞에 있었다.

“이제 그만 꿈에서 깨시고 기운 내서 걷기나 하세요.”

도도는 내 등을 철썩 때렸다.

“아아오~”

하품이 쉬지 않고 나왔다.

“아아오~”

입을 쩍쩍 벌릴 때마다 내가 그렇게 매력없는 남자인가를 생각했다.

“카론, 얼마나 남은 거야?”

“저 언덕만 넘으면 돼.”

“그럼 다 온 거네?”

“엉.”

“야호!”

도도가 환호성을 지르며 언덕 위로 뛰어올라 갔다.

“같이 가!”

나는 무거운 발걸음을 겨우겨우 옮겨 그녀의 뒤를 따랐다.

"아이고, 숨차!"

"카론, 저기야?"

가쁜 숨을 몰아쉬며 언덕 위에 도착하자 도도가 손가락을 뻗었다. 그녀가 가리킨 곳에는 거대한 궁전을 중심으로 겹겹이 줄지어 늘어선 형형색색의 뾰족 지붕들이 끝도 없이 사방으로 치닫고 있었다. 저 멀리 지평선까지 둥글게 퍼져 있는 분지는 마치 아름다운 보석들을 소담히 담아놓은 신들의 거대한 유리 그릇 같았다. 건물들 사이로 빽빽이 들어찬 아카시아 나무들이 온통 새하얀 밝은 빛으로 도심 전체를 물들이고 있었다. 역시 내 고향 '유스레오'는 최고의 도시다웠다.

"여기가 바로 내가 태어난 곳이야."

제라드에 대한 문제와 도도와의 아쉬운 마지막 밤으로 우울하게 처졌던 기분이 사라지며 뿌듯한 자랑스러움이 올라왔다. 그러자 상쾌한 그리움이 찡하게 코끝에 걸린다.

"모두 잘 있겠지?"

너무나 보고 싶던 식구들과 친구들이었다.

"우아! 멋있다!"

도도가 옆에서 감탄사를 연발한다.

"빨리 가보자."

축축 처지던 발걸음에도 힘이 솟는다.

"고향에 오더니 기운이 넘치네?"

"으라차차!"

두 팔을 위로 쭉 뻗으며 소리를 질렀다. 온몸으로 고향의 정기가 쏟아져 들어오는 듯했다. 그런 내 모습이 우스운지 도도가 호호거린다.

"아아아~"

나는 소리를 지르며 언덕 아래로 냅다 한걸음에 달려 내려갔다. 살 속으로 파고드는 고향의 봄 냄새가 무척이나 산뜻했다. 그러나 이런 기쁨도 잠시, 도심으로 들어갈수록 5개월 만에 다시 찾은 고향은 왠지 낯설고 달라 보였다. 하얀 눈이 펑펑 쌓일 때 떠났다가 노란 봄볕에 돌아왔기에 시각적으로 느끼는 계절적 색깔 차이는 아니었다. 사통팔달(四通八達)로 뚫려 있는 거리의 모습도 한산했고, 창을 든 병사들이 길목마다 물샐틈없이 지키고 있었으며, 이 좋은 날에 허리를 잔뜩 웅크린 사람들도 내가 마지막으로 보았던 고향의 모습이 아니었다.

"도대체 무슨 일이야?"

고개를 조아리며 지나가는 사람들을 살펴보았다.

"카론, 뭐가 잘못됐어?"

"아무래도 분위기가 안 좋아."

"내가 보기에는 괜찮은데……."

도도가 주변을 두리번거린다.

"일단 도서관으로 가자."

"집으로 안 가고?"

부리나케 발걸음을 옮기는 내 뒤를 도도가 좇아왔다.

"친구들부터 만나야겠어."

"왜?"

"몇 가지 알아볼 게 있어서 그래."

집에 가봐야 엄마하고 내 쌍둥이 여동생, 그리고 하인들 몇만 있을 텐데 정작 알고 싶은 것들은 아버지가 궁전에서 귀가하는 저녁때나 돼야 할 것이다. 아무래도 '예비 기사단'의 친구들을 먼저 만나서 변해버린 고향의 얘기를 들어야 할 것 같았다. 심상치 않은 기운이 도시 전체에 흐르고 있었다.

"카론의 친구들이 있다는 도서관은 어딘데?"

"왕립 아카데미 안에 있어."

"거긴 학굔가 보네?"

"맞아."

귀족의 자제들이 다니는 '왕립 아카데미'는 유서 깊은 곳이었다. '루벤스 제국'이 생기면서 만들어진 이 학교는 명문가의 자녀들에게 필수 코스였다. 맛이 갔다고 소문난 나는 2년 전에 자퇴 처리됐지만 우리 아버지와 엄마가 이 학교를 나왔으며, 내 동생은 현재 다니는 중이다. 내 친구들도 예외는 아니었다.

"멈춰라!"

길모퉁이만 돌아서면 '왕립 아카데미'인데 병사들이 우리를 막아섰다. 검은색 투구를 쓴 그들의 복장을 보니 내무국장인 아버지의 병사들은 아니었다. 그렇다고 궁궐을 지키는 경비대나 황제와 왕자의 친위대도 아니었으며 도시를 지키는 수비대와도 많이 다르게 보였다. 아마 내가 없는 동안 새로 생긴 군대인 듯했다.

"무슨 일이죠?"

나는 정중하게 병사들을 대했다. 그들이 내 신분을 알면 허리를 굽실거리겠지만 몰골이 몰골인만큼 아버지께 누를 끼치고 싶지 않았다.

"그건 알 거 없고 양손을 앞으로 뻗어라!"

험상궂게 생긴 병사였다.

"손을 뻗으라고?"

순간 감이 딱 왔다.

"어서!"

병사가 눈이 튀어나올 정도로 인상을 긁었다.

"……."

나는 눈치를 살피며 양손을 뒤로 숨겼다.

"고슴도치수염이 우리보다 먼저 이곳에 왔나 보네."

도도가 귓속말로 속삭였다.

"놈은 내 정체를 모르는데?"

"쥐새끼처럼 우리를 뒤쫓아온 거야."

현재로서는 가장 타당성있는 설명이었다. 하지만 '루벤스 제국'의 병사들을 움직일 정도라면 코넬프의 지위도 상당히 높아야 할 텐데 고슴도치수염은 전혀 그렇지 않았다.

"뭘 그리 골똘히 생각하나?"

키 작은 장교가 앞으로 나서며 우리 둘을 번갈아 보았다.

"아, 아닙니다."

여러 생각들이 얽혀 있던 나는 더듬거리며 대답했다.

"보아하니 여행자들 같은데 어디서 왔지?"

장교 뒤에는 병사들이 굳은 얼굴로 서 있었다. 평소 보았던 모습과는 사뭇 다른 살벌한 기운이 넘쳐 났다.

"우리는……."

나는 심각함을 인지하고 얼른 신분을 밝히려다 말을 멈추고 말았다. 장교 이하 모든 병사들이 도도만을 쳐다보고 있었다.

"둘이 어떤 사이인가?"

장교는 전혀 어울리지 않는 우리 쌍(雙)을 의심하고 있었다.

"애인!"

도도가 속전속결로 딱 부러지게 대답했다. 간단 깔끔한 건 그녀의 장점이었다.

"후후후."

장교의 눈빛에 불신(不信)의 그늘이 짙게 깔렸다.

"손을 내밀어 봐라!"

"그게……."

"수상하니 둘 다 끌고 가라!"

빠져나갈 방법을 생각할 겨를도 없었다. 장교의 선택이 얼마나 빨랐는지 병사들마저 당황한 표정이다.

"……."

장교의 음탕한 시선은 착 달라붙는 까만 가죽 옷의 도도에게 향해 있었다.

"뭐 해, 어서 끌고 가지 않고?"

"예!"

병사들이 우리에게 달려들었다.

"잠깐만!"

나는 서둘러 '스메드 가'의 목걸이를 꺼내서 보여주었다. 그런데 장교의 얼굴은 더욱 사납게 변하고 있었다.

"이제 보니 도둑놈들이었군. 그것도 감히 '스메드 가'의 징표를 훔치다니 겁까지 상실한 놈들이구나."

"도둑이라니? 내가 그 '스메드 가'의 외아들이야!"

난데없는 도둑타령에 어이가 없었다.

"닥쳐라! 그런 옷차림으로 나를 속이려고 하다니……."

장교에게 내 말은 전혀 통하지 않았다. 하기야 그런 대단한 집안의 외아들이 너덜너덜 떨어져 속살까지 버젓이 보이는 이런 꼬질꼬질한

옷을 입고 있었으니 통할 리 만무했다. 하지만 예외라는 것도 있는데 장교는 무슨 이유인지 더 이상의 판단은 보류하고 있었다.

"어서 끌고 가라!"

"예!"

병사들이 다시 우르르 몰려들며 나와 도도를 감쌌다.

"멈춰!"

내가 소리치자 병사들이 움찔했다.

"내 몸에 손을 대는 순간 너희들도 무사하진 못할 것이다!"

악다구니를 지른 덕분인지 병사들은 선뜻 달려들지 못했다.

"……."

경계심 가득 찬 눈빛으로 병사들과 나는 서로를 살폈다. 긴장의 끈이 팽팽히 맞서는데 만면에 미소를 띤 도도가 웃음을 터뜨렸다.

"호호호! 심심하던 차에 잘 됐다."

"도도! 안 돼!"

나는 재빨리 도도의 손을 잡았다. 그녀는 이미 롱 소드를 쥐고 있었다.

"걱정 마! 금방 끝낼게!"

"그게 아니라……."

아무리 우리 처지가 위태롭다고 여기서 피를 볼 수는 없었다. 다른 사람도 아니고 '루벤스 제국'의 내무국장인 카롤로스 백작의 아들이 황제의 병사들을 죽이다니, 차마 일어나면 안 될 일이었다.

"여기서 사람을 죽이면 안 돼!"

"안 죽이면 되고?"

"그야……."

이럴 땐 뭐라고 대답해야 할지 난감했다.

"놈들을 잡지 않고 뭐 하나?"

장교가 버럭 소리를 질렀다. 그러나 짧은 기합은 도도의 입에서 먼저 나왔다.

"이얍!"

나는 눈 깜짝할 새가 얼마나 빠른 새인지 방금 알게 됐다. 장교를 포함한 7명의 병사들 사이로 파고든 도도는 벌써 병사 하나를 때려눕히고 있었다. 그 동작이 얼마나 빠른지 어디를 무엇으로 때렸는지 알 수가 없었다.

"으헉!"

그녀는 무거운 롱 소드를 허리에 차고도 힘들이지 않고 부드러운 동선을 빠르게 이어갔다. 몇 번을 감탄했지만 예쁜 살인마의 실전은 대단했다.

"피해!"

야들야들한 여자의 갑작스러운 공격에 병사들이 우왕좌왕했다.

"우리 재미있게 놀자니까."

"으악!"

도도는 이리저리 병사들을 두들기며 신나게 돌아다녔다. 그럴수록 장교의 안색은 새까맣게 타 들어갔다.

픽! 픽!

수염 짧은 병사의 얼굴에 원투 스트레이트가 작렬했다.

"으헉!"

거구의 병사가 뒷걸음치며 넘어갔다.

픽픽픽!

이번에는 정강이를 걷어찬 발을 그 자리에서 곧장 올리며 앞으로 수
그리는 병사의 배와 얼굴을 연거푸 걷어찼다. 도도의 싸움을 여러 차
례 봤지만 저런 싸움 기술은 처음이었다.

"모두 비켜!"

더 이상 지켜보다가는 다 죽을지 모른단 생각 때문인지 장교가 병사
들을 물리치며 직접 나섰다. 작은 키의 그가 장교의 상징인 모자를 집
어 던지자 쭉 찢어진 눈의 잔인한 인상이 드러났다.

"여자라고 봐주지 않는다!"

칼을 뽑아 든 장교가 씩 하고 웃었다. 그러자 도도가 나한테로 걸어
왔다.

"쟤도 죽이면 안 돼?"

"그… 래."

어정쩡한 내 대답이 떨어지는 순간 도도의 까만 몸이 수평으로 날아
가는 듯 보였다. 그녀가 허리를 바짝 숙이고 장교에게 달려든 것이다.

"이제 노는 것도 지겹다!"

한 번에 끝내려는 의도인가 보다.

"어딜?"

칼을 수직으로 세우고 있던 장교가 손을 앞으로 쭉 폈다. 낮게 달려
오는 도도의 머리를 그대로 뚫어버릴 심산이었다.

"도… 도……."

나는 손에 땀을 쥐었다.

슉슉슉!

장교의 칼이 도도의 이마를 막 파고 들어갈 찰나였다. 피할 틈도 보
이지 않았다.

픽!

뼈 부서지는지 둔탁한 소리가 울렸다.

“커억!”

장교가 칼을 놓치며 뒤로 벌러덩 넘어갔다.

도도가 순식간에 장교의 칼날을 피하며 달려들어 그 탄력으로 장교의 배를 향해 주먹을 내지르는 모습은 거의 환상이었다.

“호호호, 잘 놀았어.”

“도도! 괜찮아? 어디 안 다쳤어?”

“노는데 왜 다쳐?”

도도는 깜찍하게 대답하며 유난스레 걱정하는 나를 한심하다는 듯이 쳐다보았다. 하기야 한두 번 보는 것도 아닌데 오늘따라 내가 더 챙기려는 모습이 이상한가 보다.

“그… 렇다면 다행이네.”

괜히 머쓱했다.

“빨리 ‘왕립 도서관’ 이나 가보자!”

“그래.”

나와 도도는 쓰러져 있는 병사들을 뒤로하고 길모퉁이를 향해서 뛰어갔다. 주변에 모여 있던 구경꾼들의 시선이 전부 내 뒤통수에 꽂히는 기분이 들었다. 나만의 생각이지만 도도처럼 예쁜 여자의 애인을 부러워하는 눈빛임이 틀림없었다.

“도도.”

“왜 불러?”

뛰어가며 뒤돌아보는 그녀에게 웃음을 한 바가지 보여줬다.

“진짜로 멋있었어.”

“카론, 고마워.”

‘왕립 아카데미’는 유구한 역사만큼이나 커다란 쇠창살로 만들어진 정문부터 웅장했다. 그 문을 들어서면 ‘루벤스 제국’을 세운 ‘노브코트라 1세’ 황제의 동상이 구릿빛을 번뜩이고 있었고, 그 양쪽으로 훌륭한 기사나 학자의 석상들이 주르르 서서 학교로 들어오는 사람들을 맞이했다. 그중에는 우리 할아버지의 모습도 있었다.

“우와!”

도도는 동상을 지나면서 드넓게 펼쳐져 있는 잔디밭에 환호성을 질렀다. 그녀는 유스레오 시(市)에 발을 들인 후 몇 번의 감탄사를 남발하고 있었다.

“도서관은 어디야?”

“저 건물 뒤에 있어.”

짙푸른 물결이 고급 카펫처럼 그윽하게 깔려 있는 건너편에는 검은색의 5층짜리 건물이 길게 늘어서 고고한 위용을 자랑했다. 중앙에 커다란 타워와 양 끝의 뾰족 지붕이 온통 빨간색인 ‘왕립 아카데미’의 주 건물이었다. 바로 앞에 위치한 층층이 좁게 쌓아 올린 사각 분수도 하루 종일 물줄기를 시원하게 뿜어댔다.

“친구들은 도서관에 있는 거야?”

“거의 그렇지.”

나는 부지런히 걸음을 옮겼다.

“근데 고슴도치수염은 왜 안 보였지?”

도도가 고개를 갸우뚱한다. 우리의 얼굴을 알고 있는 그가 있었으면 굳이 소란을 피워가면서 검문하진 않았을 것이다.

“여기에는 없지만 어떤 경로로든 보고만 했겠지.”

“병사들이 돌아다닌 걸 보니 ‘루벤스 제국’에서 꽤 높은 사람에게
보고했나 보네.”

“그러게.”

“도대체 누가 콜렉터의 존재를 믿고 있을까?”

나만 생각하고 있는 줄 알았더니 도도 역시 그게 제일 궁금한가 보
다. 전설로만 알려진 콜렉터를 잡기 위해 혈안이 되어 있다면 코넬프
하고도 깊은 연관이 있는 사람일 것이다. 이 나라에서 병사들을 움직
일 수 있는 사람은 황제 이하 몇몇뿐이었다.

“잠깐!”

“카론, 왜 그래?”

“혹시 누가 따라오지 않았나 해서.”

우리는 동시에 주변을 살펴보았다.

“아무도 없네.”

도도는 걱정하지 말라는 표시로 내 어깨를 툭툭 쳤다.

“다행이야.”

우리가 도서관 쪽으로 다시 걸음을 옮기려 할 때였다. 내 또래로 보
이는 여자 아이들이 한 무리로 뭉쳐서 소란스레 떠들며 다가왔다. 모
두들 ‘왕립 아카데미’의 학생들인 듯했다.

“호호호.”

“너무 재미있다.”

“그 표정을 못 봐서 아깝네.”

“호호호.”

여자들은 뭐가 그리도 좋은지 연신 웃어대기 바빴다. 그녀들은 귀족
의 자녀들답게 모두 화려한 레이스로 친친 감긴 옷들을 입고 있었다.

“도도, 얼굴 숙여.”

나는 여자들이 우리 옆으로 가까이 오자 얼른 고개를 숙이며 도도의 손을 잡아당겼다.

“왜?”

영문을 모르는 도도가 멀뚱거린다.

“어서!”

얼굴이 화끈거리기 시작했다. 무리 중에 봐서는 안 될 여자가 있었다.

“빨리 가자!”

머리를 최대한 숙이며 영문을 몰라 멀뚱거리는 도도를 끌고 도서관으로 향했다. 그런데 일어나지 말아야 할 일이 터지고야 말았다.

“어?”

여자 중에 하나가 내 옆을 지나면서 걸음을 멈추었다.

“레이나, 왜 그래?”

“저거 카론 맞지?”

둘이서 내 이름을 거들먹거린다.

“배불뚝이 말야?”

“그래.”

여자들이 모두 멈추어 서서 나한테 시선을 돌리고 있었다. 그 눈빛이 얼마나 강렬한지 이미 그녀들의 곁을 지나 앞으로 걷고 있던 내 뒤통수가 날카로운 송곳으로 뚫어지는 듯한 착각이 일어날 정도였다.

“어라? 카론 맞네!”

“그렇지?”

“엉.”

웅성거리는 재잘거림이 더욱 크게 귓가에 맴돌았다.

"카론 스메드!"

듣기 싫은 목소리.

"……."

"오랜만에 만났는데 도망부터 치는 거야?"

여자는 비아냥거리고 있었다.

"호호호!"

"호호호!"

여자들의 까마귀 웃음소리가 내 자존심을 긁어댄다. 하지만 나는 묵묵히 걸음을 더욱 빨리했다. 내 짧은 과거에 오점을 남긴 여자를 아무렇지 않게 볼 만큼 아직은 마음에 여유가 없었다.

"카론!"

도도가 가던 길을 멈춘다.

"어서 가자!"

"잠깐만!"

내 허리춤을 잡아챈다. 그 힘이 너무 강해 앞으로 나가던 내 몸이 급히 서고 말았다.

"우리는 쫓기는 중이야. 시간이 없어."

"시간이 없는 건 알겠는데……."

"빨리 친구들을 만나서 무슨 일인지 알아봐야지."

나는 도도의 손을 뿌리치며 걸음을 옮기려 했다. 하지만 그녀는 나를 놔주지 않았다.

"그래도 친구들이 부르잖아."

도도가 쌩끗 웃는다.

"으그그."

신음 소리가 절로 나온다.

"어디 아파?"

"아냐!"

언제부터 나를 그리도 챙겨줬다고 쓸데없는 짓을 하는지 모르겠다. 자기 딴엔 좋은 뜻으로 나를 잡아채는 도도에게 화를 낼 수도 없고 나 혼자서 푸푸거릴 뿐이었다.

"카론, 살은 여전하네?"

나는 소리나는 곳으로 고개를 돌렸다. 이 세상에서 제일 보기 싫은 순서 1호가 또래의 여자들 틈에서 빠져나와 나에게 다가왔다. '왕립 아카데미'의 퀸 정도는 아니지만 그녀도 꽤 예쁜 여자였다. 비싼 보석으로 장식 한, 양쪽으로 동글게 말아 올린 갈색 머리가 그녀의 허영심을 잘 보여주고 있었다.

'수잔 헤로티아.'

한번도 그녀에게 당한 치욕을 잊은 적이 없었다.

"카론, 잘 지냈어?"

"……."

"내가 누군지 알겠어?"

엉뚱한 질문이다.

"뭐?"

짜증이 확 하고 올라온다.

"들리는 소문에 미쳤다고 하더니, 옷차림이 그래서 정말인가 했지."

"가던 길이나 가!"

나는 등을 돌리려 했다.

"자퇴까지 하고 전설 따위나 좇아 다니더니 여긴 어쩐 일이지?"

"알 거 없어!"

사실은 대답할 필요도 없었다.

"지금도 나를 사랑해?"

수잔이 비웃듯 몇 마디 던지자 여자들이 와르르 큰 소리로 웃었다.

"호호호!"

"호호호!"

어떤 여자는 너무 웃어 기침까지 해댔다.

"정말로 나를 보러 온 거 아냐?"

"쓸데없는 기대 하지 말고 꺼져!"

"호호호, 아직 자존심은 남았나 보네."

"도도, 가자!

비스듬히 서 있던 나는 완전히 등을 돌렸다.

"이번에 고백하면 나도 생각해 보려 했더니, 이젠 주제를 깨달았구나?"

"호호호!"

"호호호!"

한 번 더 자지러진다.

"으윽."

뜨거운 것이 배 밑에서 올라온다. 내가 정말로 콜렉터가 된다면 수잔부터 먹이로 보내 버릴 것이다.

"카론, 누구야?"

분위기가 심상치 않은 걸 눈치 챈 도도가 뒤에서 내 어깨에 손을 올렸다. 그 모습을 힐끔 바라본 수잔이 우리를 곱게 보내지 않았다.

“오호, 그러는 아가씨는 누구지?”

수잔이 대뜸 반말로 물어온다. 나한테만 쏠려 있던 그녀의 친구들도 도도에게 시선을 몰아주었다.

“으음!”

“예쁘네.”

같은 여자라도 예쁜 건 보이나 보다. 도도를 자세히 바라본 그녀들은 본능적으로 탄성을 토해냈다. 하지만 그 소리가 수잔의 신경을 건드리고 말았다.

“시끄러워!”

“…….”

여자들이 서둘러 자신의 입을 막았다.

“너는 누구야?”

수잔이 도도를 아예 하인 취급했다.

“카론 애인!”

역시 화끈하게 짧다.

“애, 애인이라고?”

그 순간 돌렸던 몸을 바로하던 나는 수잔의 찌그러지는 표정에서 짜릿한 통쾌감을 맛볼 수 있었다.

“후후후.”

비로소 내 입가에 웃음이 잡혔다. 자기보다 너무나 예쁜 여자가 내 애인이라고 하니 그 당혹함을 어찌 감당할지 수잔이 불쌍하게까지 보였다. 살다 보니 이런 날도 있었다.

“카론이 정신 나간 여자하고 같이 다니는군.”

수잔은 이죽거리면서 친구들의 쭉 둘러보았다. 그러나 여자애들은 도도의 미모에 넋이 나갔는지 그녀의 기대에 부응하지 못했다.

"야!"

얼굴이 새빨개진 수잔이 친구들에게 소리를 질렀다.

"어… 엉."

"왜… 그래… 수잔?"

멍하던 여자들의 표정이 갑자기 경직된다.

"카론이 정신 나간 여자하고 같이 다닌다니까!"

수잔이 똑같은 말로 소리를 버럭 지른다. 그녀의 의도를 겨우 알아
챈 친구들이 억지로 입가에 미소를 지으며 웃음을 만들어냈다.

"호… 호호."

"호호… 호."

여자애들이 수잔의 눈치를 살폈다. 총리대신의 딸이 대단하긴 대단
한가 보다.

"저것들이……."

나는 입가에 웃음을 지우며 주먹을 불끈 쥐었다. 슬쩍슬쩍 훔쳐보며
쉬지 않고 웃어대는 여자들을 바라보며 내가 구경거리가 된 듯했다.

"카론, 내가 혼내줄까?"

도도가 깜찍하게 묻는다.

"아냐! 상종할 가치도 없는 속물이야."

"흥! 주제도 모르는 뻔뻔한 돼지가……."

한참 기분이 상해 있던 수잔이 기어이 하지 말아야 할 말을 꺼내서
내 핏대를 건드렸다. 그러나 나는 폭발하기 일보 직전에 혀까지 깨물
며 참아냈다. 지금은 친구들을 만나는 게 급선무였다. 저런 여자애 땜
에 혈압 높일 필요는 없었다.

“수잔, 나중에 보자.”

갈던 이를 좀 더 세게 비비며 작별을 고했다.

“흥!”

수잔이 콧방귀를 힘껏 뿜어냈다.

“참, 뭐 좀 묻자.”

갑자기 수잔을 왜 불렀는지 나도 알지 못한다. 다만 머리 속에 들어 있는 궁금증은 알아내야 직성이 풀리는 성격 때문인 듯했다.

“뭐?”

싸늘하다.

“이 도시에 무슨 일이 있는 거지? 처음 보는 병사들이 검문을 하던데.”

“검은 투구의 병사들 말야?”

“그래.”

“그들은 우리 제국에 저항하는 무리들이 조만간 반란을 일으킬 거라는 말이 있어서 새로 만든 부대야. 나는 아빠한테 들어서 알고 있지.”

수잔은 퉁퉁거리면서도 잘난 체를 잊지 않았다. 그녀의 성격 역시 나만큼이나 여전했다.

“반란이라고?”

세상에 어떤 무리들이 ‘루벤스 제국’ 을 상대로 반란을 계획한단 말인가?

“반란군들은 징표로 손가락에 장미 반지를 끼고 있다고 해서 이 도시에 나타난 수상한 사람들은 검문을 받는 거야.”

“뭐?”

이건 반란보다 더욱 놀라운 정보였다.

"왜 그렇게 놀라?"

수잔의 눈이 내 손으로 슬며시 내려왔다.

"아냐!"

나는 얼른 손을 주머니에 넣었다.

"……?"

"우리는 이제 가봐야겠다."

이상한 눈으로 쳐다보는 수잔 일행을 뒤로하고 우리는 학교 건물을 돌아 도서관으로 걸음을 옮겨갔다. 장미 반지를 낀 무리들이 반란을 계획하고 있다니, 자세한 건 친구들에게 물어봐야겠다. 콜렉터와 반란은 전혀 어울리지 않는 관계였다.

　　‘왕립 도서관’은 온통 하얀색으로 깔끔했다. 100여 명이 한꺼번에 책을 볼 수 있는 넓은 공간에는 4명씩 앉을 수 있는 책상들이 촘촘히 자리를 차지하고 있었고, 창문 쪽을 제외한 3면의 벽은 여러 종류의 책들로 가득 채워져 있었다. 각기 다른 크기와 색깔들의 수많은 책들로 즐비하게 꾸며진 벽면은 실로 장관을 이루었다. 똑같은 크기로 줄지어 늘어선 아치 형의 커다란 모자이크 창문으로 조각나서 쏟아져 들어오는 형형색색의 빛살은 이곳의 또 다른 볼거리였다.

　　"여기에 앉자."

　　"카론, 친구들은 어디 있어?"

　　우리는 구석의 빈자리를 찾아 앉았다.

　　"글쎄."

　　대충 주변을 둘러봤지만 ‘예비 기사단’의 친구들은 한 명도 보이지 않았다. 하다못해 도서관 사감인 위고라도 있어야 하는데 이상했다.

"그런데 여기 도서관 맞아?"

도도가 얼굴을 바짝 갖다 대며 작가 물었다. 천방지축이라도 도서관에서 조용히 해야 하는 것은 아는가 보다.

"왜?"

나는 가까이 있는 책상들로 시선을 돌렸다.

"어째 도서관이 책을 읽는 사람보다 조는 사람이 더 많아?"

"그러게."

아치 형 창문으로 쏟아지는 늦은 봄의 노곤한 햇살 때문인지 도서관은 깊숙한 낮잠 속에서 느긋한 오후를 준비하는 듯 보였다. 졸고 있는 몇몇 학생들의 머리가 모이 쪼는 배고픈 닭들처럼 책상 위를 콕콕 찧대며 박자없이 흔들거렸다.

"예전 같으면 생각도 못할 일인데 이상하네."

도서관에도 무슨 일인가 있는 듯했다. 아니면 특별한 날이라 사감이 눈감아주는지도 모른다. 절친한 친구이자 도서관 사감인 '위고 하스몬'은 넉넉한 여유가 있는 성격이었다.

"아무튼 여기는 밝하고 분위기가 전혀 다르네."

도도는 따분한지 턱을 괴었다.

"평온하긴 한데……."

예전 모습은 아니었지만 이곳에는 거리에서 보았던 불안한 모습이나 싸늘한 긴장감이 전혀 없었다.

"도도."

"왜에~"

도도의 턱을 고인 손이 툭 하고 옆으로 빠져나왔다.

"친구들 좀 찾아보고 올게."

"어… 엉."

이마가 쿵 하고 책상 위로 곤두박질.

"졸리면 자고 있어."

"자긴 누가 잔다고 그래?"

완전히 엎어진다. 어젯밤에 나더러 수를 세라 하고는 먼저 잠들었던 도도였다. 말은 아무렇지 않다고 했지만 남자 품에서 쉽게 잠들지 못했을 것이다.

"후후!

일방적인 내 생각이지만 나를 그저 친구 정도로 밋밋하게 대하던 그녀가 오돌오돌 떨면서 눈만 깜빡깜빡 하며 밤샜을 상상을 하니 괜히 웃음이 나왔다.

"도도는 그렇다고 치고……."

책을 읽고 있는 학생들 사이사이로 아예 책상에 엎드려 자고 있는 애들을 보며 한심한 생각이 들었다. 무슨 일로 도서관 분위기가 이렇게 됐는지는 몰라도 저 정도로 잘 거면 그냥 집에서 편히 누워 있던가 하지 왜 힘들이고 여기까지 왔는지 얼른 이해가 가지 않았다. 가뜩이나 도시 전체가 어수선한데 말이다. 그러나 졸고 있는 학생들의 마음은 알 것 같았다.

"하기야……."

나도 도서관에서 공부를 하다가 졸린 적이 있었다. 딱 몇 분만이라도 짧은 잠을 자고 싶을 때가 부지기수였는데 사감이 무서워 감히 엄두도 내지 못했었다. 그런데 어떤 맹수보다도 무섭다는 도서관 사감이 없으니 낮잠 자기에 이렇게 좋은 기회도 없을 듯했다.

“도대체 어디들 있는 거야?”

나는 친구들을 찾기 위해 책상 사이를 돌아다니며 콜렉터의 반지와 반란군의 반지를 연관 지어 생각하고 있었다.

“장미 반지가 반란군의 표식이란 말이지?”

그 답은 너무나 쉬운 거였다. 우연의 일치가 아니라면 궁궐의 높은 자리에 있는, 즉 병사들을 마음대로 움직일 수 있는 사람 중에 코넬프가 있다는 가설이 세워졌다. 설령 코넬프가 아니더라도 그와 깊은 관계가 있는 사람일 것이다. 현재 초강대국인 ‘루벤스 제국’ 을 상대로 반란을 일으킨다는 것은 화약을 지고 불길로 들어서는 것과 다름없었다. 그렇다면 반란은 콜렉터들을 잡기 위한 눈가림이었다. 그 사람의 지위가 아무리 높다 해도 사람들의 눈앞에서 옛날이야기를 현실로 끌어내어 잡아넣을 수는 없었다. 만일 콜렉터를 잡기 위해서라고 했다면 누구도 똑바로 인정해 주지 않을 것이 뻔했다.

“몇백 년 동안 조용히 내려오던 전설이 뿌리째 뽑힐 수도 있겠구나.”

이 도시뿐만 아니라 제국 전체에서 대대적으로 장미 반지를 잡아넣는다면 영원불사의 콜렉터들이라 생명에 위협을 크게 느낄 것이다.

“아직도 자는 거야?”

한껏 돌아다니고도 친구들을 찾지 못한 채 자리로 돌아온 나는 아직도 책상 위에 엎어져 있는 도도를 바라보았다.

“어… 엉……. 친구들은?”

손등으로 눈을 비비며 일어나는 도도가 귀엽다.

“도서관에는 없네?”

나는 자리에 털썩 앉으며 앞으로 어떻게 할까 고민했다. 제라드의 문제도 아직 해답을 찾지 못했는데 이제는 반란군으로 몰리게 생겼으니 털컥 집으로 가기도 선뜻 내키지 않았다. 내무국장의 아들이 미쳐서 싸돌아다니더니 반란군이 됐다고 하면 자자손손 대대로 불효자의 오명을 달고 살아야 했다.

"친구들이 여기 없으면 나가서 다른 데를 찾아보자."

도도가 잠에서 덜 깬 눈으로 나를 쳐다보았다.

"사람들하고 부딪치기 싫어."

나는 수잔에게 당했던 수모 이후 '예비 기사단' 의 친구들을 제외한 '왕립 아카데미' 와 관련된 사람들은 아무도 만나지 않고 있었다. 이곳도 '예비 기사단' 의 친구들만 보려고 왔다. 다행히 텅 빈 도서관에는 아는 사람이 거의 없었다.

"카론, 그럼 여기서 계속 기다릴 거야?"

"그건 아닌데……."

도서관을 나서면 어디로 가야 할지 난감했다. 하도 생각이 나지 않아 손으로 머리칼을 쥐어짜듯 흔들어봤다. 그러자 도도가 혀를 끌끌댄다.

"아무튼 똑똑한 사람들은 생각이 너무 복잡해."

"……?"

"분명히 머리 터져 죽는 사람도 있을 거야."

"하하하!"

그녀의 예쁜 비아냥거림이 골치 아픈 나의 얼굴에 웃음을 만들게 했다.

"카론의 머리카락이 그래서 회색인가 보다. 하도 머리를 굴리다 보니까 바짝 마른 거지."

"정말 그런가?"

나는 새집을 털컥 지어놓은 머리카락을 비비 꼬았다. 깔깔거리며 웃는 도도의 모습은 거의 환상적이었다. 어떤 시름도 싹둑 잊게 하는 마력이 있었다. 그녀의 웃음소리가 겨우 추슬러지려고 할 때였다.

"저기… 카론님인가요?"

우리가 앉아 있던 테이블로 작은 아이가 찾아왔다.

"그런데?"

"어느 분이 이걸 전해주라고 해서요."

"누구?"

"저기… 어?"

아이가 자신의 뒤쪽을 가리키려다가 멈칫했다.

"저기 있었는데 안 보이네요."

맑은 눈을 가진 아이는 도서관을 두리번거렸다. 나도 덩달아 살펴보았지만 알 만한 얼굴은 보이지 않았다.

"어떻게 생긴 사람인데?"

"잘생긴 남자였어요."

"도서관 사감은 아니든?"

위고는 '왕립 아카데미'에서 제일 잘생긴 남자였다.

"아뇨."

"그럼 누구지?"

내가 고개를 갸우뚱거리는데 아이가 손을 쭉 내밀었다.

"이거…….."

아이의 손에는 낡은 책이 한 권 들려 있었다.

"뭐지?"

나는 아이의 맑은 눈을 한참이나 들여다보다가 낡은 책을 받아 들었
다.

"이 책은……."

아이는 어느새 사라지고 없었다.

"무슨 책인데?"

도도가 내 쪽으로 목을 뺐다.

"오래전에 나도 읽었던 책이야."

표지가 너덜거리는 낡은 책은 내용이 엉터리라서 누구도 찾지 않는,
먼지만이 퀴퀴하게 흠뻑 배어 있는 버림받은 책이었다. 나는 테두리의
윤곽만 겨우 보이는 책 표지를 천천히 들췄다. 누런 첫 장에 큼지막한
제목이 뚜렷이 박혀 있었다.

로즈 아일랜드.

제목 아래로 서명까지 곁들인 지은이의 이름이 보였다. 순간 나는
자리에서 벌떡 일어나서 주변을 둘러보았다. 내가 이 책을 처음 대했
던 것은 콜렉터가 되기로 마음먹은 바로 직후였었다. 그때는 지은이에
대한 관심 따위는 내 머리 속 어디에도 없었다. 오로지 섬과 콜렉터에
대한 책의 내용만 미친 듯이 파헤쳤었다.

'제라드 파불라.'

지은이는 이백 년 전의 미친 여행가였다. 이 책은 그가 무역선인 '퀸
엘라'를 타고 '아이스 씨(The Ice Sea)'에서 겪었던 항해 일지의 한 부
분이었다. 말 같지 않은 책 '로즈 아일랜드'는 지은이 자신이 식인섬에
직접 가봤으며 콜렉터로서 교육을 받았고, 대륙으로 나와서 많은 여자

들을 사랑했다는 내용이었다. 그 묘사가 얼마나 사실에 가까운지 그 당시 여자에게 버림받은 남자들이 콜렉터가 되기 위해 '로즈 아일랜드'를 찾아가려는 소동까지 벌일 정도였다고 한다. 하지만 근세(近世)에는 별로 읽을 만한 가치가 없는 책으로서 도서관 서재의 한 귀퉁이를 차지하고 있었다. 그래도 한때 나에게는 더없이 좋은 자료였다.

"카론, 무슨 책인데 그렇게 놀라?"

도도가 책을 자기 쪽으로 끌어당겼다.

"이 책을 보낸 사람이 누굴까?"

나는 도도에게 물었다.

"지은이… 제라드 파뷸라……."

손가락으로 첫 장의 글자들을 짚어가며 읽던 도도가 잠시 멈칫했다. 그녀는 아무 말 없이 책장을 넘기기 시작했다.

"어떻게 생각해?"

"조금만 읽어보고 말할게."

"틀림없이 그가 쓴 책이야?"

제라드가 콜렉터라서 영원불사이긴 하지만 동명이인도 얼마든지 있을 수 있었다. 아마 카론이란 이름도 이 대륙에는 무지 많을 것이다.

"내가 아는 바로 근래 이백 년 동안 콜렉터가 된 제라드는 단 한 명뿐이야."

"그래도 다른 제라드가 남들에게 들은 얘기로만 쓴 걸 수도 있잖아?"

"이 책의 지은이는 '로즈 아일랜드'의 정체를 알고 있어. 섬을 직접 가보기 전엔 모르는 사실인데 말야."

나는 기억을 더듬었다. 그 책의 내용이라면 어느 정도 꿰차고 있는

나였다. 하지만 지은이가 '로즈 아일랜드' 에 대해 써놓기는 식인섬이
란 것과 그 섬에 대한 묘사 정도였다. 도도가 말한 섬의 정체를 가리키
는 특별한 내용은 없었다.

"이곳에 제라드가 와 있단 말이지."

도도의 말대로라면 틀림없이 그였다. 20여 일 동안 머리 속에 안고
있던 의심과 불안을 해결할 시간이 다가온 듯했다.

"흥! 여기까지 와서도 나 때문에 나타나지 않나 보군."

제라드를 만나려고 기를 쓰던 도도가 의외로 크게 동요하지는 않았
다.

"빨리 찾아보자!"

"책 좀 더 읽고."

"읽어보긴, 내용은 로즈 아일랜드에 대한 거야."

"그래도 읽어봐야 제라드의 글 솜씨를 평할 수 있잖아."

나는 백치미가 환하게 핀 아카시아 같은 여자를 멍하니 바라보았다.
가끔씩 엉뚱한 말을 톡톡 터뜨리는 데는 대처 방안이 없었다.

"도도! 어서 일어나!"

"제라드는 정말 멋진 남자야. 어쩜 이렇게 글도 잘 쓰냐?"

도도가 나에게는 관심도 없이 책을 읽으며 탄성을 뿜었다.

"빨리 제라드를 찾자니까."

내 속이 바짝바짝 탔다.

"제라드가 반지를 회수하려고 죽일지 모른다 걱정하던 사람이 뭐가
그리 급해?"

"그의 뜻을 확실히 알고 싶어서 그래. 그리고 여긴 다른 사람들도
있으니까 딴마음은 갖지 않을 거야."

“실은 나도 제라드가 보고 싶은데······.”

거짓 표현을 못하는 도도였다. 그녀는 나보다 제라드를 더 보고 싶은 사람 중에 한 명일 것이다. 다만 제라드가 자신을 보면 또 도망갈까 봐 걱정이 앞서고 있을 뿐이다.

“어라? 이게 뭐지?”

무의식적으로 책장을 넘기던 도도가 하얀 쪽지를 들어 올렸다.

“어디 봐!”

네 번으로 접은 쪽지는 나를 만나자는 내용이었다. 단둘이 조용히 보자며 장소를 적어 보낸 것이었다. 틀림없이 제라드라는 증거였다.

“가자!”

도도에게 쪽지를 넘기자 내용을 대충 읽어본 그녀가 한숨을 크게 쉬었다.

“휴— 우!”

“빨리 안 일어나고 뭐 해?”

“나는 책이나 읽을래.”

“제라드가 기다린다니까!”

계속해서 버팅기는 도도가 미워지려고 한다.

“카론.”

“왜?”

“제라드가 왜 너한테 이 책을 보냈겠어?”

“쪽지에 단둘이 보고 싶다고 써 있잖아.”

“그러니까 혼자 가라고.”

시무룩하다.

“같이 가도 돼.”

"내가 가면 제라드는 또 도망갈 거야."

"도도 때문에 도망갈 거였다면 여기서 쪽지를 주지도 않았을 거야. 기회를 봐서 나 혼자 있을 때 몰래 줬겠지."

"설령 도망가지 않는다고 해도 같이 왔다고 구박할지 몰라."

사랑하는 남자에게 한없이 작아지는 게 여자라더니, 도도 역시 어쩔 수 없는 듯했다.

"그렇더라도 자신이 한 말에 책임을 져야지."

"무슨 뜻이야?"

도도의 눈이 반짝인다. 그녀도 나하고 지낸 그동안의 경험으로 이런 말을 할 땐 좋은 방법이 있다는 걸 파악하고 있는 것이다.

"제라드가 단둘이만 보자는 게 나를 죽이고 반지를 회수하려는 거면 도도가 지켜줘야지. 절대 아닐 거라고 도도가 확신했잖아."

"내가 그랬었나?"

솔직히 나도 그런 말을 들은 적은 없는 듯했다. 하지만 그녀가 곁에 있으면 만약의 사태에 도움을 줄 것 같은 막연한 기대감이 있었다.

"틀림없이 그랬다니까."

"그렇다면 내가 한 말에 책임을 져야지."

도도가 내 말을 알아듣고 벌써 자리에서 일어났다.

"혹시 제라드가 뭐라고 하면 도도는 오기 싫다고 했는데 여차저차해서 내가 데리고 왔다고 말해 줄게."

"카론, 세상에서 제일 나쁜 종자가 뭔지 알아?"

"자기 말에 무책임한 종자!"

내가 거침없이 말했다.

"아무튼 머리 하나는 기가 막혀."

제라드를 만날 수 있는 돌파구를 찾은 도도가 나를 보며 감탄했다.

"이제 가자!"

"어디서 만나자고 했더라?"

도도는 쪽지를 다시 살폈다.

"카론, '예손의 창고'가 어디 있는데?"

쪽지에 적힌 장소였다.

"어릴 적에 친구들하고 놀던 곳이야."

"그런데 제라드는 그곳을 어떻게 알까?"

"도서관에 책이 있는 것으로 봐서 여기에 왔을 수도 있지. 아마 내가 태어나기 전부터 창고를 알고 있었을지 모르지."

"어엉."

도도는 내가 말하면 모두 이해하는 타입이다. 정말로 알고서 대답하는지는 몰라도 따로 설명할 필요가 없어서 좋았다.

"어서 가자!"

"여기서 멀어?"

"아냐, '예손의 창고'는 도서관 뒤쪽에 있어."

도서관에서 나오며 게눈 흘기듯 사방을 둘러보았다. 우리를 눈여겨보는 사람이 없는 걸 확인하고서야 도도를 데리고 도서관 뒤쪽으로 향했다. 무슨 이유인지 쪽지에는 미행을 조심하라고 했었다.

"아주 철저하다니까."

"제라드도 검문하는 걸 봤겠지."

도서관 뒤쪽은 거대한 나무들이 드넓게 퍼져 빼곡히 서 있었다. 그 틈이 얼마나 촘촘한지 빛이라고는 전혀 들지 못했다.

"대낮인데도 깜깜하네."

“발 밑을 조심해.”

내가 도도에게 주의를 주었다.

뿌드득!

바닥에 깔린 나뭇가지 부러지는 소리가 숲 속으로 퍼졌다.

“도도, 섬의 정체가 뭔데?”

“비밀!”

나는 창고로 향하면서 ‘로즈 아일랜드’에 대해 물었다. 제라드가 책에다가 써놓았다는 섬의 정체를 곰곰이 생각해 봤지만 전혀 떠오르지 않았다.

“책에도 써 있다며? 비밀도 아니구만?”

도도를 힐끔 바라보았다.

“제라드도 직접 말은 하지 못하고 묘사만 해놨어.”

“보복당할까 봐?”

“로즈 아일랜드는 콜렉터에게는 신 같은 존재야. 감히 아는 사람 대하듯 보복은 무슨. 그냥 무서운 벌을 받기 싫어서 그런 거지.”

도도의 말투에는 넘보지 못할 섬의 비범한 능력이 들어 있었다.

“제라드가 책에 뭐라고 묘사했는데?”

“카론도 읽은 책이라며?”

“읽었다고 다 기억하냐?”

“그럼 나중에 섬에 가거든 알아봐.”

도도가 대답을 회피해 나는 기억나는 대목을 읊어댔다.

깎아지른 바다 속 둥근 파도…

똬리를 튼 미끈한 절벽을 타고 오르면…

지혜의 불빛 위로 장미의 꽃망울이 터진다.

"역시 천재라 기억력이 좋네."

"이 내용이 뭘 가리키는데?"

"나중에 직접 가보면 알아!"

"가서 볼 것도 많고 배울 것도 많으니 콜렉터 수업 받는 동안 심심하지는 않겠다."

"아마 그럴 거야. 죽지 않는다면 말야."

"죽어?"

제라드를 만나러 가면서도 잠시 잊고 있던 단어가 들리자 목덜미가 섬뜩했다. 우선은 제라드의 선택에 모든 것이 극과 극으로 걸려 있었다. 그 다음에 죽든지 콜렉터가 되든지 둘 중 하나였다. 그러나 이런 내 심정을 모르는지 도도는 계속 재잘거렸다.

"수업받다가 죽을 수도 있지."

"엉? 수업……?"

당장 죽는 게 아니라서 그런지 조금은 안심이 됐다.

"수업 내용이야 괜찮은데……."

도도가 뜸을 들였다.

"근데?"

나는 힘없이 도도의 말을 받아주었다.

"그 몰골 고치려고 뼈 깎다 보면 너무 아파서 죽을지도 몰라."

"얼굴은 마법으로 고칠 수 있어."

"아무리 마법이라도 통하는 얼굴이 있고, 지레 질려서 포기하는 얼굴도 있어."

“흥!”

“호호호.”

도도는 자기가 한 말이 재미있는지 큰 소리로 웃었다.

“지금 웃으라고 하는 말이야?”

내가 의외의 반응이 보이자 도도가 멈칫한다.

“갑자기 왜 그래?”

“그냥… 답답해서.”

“제라드가 카론을 죽일까 봐?”

“푸우…….”

나는 한숨으로 대답을 대신했다.

“창고는 어디 있는데?”

도도가 분위기를 파악하고 목소리를 가라앉혔다.

“숲 속으로 더 들어가야 해.”

우리는 이름 모를 수풀을 헤치며 그늘만이 가득 차 있는 깊은 숲 속으로 조심조심 걸어 들어갔다. 나무들이 더욱 빽빽이 들어차 있었다.

“이런 데 창고가 있단 말야?”

“바로 저기야.”

“어디?”

도도가 의심스러운 눈으로 나를 쳐다보았다. 내 손가락이 ‘예손의 창고’라고 가리킨 곳에는 나무들만 첩첩이 꽂혀 있을 뿐 창고다운 건물이라곤 전혀 보이지 않았으니 그녀가 어리둥절한 것은 당연했다.

“카론, 창고가 어디 있는데?”

“잠깐만.”

나는 혹시나 하며 주변을 살펴보았다. 누군가 우리를 지켜보는 느낌이 들었다.

"왜 그래?"

누군가 우리를 쫓아오는 것 같아."

"정말?"

도도의 손이 허리춤으로 간다.

"느낌이 안 좋아."

"으음."

나와 도도는 뒤로 돌아서서 걸어온 자국들을 낱낱이 살펴보았다. 그러나 보이는 것은 숲의 짙은 그늘뿐이었다.

"혹시 제라드가 아닐까?"

"아냐!"

도도가 딱 잘라 말한다.

"어떻게 알아?"

"한 명의 움직임이 아니야."

도도 역시 우리를 쫓는 미행자의 스산한 기운을 알아챈 듯했다.

"몇 명씩이나 된단 말야?"

"쉿!

도도가 내 입을 막으며 낮은 자세로 귀를 기울였다.

"카론, 어서 도망가자!"

"왜?"

"마법사들이다."

"어떻게 알아?"

"매우 가까이 있는데도 보이지를 않잖아. '인비지빌리티' 라는 마법으로 자신들의 모습을 숨기고 있는 거야."

“그럼 코넬프인가?”

“나도 모르겠어. 우선은 이 자리를 피해야 해.”

“엉.”

“무조건 뛰어!”

마법사에겐 상대가 안 되는 도도였다. 그녀를 따라 막 달려나가려는데 그때 숲 사이에서 낮은 소리가 들렸다.

“파이어 볼!”

시뻘건 불기둥이 우리 눈앞으로 획 하고 날아왔다.

슉슉슉!

“도도! 엎드려!”

나는 도도를 밀치며 넘어졌다.

펑! 펑! 펑!

우리 뒤에 있던 나무들이 순식간에 박살났다. 파이어 볼이 한꺼번에 여러 개가 날아온 것을 봐서는 마법사가 최소한 세 명은 되는 듯했다.

“도도, 괜찮아?”

“엉.”

“일단은 창고로 피하자.”

도도를 일으키는데 마법사들의 외침이 또 한 번 들렸다.

“블리저드!”

불기둥의 뜨거웠던 기운이 사라지며 북부 빙원의 눈바람이 몰려들었다.

휘이이익!

얼음폭풍이 숲 속을 새하얗게 만들었다.

“카론! 빨리 피하지 않으면 우리도 얼음이 될 거야!”

"조금만 가면 창고야!"

살갗에 와 닿는 차가운 느낌이 너무 두렵다. 그만큼 강한 마법이 실린 한기는 살을 에는 듯했다. 나는 도도를 데리고 있는 힘껏 창고로 뛰었다.

"다 왔다!

"여기야?"

"그래."

도도의 말을 들을 겨를도 없이 땅바닥에 주저앉았다. 잡풀 속에서 '예손의 창고'로 들어가는 나무 문이 눈에 띄었다.

"이걸 끌어당기면……."

나는 문 옆의 고리를 잡아 힘껏 잡아 올렸다. 땅바닥과 수평으로 누워 있는 창고 문은 반으로 갈라지며 아래로 열렸다. 그럼 땅 밑으로 내려가는 사다리가 나타나는데…….

"여, 열려라!"

어쩐 일인지 창고 문은 꼼짝도 하지 않았다.

"왜 그래?"

도도가 놀란 나를 눈으로 쳐다본다.

"아, 안 열려."

"뭐?"

우리는 동시에 뒤를 돌아보았다.

휘이이익!

찬바람이 얼굴에 스며든다.

쩍! 쩍! 쩍!

은빛 포식자의 횡포가 푸른 숲을 뒤덮고 있었다. 온통 하얀색이 빠른 속도로 나와 도도에게 다가왔다. 가만히 서 있다가는 우리도 곧 하얗게 탈색되며 얼음 궁전의 돌멩이로 쓰일 것이다. 하지만 창고 문은 꼼짝도 하지 않았다.

"끝장이야!"

하얀색은 벌써 발 아래까지 와 있었다. 쓰러지듯 엎드려서 땅바닥과 수평으로 누워 있는 창고 문을 마구 두드렸다.

쿵쿵쿵!

둔탁한 소리가 얼음폭풍 속으로 사라졌다.

"앗!"

도도가 갑자기 비명을 질렀다. 그녀의 발이 하얗게 변하고 있었다.

"신발을 벗어!"

나는 소리치며 창고 문을 부서져라 발로 짓밟았다.

쿵쿵쿵!

내 육중한 몸을 모두 실어 점프를 해대며 문을 짓이겼다. 신발을 벗은 도도가 창고 문으로 올라와 나하고 같이 점프를 했다.

와장창!

그렇게 꼼짝도 안 하던 창고 문이 도도가 올라오자 부서지며 땅 밑을 보여주었다.

"으악!"

서늘한 기운이 머리를 스치고 지나갔다.

쿵!

창고 바닥에 떨어진 우리는 한숨을 몰아쉬었다.

"휴우~"

나의 머리카락 윗부분은 그새 얼어서 딱딱했다. 조금만 늦었다면 콜렉터가 되는 것은 둘째 치고 큰일 날 뻔했다.

"멜트(Melt)!"

숨 돌릴 틈도 없이 땅 위에서 또 한 번의 마법 주문이 들려왔다. 마법사들은 얼어붙은 숲을 녹이려고 했다.

"뭐야?"

줄줄줄!

물이 흘러 '예손의 창고' 로 흘러 들어왔다.

"어라?"

이마 위로 얼었던 내 머리카락도 녹아 쪼르르 물이 되어 흘렀다.

"우리를 수장(水葬)시키려나 보다!"

내가 이마를 닦으며 도도를 바라보았다.

"이제 어떡해?"

도도가 신발도 없는 발을 동동 굴렀다.

"절벽으로 가자!"

"거기가 어딘데?"

"따라오면 알아!"

나는 도도를 데리고 하나뿐인 비밀 통로로 향했다.

'루벤스 제국'이 건국되었을 당시 왕립 도서관의 사감이던 예손이 책을 보관하기 위해 만든 창고가 '예손의 창고'였다. 그는 도서관으로 통하는 길을 비롯해서 몇 갈래의 비밀 통로를 만들어놨는데, 현재 쓸 수 있는 곳은 절벽으로 향하는 길뿐이었다. 어른 두 사람이 어깨를 마주 대고 걸을 수 있을 정도의 넓이였다.

저벅저벅!

벌써 물이 무릎까지 차며 움직임이 힘들어졌다. 그나마 다행인 것은 지하 통로에 불이 밝혀져 있어 발 밑을 보는 데 지장이 없다는 것이었다.

저벅저벅!

"꽤 기네?"

"얼마 남지 않았어."

물이 콸콸거리며 가슴을 치고 앞으로 먼저 빠져나간다.

"그래도 빨리 가지 않으면 물속에 잠길 거야."

"도도는 생각보다 겁이 많네?"

"물에 빠져 죽기 싫어서 그렇지."

"안됐다. 난 죽어도 입만 떠서 살 텐데 말야."

"주둥이 가벼워서 좋겠다."

나는 슬쩍 미소를 지었다.

"밖에 있는 마법사들은 코넬프겠지?"

"후계자를 죽이려는 걸 보면 거의 맞을 거야."

"고슴도치가 알렸을 거야."

제라드를 미끼로 나를 이리로 부른 것을 보면 그밖에 없었다.

"벌써… 어푸! 물이… 어푸!"

어느새 차오르던 물이 턱 밑으로 스멀거리며 넘실댔다.

"거의 다… 푸우… 왔으니까 숨을… 푸우… 최대한 들이마셔!"

까치발을 들며 내가 도도에게 말을 건넸다. 무서운 속도로 물이 차 들어왔다. 그 넓은 숲을 하얗게 만들었던 얼음이 녹아 그 양이 어마어마한 것이었다.

"우흡!"

우리는 동시에 숨을 들이켰다. 서늘한 기운이 목덜미를 덮치더니 이내 출렁 하며 물속에 잠기고 말았다. 숨을 최대한 아껴야 했다.

뽀글뽀글!

팔다리를 저어서 물을 헤치며 앞으로 나갔다. 어릴 적에 이곳에서 놀 때는 금세 왔다 갔다 했던 가까운 거리였는데 오늘은 너무 길어 끝도 없는 듯하다. 물이 들어차며 횃불을 잡아먹어 암흑 그 자체였다.

뽀글뽀글!

도도가 내 뒤를 따라오고 있었다.

"우읍!"

"뽀그르… 푸……."

숨이 꽉 막혀 더 이상 참을 수가 없었다.

"뽀그르… 뽀그르……."

입에서 거품이 줄지어 나오며 가슴이 고통스러웠다. 조금씩 폐 속으로 차가운 물이 스며들고 있었다.

쿵!

그때 무엇인가 나의 진로를 막아섰다.

통통!

절벽으로 나가는 비밀 통로의 문이었다.

뽀글뽀글!

나는 비밀 통로를 막고 있는 문을 열려고 했다.

왈칵!

참지 못하고 물을 삼켰다.

"꿀꺽! 꿀꺽!"

정신은 혼미해지는데 아직도 문은 열리지 않았다. 워낙 오래된 문이라 잘 열리지 않는 듯했다. 나의 두 손은 무의식적으로 문을 열고 있었지만 밀려드는 환각에 스르르 눈을 감고 말았다.

아름다운 여인들이 나를 둘러싸고 환하게 웃고 있다. 내 몸이 가벼워지며 그녀들의 머리 위로 떠오른다.

히히히!

너무 행복하다. 하지만 그 숨 막힌 기쁨은 오래가지 못했다.

펑!

갑자기 빠른 속도로 물살에 쓸려 나갔다. 행복한 환각은 깨지고 노란 빛이 수천 가닥으로 좌르르 분광되어 퍼지더니 이내 막혔던 가슴이 편해졌다.

쏴아아!

허공으로 내동댕이쳐지는 순간 폭포수 떨어지는 소리가 들리며 멈칫하던 내 몸뚱이가 아래로 곤두박질쳤다.

"으아악!"

눈 밑으로 도도의 까만 모습이 보였다.

털컥!

무엇인가 내 손을 낚아채며 떨어지던 속력에 제동을 걸었다.

"카론! 괜찮아?"

"도도!"

소리가 들리는 위를 쳐다보았다. 도도가 안간힘을 쓰며 내 손을 잡고 있었다. 그녀는 손목만한 두께의 나뭇가지에 몸을 실어 의지하고 있었다.

"쿨럭! 쿨럭!"

나는 그때서야 몸속에 담고 있던 물을 뱉어냈다.

"여기가 비밀 통로야?"

도도는 지금의 상황이 어이가 없나 보다. 살려고 찾은 길에서 이런 일을 당한다면 누구나 그럴 것이다.

"그래, 통로는 맞는데……."

"아직은 살아 있으니까 잘된 거네. 얼마나 버틸지는 모르지만 말야."

　폭포수는 줄기차게 우리에게 쏟아져 내렸다. 비밀 통로의 문이 열리면서 막혔던 엄청난 물덩어리가 그리로 몰린 것이다. 절벽으로 향한 그 통로는 문을 열면 발 디딜 넓이보다 조금 더 넓은 길이 산 아래까지 쭉 이어져 있었다. 안쪽으로 바짝 붙지 않으면 떨어질 위험이 많았던 곳인데, 아마 엄청난 물의 압력에 밀려서 나와 도도가 절벽 아래로 떨어진 것 같았다.

　"마법사들은?"

　우리가 살아 있는 걸 보면 쏜살같이 달려올 것이다. 그들은 이미 우리를 죽이려고 작정한 것 같았다.

　"여… 기서는 안 보여."

　도도는 힘든가 보다

　"버틸 수 있겠어?"

　"카… 론… 아직은 괜찮은데 빨리 방법을 찾아야 될 거… 우윽!"

　이를 악문다.

　우드득!

　나무 갈라지는 소리와 동시에 내 몸이 출렁거렸다.

　"으헉!"

　나는 짧은 비명을 지르며 절벽 아래를 바라보았다.

　"이런!"

　체념에 가까운 한탄이 내 입에서 저절로 나왔다. 바닥은 하도 깊어 그저 새까맣게만 보였다. 아찔한 현기증만이 일어나며 눈앞이 빙글거린다. 그때 도도가 소리를 질렀다.

　"저건?"

　"왜 그러는데?"

"마법사들이다!"

그들은 절벽 위에 서서 우리가 떨어진 아래를 내려다보고 있었다. 그러더니 그중 한 명이 좁은 길을 따라 내려오기 시작했다. 아마 우리의 시체를 확인하려는 모양이다.

"으으윽!"

도도가 고통스런 신음 소리를 냈다.

"조금만 참아."

나는 뾰족한 수도 없으면서 그저 버티기만을 기대하고 있었다.

"카론, 조용."

아래로 내려오던 마법사가 벌써 우리가 매달려 있는 나무 근처까지 다가온 것이다. 그는 발 밑의 좁은 길만 신경 쓰는지 이쪽은 쳐다보지 않고 있었다.

우지끈!

나무가 더 이상 우리 둘의 무게를 지탱하기 힘든가 보다. 서서히 꺾이며 더욱 출렁출렁한다. 그런데 설상가상으로 도도의 어금니 사이에서 신음 소리가 흘러나왔다.

"으윽!"

"도도……."

"더… 더는 못 버티겠어."

도도는 나를 잡고 있던 손에 힘을 주었다.

"우리 이렇게 죽는 거야?"

"아아……."

수잔 때문에 죽으려고 올라와서도 안 떨어졌는데, 이제 와서 절벽의 바닥을 보게 되다니 죽음의 두려움보다 어이가 없었다.

우지끈!

"카론."

"도도."

그나마 행복이라면 예쁜 여자와 함께 죽는다는 것이었다.

"카론, 바닥에 떨어지면 아프겠지?"

"아마 그럴 거야."

우리가 최후의 대화를 나누는데 누군가 다가왔다. 후드를 뒤집어쓴 로브 차림의 마법사였다. 아래로 내려가던 그가 우리의 신음 소리를 들은 듯했다. 나쁜 일은 겹쳐서 온다더니 줄줄이 콩깍지였다.

"여기 매달려 있습니다!"

마법사가 위쪽에다 대고 소리쳤다.

"우리는 그냥 놔둬도 알아서 떨어질 텐데 어서 올라가서 볼일이나 보시죠?"

내가 겨우 말을 하자 사내가 낮게 속삭였다.

"시끄럽다."

"생각해서 해준 말인데 화는……."

"죽어라!"

사내는 우리가 매달려 있는 나무를 지그시 밟았다.

우지끈!

도도가 얼른 사내를 불렀다.

"아… 저씨!"

사내가 멈칫한다.

"일단 우리를 여기서 구해준 다음에 죽이면 안 될까요?"

"왜?"

"팔이 너무 아파서 그래요."

힘겨운 목소리라 그런지 더욱 애교가 넘친다. 모르긴 몰라도 이런 것을 미인계라고 하나 보다. 사내는 도도의 미모를 음미하는 듯 가는 눈을 뜨며 한마디 던졌다.

"죽으면 모든 게 끝나는 거야."

한 번만 더 밟으면 나무는 툭 하고 부러질 것이다. 하지만 나무 밟는 소리보다 더 빠른 것이 있었다.

휘이익!

알지 못할 섬광이 반짝 하며 바람을 갈랐다. 그러자 사내 뒤에서 피가 터졌다.

"크억!"

외마디 비명을 지르며 쓰러진 사내의 자리에는 칼을 든 아주 잘생긴 남자가 씩 웃으며 서 있었다.

"다시는 사람을 죽이지 않기로 맹세했건만 제자 때문에 망치고 말았다."

"제라드!"

도도가 너무 기뻐한다.

"조금만 기다려, 구해줄 테니까."

때맞춰 나타나서 우리를 구해준 것은 두고두고 고마울 일이지만 당장 알고 싶은 것들이 너무도 많았다. 제라드는 분명히 제자 때문에 살인을 한다고 했다. 그 말이 내가 죽으면 반지도 사라지니까 그런 건지, 진심으로 나를 위해서 그런 건지 감이 오지 않았다. 도도를 구해주고 싶어서 그런 말을 했다고는 생각하지 않았다. 나의 이런 복잡한 마음을 읽기라도 한 듯 우리를 나무에서 끌어 올려준 제라드가 입을 열었다.

“놈들이 나보다 먼저 찾아왔더군.”

“마법사들의 정체는?”

“코넬프야.”

“그럼 제라드도 코넬프 때문에 숨어 있었구나?”

도도는 제라드의 품에 안길 기세다.

“하필 그놈들이 이곳에 있을 게 뭐야?”

“제라드.”

내가 조심스럽게 그를 불렀다.

“잘 지냈어?”

스승님은 내가 인사를 하려는 줄 알았나 보다.

“어… 엉.”

얼떨결에 대답하고 본론을 꺼내려 했다. 그러나 도도의 손가락이 나를 방해하고 말았다. 그녀는 절벽 위를 바라보았다.

“저 위에…….”

“알았어. 나머지는 놈들부터 처치하고 얘기하자.”

제라드가 내 말을 듣더니 도도를 쳐다보았다. 아는 체도 안 하던 그의 시선이 자신에게 다가오자 그녀는 반색을 했다.

“빨리 놈들을 없애!”

목소리도 한 톤 정도 붕 떠 있다.

“먼저 가볼게.”

도도에게는 대꾸도 안 한 제라드가 자리를 털며 일어났다. 그리고는 길이 아닌 우리가 매달려 있던 나무 쪽으로 몸을 돌렸다.

“어디로 가?”

나는 좁은 길에 바짝 붙어 있었다. 떨어지는 것은 이제 죽기보다 싫었다.

"이쪽으로 가야 빠르지."

"날아가게?"

"천천히 올라와라."

"엉."

"플라이트!"

짧고 강한 주문이 들리더니 제라드의 몸이 하늘로 솟아올랐다.

"도도, 제라드가 마법도 해?"

"그럼~ 그것도 굉장한 실력이지."

도도는 마치 자기 일처럼 자랑스러워했다. 그녀의 이런 모습이 나의 기분을 묘하게 가라앉히고 있었다.

"카론, 우리도 어서 가보자!"

아주 신이 났다.

"그래."

나는 기운없이 도도의 뒤를 따랐다.

"카론, 조심해."

"너나 덤벙대지 마."

절벽으로 올라가는 길은 끝도 없었다. 가뜩이나 좁은 길이라 발 밑을 살피기도 어지러웠다. 그래도 도도는 날아갈 듯 가뿐히 올라갔다.

우르르!

도도가 밟은 작은 돌멩이들이 한꺼번에 뒤로 쏟아졌다.

"조심하라니까!"

너무 급한 모습이 불안하기까지 했다. 사랑하는 사람을 보면 저렇게 좋은가 보다. 나는 아직 사랑다운 사랑—짝사랑하다가 차인 것은 제외—을 해보지 못해 잘은 모르지만 그래도 그 느낌은 알 것 같았다.

"저기다!"

후들거리는 다리를 겨우 멈추고 바라본 곳은 도서관 뒤쪽의 숲이었다. 마법사들의 공격으로 얼었던 나무들이 물로 변하여 사라지면서 생긴 작은 벌판으로 주변에 덜 녹은 나무들이 흉하게 흩어져 있었다.

그 중앙에 제라드와 로브를 걸친 한 사내가 서로를 노려보고 있었다. 주변에는 몇 명의 사내들이 쓰러져서 꼼짝도 하지 않았다. 벌써 제라드의 칼에 운명을 달리한 것 같았다.

"역시 제라드야!"

도도는 제라드가 잘 보이는 자리를 찾아 달려갔다.

"제라드 강하네?"

"웬만한 코넬프들은 싸움이 안 된다니까."

들판에는 싸늘한 기운이 감돌고 있었다. 좀 더 사실적으로 표현한다면, 후드가 찢겨진 중년 사내만 눈을 부라리고 있을 뿐 제라드는 롱 소드를 땅에 꽂아놓고 기대어 있는 자세로 여유만만한 모습이었다.

"카론, 금방 끝나겠다."

"그러게."

마법사가 마나를 모으는지 그의 양손에는 푸른 빛이 세차게 감돌고 있었다.

"저 사람은 페트로 마법사?"

순간 나는 흠칫했다. 얼굴이 드러난 중년 사내의 정체는 나도 아는 마법사였다. 그는 '루벤스 제국'의 제일왕자인 레코만의 친위대 소속으로 최고는 아니지만 중간 정도의 실력은 지니고 있었다.

"그가 우리를 죽이려고 하다니……."

눈으로 보고도 믿을 수가 없었다. 도대체 이 도시에서 일어나고 있는 일이 무엇인데 코넬프로 알았던 마법사들이 왕자의 친위대라니, 상상도 하지 못할 일이었다. 또한 그들이 나를 죽이려는 이유가 전혀 떠오르지 않았다.

"제라드! 한 방에 없애!"

도도가 제라드를 응원했다.

"……."

마법사의 손이 머리 위로 올라가고 있었다. 공격을 시도하기 직전인 듯했다. 그러나 제라드는 별로 관심을 보이지 않았다. 도도의 말로는 그의 마법 실력이 굉장하다고 했는데 지금은 검술로 마법사를 상대하는 중이었다.

"부하들의 영혼으로 네놈을 갈아 마시겠다!"

마법사가 이를 갈며 주변에 쓰러져 있는 로브의 사내들을 둘러보았다.

"그렇게 마음대로는 안 될 거야."

제라드는 땅에 박혀 있는 칼을 뽑지도 않고 있었다.

"건방진 놈! 그냥 두지 않겠다!"

마법사의 얼굴이 벌겋게 달아올랐다.

"싸움은 말로 하는 게 아냐!"

그제야 제라드가 땅바닥에 꽂혀 있던 칼을 뽑았다.

"으음!

순간 마법사는 긴장했다.

"간다!"

제라드는 칼을 양손으로 꼭 쥐고 마법사에게 달려들었다. 그러자 마법사 페트로는 황급히 방어 자세를 취하며 짧게 주문을 외쳤다. 그의 손이 빠르게 허공에서 춤을 추었다.

"파이어 볼!"

푸른색 기운이 마법사의 손바닥에서 용틀임하며 거대한 불꽃이 곡선으로 뻗어 나갔다.

슈우욱!

한 덩어리로 빠르게 치닫던 불덩이가 셋으로 나뉘며 제라드의 급소인 얼굴과 가슴, 그리고 다리를 정확히 공격했다.

슉슉슉!

제라드는 코앞에서 일어난 불덩이의 변화에도 별로 동요하지 않았다.

"흥!"

그는 가볍게 코웃음 치며 칼을 엑스 자로 휘둘렀다.

펑!

시뻘건 불덩이들이 차례대로 사방으로 흩어졌다.

"겨우 그 정도야?"

제라드가 마법사의 실력을 무시하며 그대로 돌진했다.

"이놈이!"

마법사는 이를 갈 틈도 없이 재빠르게 마나의 양을 늘려 두 번째 공격을 시도했다.

"블리저드!"

주변으로 퍼졌던 불덩이가 싸늘하게 식으며 차가운 기운이 제라드를 향해 빠르게 뻗어 나갔다. 북부 빙원의 눈바람을 소환한 것이다. 조금 전 숲에서 죽어라 경험했던 무시무시한 마법이었다.

휘이이익!

제라드는 갑자기 덮쳐 오는 눈바람에 얼굴을 돌렸다.

"이크!"

마법사는 그때를 놓치지 않고 재차 공격했다.

"프리즈 애로우(Freeze Arrow)!"

숨 돌릴 틈도 없이 얼음 화살들이 무수히 만들어졌다.

"가라!"

마법사가 두 팔을 앞으로 쭉 뻗자 얼음 화살들이 무서운 속도로 제라드를 향해서 날아갔다. 꼬리를 물고 쏟아지는 '프리즈 애로우'의 공격은 마치 새까맣게 몰려드는 벌 떼 같았다.

슉! 슉! 슉!

수많은 얼음 화살들은 제라드에게 피할 수 있는 공간을 허락하지 않았다. 송곳 같은 화살촉들이 그의 목을 노리고 찔러왔다. 그러나 침착한 외침이 제라드의 입에서 터져 나왔다.

"이얍!"

제라드는 몸을 웅크리고 달려드는 힘으로 빠르게 회전하며 앞으로 나아갔다. 그러는 동안에도 그의 칼은 쉬지 않고 위아래를 오가며 풍차처럼 돌았다. 그 모습이 얼마나 빠른지 마치 둥근 원형 막으로 몸을 감싼 것 같았다.

쨍쨍쨍쨍!

얼음 화살들이 제라드의 칼로 만들어진 원형 막에 부딪치며 땅에 떨어지기도 전에 모두 산산조각나서 공중으로 흩어졌다.

“이, 이럴 수가!”

마법사는 믿을 수가 없는지 낮은 신음을 흘렸다. 그는 두려움을 느끼는 듯했다.

“이번엔 내 차례야!”

주춤할 사이도 없이 제라드가 마법사의 바로 코앞까지 다가갔다.

“라이즈 그라운드!”

마법사는 자리를 피하기 위해 일시적인 방어벽을 만들었다. 그의 주변으로 넓적한 땅덩이가 갈라지며 위로 솟구쳐 올랐다.

쉬우우웅!

돌멩이가 비를 뿌리며 나무들이 뿌리째 뽑혀 나갔다. 그 우렁찬 진동이 멀리서 바라보던 나까지도 비틀거리게 했다. 그때 제라드의 비웃음이 가볍게 들렸다.

“우습군!”

내 시야로 제라드가 솟아오른 땅을 도약대로 삼아 뛰어넘어 가는 것이 보였다.

“다, 다크니스!”

마법사의 다급한 목소리가 최후의 발악처럼 들렸다. 주변이 캄캄한 밤으로 변하며 그의 모습이 어둠에 묻혀 버렸다.

“어딜!”

“으헉!”

어둠 속에서 이런저런 소리가 뒤섞이며 당황한 비명과 함께 사라졌던 빛이 다시 사방을 밝혔다. 마법사의 방어벽을 간단히 뛰어넘은 제라드가 손을 뻗어 한곳을 공격하고 있었다.

“컨… 실셀프!”

마법사가 급한 마음에 몸을 숨기는 마법을 캐스팅했다.

"목숨은 놓고 가야지!"

제라드의 칼이 부드럽게 선을 그으며 허공을 쫓았다.

슈우우우!

마법사의 양미간에 붉은 자국이 세로로 길게 그어졌다.

"어, 어떻게 내가 이쪽에 있는지 알았지?"

"후후후, 몸을 숨기려면 숨소리까지 없애야지."

"네놈이 그 정도……."

"내 실력을 다 못 보여줘서 미안하네."

제라드의 웃음이 입가를 떠나기도 전에 페트로는 마법사로서의 최후를 마쳤다. 그는 기를 쓰고 덤볐지만 실력의 차이를 넘지는 못한 것이다.

"와아!"

탄성이 저절로 나왔다. 나도 콜렉터만 된다면 뭐든지 제라드와 똑같이 될 것이다.

"제라드 만세!"

도도가 제라드에게 달려갔다.

"내 제자는 괜찮은 거지?"

제라드는 달려드는 도도에게는 눈길도 주지 않고 나만 챙겼다.

"덕분에 목숨은 건졌는데……."

아직도 제라드의 본심을 모르는 나는 말끝을 흐렸다. 그러나 제라드는 밝은 표정으로 나의 어깨를 두드렸다.

"다행이군."

"제라드, 너무하는 거 아냐?"

무시당한 도도가 독한 눈을 부릅뜨고 대들었다.

"아고, 무서워라."

제라드는 정말 무서운 듯 깜짝 놀라며 손으로 입으로 가렸다.

"아는 체라도 해주면 안 돼?"

"후후……."

슬쩍 웃음을 흘리며 도도의 앙탈을 얼버무린다.

"제라드."

내가 조용히 스승을 불렀다.

"왜?"

"나를 후계자로 삼은 이유가 뭐야?"

"하하하!"

제라드는 대답 대신 크게 웃었다. 그것 때문에 내가 얼마나 걱정했는지 안다는 표정이었다. 그런 모습을 보니 얄밉다는 생각도 들었다.

"웃지 말고 어서 말해 봐."

"모든 준비가 끝나면 그때 말해 줄게."

그의 얼굴에 밝은 미소가 흠뻑 들어 있다.

"그럼 반지를 회수하기 위해 나를 죽이진 않을 거야?"

현재로 봐서는 어느 정도 안심이 되었지만 그래도 본인에게 직접 듣고 싶었다.

"우리는 둘 다 죽지 않아."

"콜렉터의 법칙으로는 이해 못할 소리네."

"그러게 준비 중이라고 하잖아."

"내가 콜렉터가 되긴 되는 거야?"

"후계자인데 당연하지."

“으음!”

제라드가 준비 중인 게 뭔지는 모르지만 죽지도 않을 뿐더러 원하던 대로 콜렉터가 될 수 있다니 더 이상 고민할 필요가 없었다. 이제야 맘 놓고 콜렉터가 되기 위한 과정을 밟아가면 되는 것이다. 그러나 하나를 풀면 또 다른 하나가 내 머리를 그냥 두지 않는다.

“마법사들은 코넬프가 아니었어.”

나는 제라드에게 죽은 마법사들의 정체를 밝혔다. 그런데 제라드는 아니라는 표시로 고개를 가로저었다.

“그들은 코넬프들이 맞다.”

“정말?”

연속으로 깜짝깜짝 놀라고 있다. 그렇다면 레코만 왕자의 친위대가 콜렉터를 잡는 코넬프들로 조직되어 있다는 말인데, 얼른 이해가 되지 않았다.

“왕자는 현실적인 사람이야. 눈에 보이는 것이 아니면 믿지를 않지. 그런데 콜렉터를 잡으려고 친위대를 만들었단 말야?”

“카론 스메드.”

“어엉?”

제라드가 내 이름을 정확하게 불렀다.

“왕자가 직접 콜렉터를 확인했을 수도 있잖아.”

“그런가?”

대답은 했지만 얼른 이해가 되지 않았다. 2년을 죽어라 대륙을 뒤져 콜렉터인 제라드를 찾아낸 나였다. 전문가라고 자부하던 나도 그런데 궁전에만 있는 왕자가 콜렉터를 보다니 믿을 수가 없었다.

“내가 궁금한 것은 그들이 어떻게 네가 여기로 올 줄 알았느냐 하는 거야."

제라드는 턱을 쓰다듬었다.

"고슴도치수염이 가르쳐 줬을 거야."

"그놈이 카론의 정체를 알아?"

"후계자인 것은 알지."

나는 고슴도치수염이 침입했던 밤의 일을 말해 주었다.

"그리고……."

이번에는 도도가 도서관에 오기 전에 있었던 병사들과의 마찰과 반란군에 대한 얘기를 덧붙였다.

"그런 일이 있었구나."

제라드가 고개를 끄떡였다.

"수잔의 짓일 거야."

슬그머니 내 반지를 보던 수잔이 떠올랐다.

"그 건방진 계집애?"

도도가 아는 체를 한다.

"수잔 말고는 내가 여기 온 것을 모르잖아."

"틀림없어!"

맞장구까지 쳐준다.

"수잔이 누구인지는 모르지만 지금은 그게 중요한 게 아냐."

제라드가 우리 둘의 말을 가로막았다.

"참, 제라드, 에너지는?"

경황이 없던 나는 비로소 주의를 환기시키며 제라드를 바라보았다. 산타마에서 '레드 볼'을 섭취하고 거의 한 달이 다 되어가는 제라드였다.

“사실은 무엇보다 그게 가장 시급해.”

“도도 말로는 내가 먹이를 ‘로즈 아일랜드’로 보내야 한다던 데…….”

어렴풋이 들었던 말이다.

“맞아.”

“…….”

할 말을 잃었다. 내가 무슨 수로 어여쁜 여자의 진정한 사랑을 얻어서 먹이로 만든단 말인가? 그것도 단 며칠 안—콜렉터들도 아무리 짧아야 보름은 걸린다고 함—에 해치워야 하는데 도저히 불가능한 일이었다.

“걱정할 것 없어.”

제라드가 나를 보며 씽긋했다.

“어떻게 걱정이 안 돼?”

불안하다.

“먹이는 내가 준비해 놨어.”

“정말?”

내가 섬으로 보낼 첫 먹이가 누구일까 궁금했다. 하지만 아직도 실감이 나지 않았기에 더 이상은 묻지 않았다.

“그래, 카론은 전송만 하고 ‘레드 볼’을 받으면 되는 거야.”

“그렇다면 다행이고.”

나는 안도의 한숨을 쉬면서도 다른 한편으로 그것 역시 힘들기는 마찬가지라고 생각했다. 먹이를 ‘로즈 아일랜드’로 전송하려면 키스를 해야 한다. 그러나 제라드와 내가 닮은 것도 아니고, 그 여자가 장님이 아닌 이상 나를 제라드로 믿지 않을 것이다.

“먹이는 이곳에서 가까운 곳에 있어.”

제라드는 내 선택을 기다리는 듯했다. 그러나 도도가 먼저 나섰다.

"그럼 빨리 가야겠네."

"카론, 괜찮겠어?"

"어… 엉."

나는 다시 제라드를 보고 있었다. 에너지가 떨어지면 자신이 죽게 생겼는데도 나부터 챙기는 모습이 너무 감동적이었다.

"카론, 뭘 망설여?"

도도가 나를 몰아붙였다.

"아니… 그냥 마음이 무겁네."

"왜?"

"왕자들의 친위대 때문에 그렇지."

제라드가 대신 설명해 준다.

"그래?"

도도는 정말 모르는지 제라드와 나를 번갈아 보았다.

"카론이 내무국장의 아들인 것을 알면서도 죽이려고 했다면 '스메드 가'에도 좋지 않은 영향이 있을 수 있잖아."

제라드가 나를 많이 이해해 준다.

"아무래도 나는 집에 가봐야겠어."

세상에서 제일 소중한 가족들이다.

"카론!"

도도가 깜짝 놀라서 소리를 질렀다.

"미안해!"

"제라드는 '레드 볼'이 없으면 죽는단 말야!"

"알아, 잠깐만 들렀다 올게."

나는 소리치는 도도보다 제라드를 슬금슬금 쳐다보았다.

"하하하!"

제라드는 아무렇지 않다는 듯 밝게 웃었다.

"지금 웃음이 나와?"

"카론, 집에 가 있어. 거기서야 무슨 일이 있겠어?"

"제라드……."

"내가 먹이를 데리고 이곳으로 오면 연락할게.

"이해해 줘서 고마워."

"혹시 모르니까 도도가 카론이랑 함께 가라."

"좋아!"

버럭버럭 소리를 지르던 도도가 선뜻 나섰다. 제라드도 의외인지 양 팔을 벌려 어깨를 들썩인다.

"나 붙잡고 한바탕할 줄 알았더니 이거 의외네?"

"카론하고 있으면 제라드가 또 찾아올 테니까."

"하하하!"

"왜 웃어?"

"그런 쪽으로는 전혀 단순하지 않네?"

"치!"

조금 전까지만 해도 내 목숨을 걱정하게 만들었던 스승이 지금은 듬 직한 기둥같이 느껴지니, 사람이란 정말 간사한 동물이다.

"그럼 이만 가볼게."

"시간에 늦지 않게 와."

나는 진심으로 말했다. 한 달에 한 번은 에너지를 섭취해야 하는 제 라드에게 남은 시간은 5일 정도였다.

"카론, 조심해!"

제라드가 내 걱정을 해준다.

"나한테는 인사 안 해줘?"

도도가 샐쭉 나선다.

"굳이 말하지 않아도 조심해야 나하고 또 만나지."

"내가 그렇게 싫어?"

"아니."

"그런데 왜 그리 쌀쌀맞아?"

"나도 몰라."

제라드와 도도의 입씨름을 보며 부러운 마음이 들었다.

"……."

도도가 자신을 좋아하려는 나나 챙기지, 싫다고 무시나 팍팍 하는 제라드에게 자존심도 없이 매달리는 이유를 알 수가 없었다. 사랑하고 사는 것이 사랑받고 사는 것보다 더 좋은가 보다.

"제발 내 사랑을 받아주라."

또 매달린다. 그런 그녀가 안쓰러우면서도 울화가 치밀었다.

"싫다는 남자를 귀찮게 왜 그래?"

내가 농담 반 진담 반으로 한마디 했다. 그러나 도도는 별로 신경도 쓰지 않았다.

"여자는 못된 남자를 사랑할 때가 있어."

"못된 남자?"

도도의 말을 알아듣지는 못하겠지만 사랑이란 건 알쏭달쏭한 건가 보다. 내가 눈만 멀뚱멀뚱거리는데 제라드가 손을 내밀며 악수를 청했다.

“카론, 나중에 보자.”

“제라드도 몸조심해.”

우리는 악수로 서로에게 인사하고 각자의 갈 길로 발걸음을 옮겼다.

“또 나한테는 인사도 없이 가네?”

도도의 낙심한 목소리가 여운으로 남았다.

대리인（代理人）

제 2 장

 '스메드 가' 는 아무도 함부로 넘볼 수 없는 귀족 중의 귀족 가문이었다. 그렇다고 권력이 강하거나 지방 영주들처럼 힘을 앞세우는 것은 아니었다. 아주 옛날부터 '이스팀 대륙' 의 동부 지방에 살았던 우리 가문은 대대로 평범하게 살아왔다. 현재 '루벤스 제국' 의 다른 가문들처럼 정치적인 연관 관계도 없고 특출난 인물이 나와 제국에 이름을 떨치지도 않았다. 하지만 '스메드 가' 가 다른 가문보다 으뜸의 자리에 위치한 것은 '루벤스 제국' 을 세운 노브코트라 1세와 우리 아버지의 할아버지, 그러니까 나의 증조부께서 목숨을 나눈 친구였다는 사실 때문이었다.

 "두 분의 우정은 이 제국의 표본이야."

 도도가 재미있는지 연신 고개를 끄떡인다.

 "그 무용담도 대단하지."

도서관을 빠져나온 나와 도도는 우리 집에서 가까운 골목으로 갔다. 시내 한복판에 이렇게 외진 곳도 드물 것이다. 한 사람이 겨우 빠져나 갈 만한 넓이의 골목 끝에는 작은 찻집이 하나 있었다. '왕립 아카데 미'를 다닐 적에는 친구들과 자주 놀러 왔던 조용한 장소였다.

오늘도 예전과 다름없이 찻집에는 손님이 하나도 없었다. 주인만이 얄궂게 생긴 이파리들을 찻잔에 담으며 적막을 즐기는 중이었다. 우리 는 이곳에 숨어서 밤이 되기만을 기다리기로 했다. 마법사들의 공격을 받았던 경험으로 미루어 대낮에 다니는 것이 얼마나 위험한지를 직접 적으로 깨달았다.

"스메드 가의 자손들을 대대손손 챙기라고 노브코트라 1세가 유언 을 한 거지."

"어엉."

"나도 아버지의 백작 작위하고 내무국장의 지위를 물려받을 거야."

"황제의 유언이니 당연하겠지."

"그럼!"

가문에 대한 뭔지 모를 자랑스러움이 꾸역꾸역 생기고 있었다. 그러 나 결정적인 순간에 초를 치는 도도가 가만히 있을 리 없었다.

"실력보다는 특혜를 받은 거구나?"

"꼭… 그렇지는 않아."

갑자기 당황했다.

"뭘 아냐?"

"우리 할아버지나 아버지가 얼마나 훌륭한 분인데."

시간 때우기로 시작한 우리 가문에 대한 얘기가 말하다 보니 이상한 쪽으로 흐르고 있었다. 얼른 수습이 필요했다. 도도에게 단점 잡히는

일은 하지 않는 것이 좋았다. 나중에라도 내 능력을 무시당하고 싶지
는 않았다.

"특혜를 받은 건 사실이잖아?"

"도도, 도서관 들어갈 때 석상들 서 있는 거 봤지?"

"그래."

정말로 기억을 하는 건지 건성으로 대답하는 건지 알 수가 없다.

"석상의 주인공들은 제국을 위해서 일한 훌륭한 사람들인데 우리 할
아버지도 거기 계시지. 그러니까 꼭 황제의 유언 때문에 작위를 받거
나 높은 지위에 있는 것은 아냐."

나는 자랑스럽게 말했다. 하지만 도도는 별로 믿지 못하겠다는 표정
이다.

"……."

"할아버지도 그렇지만 아버지도 이 나라에서 제일 존경받는 분이셔.
워낙 마음이 따뜻한 분이라서 신분 고하를 막론하고 사람들에게 골고
루 잘해주지."

"아무튼 대단한 가문이네. 대대로 내려오면서 황제들과 친구로 지내
다니, 누구나 부러워할 만하다."

도도는 내가 말하려는 의도를 모르고 있었다. 우리 집안이 소위 말하
는 황제의 은덕으로 자리 잡은 껍데기 가문이 아니라 그만한 가풍(家風)
을 지녔다는 말인데 자꾸 다른 말만 하고 있다.

"이제 슬슬 나갈 준비를 하자!"

더 이상 말해 봐야 목만 아플 것 같았다.

"가문 얘기 더 안 해?"

"됐어!"

골목은 진작부터 어두웠지만 우리는 시간을 기다리는 중이었다.

"왕자하고는 안 친해?"

도도가 느닷없는 질문을 했다. 자리에서 일어나려던 나는 다시 털썩 주저앉았다.

"아주 친한 편은 아니지만 어릴 적부터 가깝게는 지냈지."

"아버지들 때문에?"

"거의 그렇지. 두 분은 제국에서 알아주는 사이거든."

"그런데 왕자의 친위대가 카론을 죽이려는 이유가 뭐지?"

"으음."

당장에 설명할 수 있는 생각이 떠오르지 않았다.

"카론인 것을 모르지는 않았을 텐데 말야."

"수잔이 말했다면 그렇지."

나를 더욱 혼돈의 늪으로 밀고 있는 부분이 바로 여기였다. 분명히 내가 '왕립 아카데미'로 들어오는 것을 본 사람은 수잔밖에 없었다. 그녀가 내 반지를 보았다는 가정 아래 왕자의 친위대를 설명할 수 있었다. 그 말은 왕자가 내 정체를 알고 있을 확률이 매우 높다는 것인데, 그렇다면 설령 내가 반역에 가담했다 해도 그 자리에서 곧바로 죽이려 하지는 않았을 것이다. 다른 것은 젖혀두고라도 집안끼리의 관계를 생각한다면 최소한 어떤 경우인지 확인이라도 했어야 하는데 정말 모를 일이다. 만일 내가 도서관 숲에서 마법사들에게 죽었다면 그 책임을 레코만 왕자는 감히 감당할 수 없을 것이다. 만에 하나 수잔이 나를 골려주려는 심산으로 내가 누구인지 말하지 않고 그냥 장미 반지를 낀 사람을 봤다고 했다면 모르겠지만 아무리 머리가 비어 있는 그녀라도 반역이란 사람의 목숨이 걸린 일을 가지고 장난치지는 않았을 것이다.

"아무리 쥐어짜도 이해를 못하겠어."

"머리가 좋아도 모르는 게 있구나."

"이건 머리 좋은 거 하고 상관없어."

심심한지 별걸 다 트집 잡으려고 한다.

"그래도 잘 생각해 봐."

"전혀 감이 오지 않는다니까."

"카론!"

도도가 심각하게 나를 쳐다보았다.

"……?"

"혹시 왕자에게 죽을 짓 한 거 없어?"

"죽을 짓이라니?"

"어릴 적에 싸우다가 입을 찢거나 팔을 부러뜨린 일 같은… 아니면 왕자의 머리에 충격을 줘서 저능아로 살게 했다든지… 이런 거 말야."

심각한 분위기에 찬물을 확 끼얹는다.

"없어!"

나는 눈을 흘기며 벌떡 일어났다.

"여기서 집까지는 멀어?"

도도가 느긋하게 따라서 일어났다.

"거리는 얼마 안 되는데 무척 조심해야 할 거야."

"그건 기본이지."

우리는 골목의 찻집에서 나와 큰길로 향했다.

"밤이라도 크게 나아진 게 없네."

"그러게."

골목에서는 꽤 어둡다고 느꼈는데 막상 밖으로 나와보니 그렇지도 않았다. 하기야 이 도시는 빛이 꺼지지 않는 거대한 등불과 같은 곳이었다. 비록 검문이 살벌하게 진행 중이라곤 해도 많은 사람들이 도시의 구석구석을 누비고 있었다.

"사람들 참 많다."

도도는 신기한 듯 사람들을 바라보았다. 시장으로 들어가는 길목의 주택가라서 오가는 사람들이 많은 편이었다.

"병사들이 있는지나 잘 살펴봐."

나는 주변을 둘러보았다. 하지만 검문하는 병사들은 보이지 않았다.

"저 사람들은 어디로 가는 걸까?"

"누구?"

"저기 알록달록한 사람들 말야."

도도가 가리킨 곳에는 보통 사람보다 몸통 하나가 더 큰 남자와 아이들이 모여 있었다. 그 남자는 위쪽이 몇 갈래로 갈라진 방울 달린 모자를 깊게 눌러쓴 채 방글거렸다.

"저 사람은 광대잖아."

"어쩐지 코가 빨갛더라."

"서커스단이 들어왔나 보군."

"그게 뭔데?"

"몰라?"

"엉."

나는 멍하니 도도를 바라보았다. 서커스도 모르면서 광대를 알고 있는 그녀가 더욱 신기할 뿐이었다.

"광대는 어디선가 본 적이 있는데……."

도도가 말끝을 흐린다.

"어디서?"

"고슴도치수염이 저거 비슷한 복장을 하고 나타난 적이 있어. 그때 물어보니까 광대 옷이라고 했거든."

"하하하!"

무슨 연유인지는 몰라도 그 얼굴에 광대 옷이라니 상상만 해도 웃음이 나왔다. 채찍을 곡예단에서 배웠다고 했으니까 관계가 있을 수도 있었다.

"서커스단이 뭔지 말해 봐."

"그게……."

내 설명을 들으려는 호기심 가득 찬 까만 눈이 반짝인다.

"휴우~"

설명하려다가 한숨을 내쉬었다.

"빨리 말해 봐. 서커스가 뭐야?"

"나중에 말해 줄게. 지금은 그런 거 신경 쓸 때가 아니잖아."

"그럼 집에는 카론 혼자 가."

도도가 토라졌다.

"뭐?"

어디로 튈지 모르는 여자였다.

"저 광대를 쫓아가면 알겠지."

도도는 집으로 향하던 방향을 바꿔 광대에게 걸어가기 시작했다.

"이런!"

머리가 지끈거린다.

"도도!"

아무리 단순하고 심각한 걸 모른다지만 무엇이 중요한지도 판단을
못하다니……. 하기야 엄격히 따지면 내가 처한 이번 일이 도도하고는
아무런 상관이 없었다. '스메드 가' 의 문제는 나만의 문제였다.

"같이 가!"

나는 도도를 따라갔다. 어찌나 빨리 걸어가는지 사람들 속에 섞여
있는 까만 옷을 쫓아가기가 그리 쉽지만은 않았다. 내 입에서 쉬지 않
고 불만이 흘러나왔다.

"아무튼 예쁜 것들은 자기밖에 모르는 이기적인 동물들이야."

광대는 아이들을 데리고 우리 집의 반대쪽으로 걸어가는 중이었다.
그 주위에는 많은 수의 어른들도 동참하고 있었다. 아마 사람들을 서
커스단의 공연이 있는 막사로 데려가는 듯했다. 보통 도시에 서커스단
이 들어오면 모든 단원들이 공연을 위한 길거리 퍼레이드를 펼치는데
그 행사는 우리가 도시에 오기 전에 이미 끝난 모양이다.

"같이 가!"

몇 발자국 뛰려니까 발목이 아팠다. 몸이 무거우니 어쩔 수 없는 고
통이었다.

"카론?"

도도를 쫓아가는데 누군가 아는 체했다.

"위고!"

"언제 온 거야?"

'예비 기사단' 의 절친한 친구인 위고였다. 그렇게 찾을 때는 안 보
이더니, 이런 곳에서 우연히 만나 더욱 반가웠다.

"다른 애들은?"

"모두 여기 있지."

특별한 일이 아니면 결코 떨어지지 않는 친구들이었다.

호르르르!

위고가 갑자기 호루라기를 불었다. 친구들을 부를 때와는 다르게 짧게 세 번을 연이어 큰 소리가 나게 불었다.

위고가 목에 걸고 있던 호루라기를 불었다.

"그건 또 뭐야?"

"요즘 비상 사태라서 연락 방법으로 하고 다니는 거야."

조금 있자 친구들이 하나씩 몰려왔다.

"위고, 무슨 일이야?"

땅꼬마 튜니오가 제일 먼저 왔다.

"저기."

위고가 나를 가리킨다.

"카론!"

"안녕?"

"얼마나 보고 싶었는데 왜 이제야 나타난 거야!"

튜니오가 내 손을 꼭 잡는다. 정이 듬뿍 묻어 나왔다.

"이게 누구냐?"

"카론, 잘 지낸 거야?"

"콜렉터는 잡았어?"

주근깨 살리모와 마지막으로 키다리 가페로가 나타났다. 오랜만에 만나는 친구들이 번갈아 나를 껴안으며 반가움을 표시했다. 나 역시 우연히 만난 친구들이 너무 반가웠지만 도도를 쫓아가야 했다.

"어라?"

그사이에 광대도, 도도도 보이지 않았다.

“카론, 왜 그래?”

“아, 아냐?”

맨날 옆에 있다가 안 보이니 불안하다. 그런 나를 친구들이 이상한 눈으로 쳐다보았다.

“카론, 어디 가는 중이야?”

“지, 집에.”

“이제 막 돌아오는 길인가 보구나?”

“엉.”

“옷부터 갈아입어야겠다.”

“그래야지.”

“백작님이 무지 좋아하시겠네.”

“어… 엉.”

친구들과 얘기는 하고 있었지만 내 관심은 오로지 도도에게 쏠려 있었다.

“카론, 무슨 일 있어?”

“뭐?”

“무슨 일 있냐고?”

목을 길게 빼고 두리번거리는 내가 이상한지 위고가 내 어깨를 툭 쳤다.

“아, 아냐.”

“그런데 왜 이렇게 안절부절못해?”

“혹시 서커스단 공연을 어디서 하는지 알아?”

아무래도 도도부터 찾아야 했다.

“……?”

“……?”

갑작스런 질문이 엉뚱한지 친구들이 서로 얼굴만 쳐다본다.

“요즘 이 도시에 들어온 서커스단은 없어.”

“정말?”

“도시 전체가 감시 체제라서 누가 오가는지 거의 다 아는데 서커스단은 없었어.”

위고가 내 상태를 점검하려는 듯 두리번두리번 나를 살핀다.

“광대도 없었어?”

“허어~”

내가 생각해도 어이없는 질문이다.

“미안, 그만 가봐야겠어.”

나는 친구들에게 대충 인사를 하고 도도가 사라진 쪽으로 바삐 몸을 움직였다. 고슴도치수염이 광대 옷을 입었다고 한 것이 계속 머리 속을 맴돌았다.

“잠깐만!”

“카론! 같이 가자!”

내 행동이 이상했는지 친구들이 모두 나를 따라왔다.

“이쪽으로 갔는데……?”

나는 도도를 보았던 마지막 지점에서 두리번거렸다. 다른 곳으로 갈라지는 길이 없는 곳이었다. 일반 집들이 늘어서 길게 뻗어 있는 거리였다.

“무슨 일인지 말해야 도와주지.”

“친구를 찾아.”

“같이 온 친구가 있었어?”

“그런데 광대를……”

나는 불안한 마음으로 도도를 찾으면서 친구들에게 대충 상황을 설명해 주었다. 참고로 도도의 생김새까지 말하였다.

“예쁘다고?”

“그래, 너무 예뻐서 금방 눈에 띌 거야.”

“예쁘단 말이지?”

친구들은 내 말에 신빙성을 두지 못하는 듯했다. 그러나 도도를 찾는 것이 중요했기 때문에 일일이 대답하지 않았다. 그것보다는 검문에 대해서 더 알고 싶었다.

“오는 길에 들었는데 반란은 뭐야?”

“카론도 아는구나?”

“우연히 들었어.”

“우리로 그것 때문에 이렇게 돌아다니면서 수상한 사람들을 살피고 있지.”

“그래서 도서관 사감인 위고도 없었구나?”

“도서관도 갔었어?”

“그렇지 않아도 무슨 일인가 알아보려고 너희들을 만나러 갔었지.”

“그랬구나. 요즘은 비상 체제라서 학교도 어수선해.”

“도서관도 한산하더라.”

“어디까지 들었는지는 몰라도……”

위고는 도시에 퍼져 있던 반역에 대한 진상을 소상히 말해 주었다. 그러나 그의 심각한 노력에 비해서는 특별한 내용이 없었다. 내가 알고 있는 것에서 크게 범위를 벗어나진 못했다.

“이런 반지야?”

나는 친구들에게 손가락을 보여주었다.

"어?"

"이럴 수가……."

친구들이 가던 길을 멈추고 놀란 눈으로 내 반지를 들여다보았다.

"이렇게 생긴 거 맞아?"

나는 친구들의 표정을 살피었다.

"또… 똑같아."

"어떻게 알아?"

"여기."

친구들이 각자 품에서 종이를 꺼냈다. 그들이 펼친 손바닥만한 쪽지에는 장미 문양의 반지가 또렷하게 그려져 있었다.

"으음."

내 예상이 맞았다. 겉으로는 반란이 어쩌고 장미 반지가 저쩌고 하지만 그 숨은 뜻은 콜렉터를 잡아들이는 것이었다.

"카론, 설명해 봐."

위고와 친구들이 나를 둘러쌌다.

"혹시 내가 반란에 가담했다고 생각하는 건 아니지?"

불안한 표정으로 다가오는 친구들에게 억지로 웃음을 지어 보였다.

"당연하지."

"그럼 다행이고."

"누가 뭐래도 우리는 너를 믿어."

친구들이 우정을 과시한다.

"그래도 카론, 어찌 된 일인지는 말해 줘야 해."

"맞아, 카론의 설명이 필요하다."

친구들이 자기들끼리 눈짓으로 의견을 주고받았다.

"그게……."

아무리 절친한 친구들이라도 콜렉터가 됐다고 하면 뭐라고 할까? 오히려 변명으로 들릴지도 모르는 일이었다.

"지금은 말할 수 없어."

일단 입을 다물기로 했다.

"말하지 않으면 우리는 너를 보낼 수가 없어."

"안 보내면?"

"……."

친구들이 얼른 대답하지 않았다.

"나를 잡아넣기라도 할 거야?"

내가 눈을 치켜뜨며 앞으로 걸어나갔다. 당장 도도부터 찾아야 하는데 쓸데없는 짓으로 방해꾼만 만든 꼴이었다.

"카론, 우리는 지금 장난하는 게 아냐."

위고와 친구들이 나를 잡는다. 곧바로 친구들을 뿌리쳤다.

"나도 장난 아냐!"

"다른 일도 아니고 이건 반란이란 말야!"

"나하고는 상관없는 일이야!"

위고를 비롯한 친구들의 표정이 더욱 딱딱해졌다. 그들은 반란군의 반지를 끼고 있는 나를 걱정스럽게 쳐다보았다.

"카론, 우리가 알아야 도와줄 수가 있어."

"이 반지는……."

냉정해야 한다.

"……?"

“길에서 주운 건데 버리기 아까워서 끼고 있는 거야.”

대충 둘러댔다.

“정말이야?”

“그럼 정말이지.”

태연하게 넘어갔다.

“솔직해야 해.”

“내 말을 못 믿어?”

내가 강하게 밀어붙이자 친구들이 굳었던 표정을 조금 풀었다. 이럴 때 기회를 주지 말고 더욱 확실하게 못을 박아야 했다.

“스메드 가의 외아들이 뭐가 아쉬워서 반란군에 가담해? 조금만 더 기다리면 저절로 출세할 텐데 말야. 그리고 너희들도 알지만 나는 할 일이 따로 있어.”

“콜렉터 잡는 거?”

“그래!”

단호하게 대답했다.

“풋!”

위고가 쓴웃음을 지었다.

“카론, 이제는 포기할 때도 됐잖아?”

말은 그렇게 했지만 아직도 아이들처럼 옛날이야기나 쫓아다니는 나를 그는 한심하게 볼 것이다. 다른 친구들도 마찬가지였다.

“너를 의심해서가 아니라 정확히 알아야 나중에라도 도와줄 수가 있어.”

“위고 말이 맞아.”

땅꼬마 튜니오도 나를 걱정스레 쳐다본다.

"그렇지 않아도 도서관 쪽에서 난리가 났다는데 조심해라."

"그, 그래?"

친구들도 들은 모양이다. 워낙 커다란 사건이라서 금세 전해졌을 것이다. 그래도 친구들은 그 사건의 주인공이 나인 줄은 모르고 있는 듯했다.

"도서관 쪽에 반란군 하나가 나타나서 쑥대밭을 만들었다는 소식을 듣고 레코만 왕자의 친위대가 직접 쫓아갔는데 그만 놓쳤다고 하더라."

"어… 엉."

"더군다나 도서관 사건 바로 전에는 검문하던 병사들이 반란군에게 당해서 크게 다쳤나 봐."

"그런 일도 있었구나."

나는 모른 척 고개를 끄떡이며 그 사건 중 하나의 주범이 나라는 사실을 말하면 친구들은 뭐랄까 생각했다.

"어찌 됐든 반지는 끼고 다니지 마."

위고가 강한 목소리로 나에게 충고했다.

"알았어."

"참, 친구는 이쯤에서 사라진 거야?"

주근깨 살리모가 주제를 바꿔주었다. 하지만 나는 다시 반란 쪽으로 대화를 끌어당겨 친구들에게 조심스럽게 물어보았다.

"우리 집은 어때?"

조심스럽게 물어보았다.

"백작님 이하 모두 안녕하시지."

그나마 다행이었다. 하지만 안심할 수 없는 것은 어쩔 수 없었다. 그만큼 나를 죽이려던 왕자의 행동은 자신감에 넘쳐 있었다.

"아무 일 없어?"

"왜? 무슨 일이라도 있어야 해?"

"아니, 그냥……."

"그렇게 궁금하면 집에 가서 물어보면 되지."

"하하하!"

"하하하!"

친구들이 나를 만나고 처음으로 웃음을 터뜨렸다. 왜 웃는지는 모르지만 억지로 친구들을 따라 얼굴을 일그러뜨리는 내 머리 속은 더욱 혼란스러웠다. 그렇다면 왕자는 믿는 구석도 없이 '스메드 가'의 외아들을 죽이려고 했던 것이다.

"친구 이름이 뭐야?"

또 살리모다. 그는 나와 동행한 예쁜 여자에 대해서 무척이나 궁금한 듯했다.

"도도라고 해."

"어느 가문의 레이디인데?"

"그건 나도 몰라. 여행 중에 만난 친구거든."

"그렇구나."

사람들 틈을 헤쳐 가며 도도의 행적을 좇을 때였다.

와장창!

우리 일행이 막 지나치려던 집의 대문이 박살나며 사내가 구부정한 몰골로 튀어나왔다. 그는 피떡이 된 채 쓰러져 꼼짝도 하지 않았다.

"뭐지?"

친구들의 손이 일제히 옆에 차고 있던 칼집으로 옮겨갔다.

우당탕탕!

"으헉!"

꽈당당!

"크악!"

서서히 다가간 집 안에서는 여전히 부서지고 깨지는 소리와 함께 남자들의 비명 소리가 난무했다.

"들어가 보자!"

"좋아!"

친구들이 칼을 뽑았다. 하지만 우리는 더 이상 그 자리에서 움직일 수가 없었다.

우르르르.

한 무리의 사내들이 문밖으로 쏟아져 나왔다.

"나쁜 놈들!"

그 뒤로 검은 옷의 가냘픈 여자가 손을 털며 나타났다. 나는 긴 머리를 휘날리는 그 여자를 뚫어지게 바라보았다.

"도도!"

"아는 여자야?"

위고가 내 곁에 바짝 붙는다.

"내가 찾던 친구야."

"우와! 정말 미인이네!"

칼을 쥐고 있던 친구들의 손이 일제히 내려갔다. 그들은 집 앞에 서서 씩씩거리는 도도를 황홀한 표정으로 바라보았다.

"어떻게 된 거야?"

"카론."

내가 다가가자 도도가 찡끗한다.

"이 사람들은 뭐야?"

"심심풀이 장난감!"

"광대는?"

"이놈들하고 한패야."

"그놈은 어디 있는데?"

발 아래 쓰러져 있는 남자들 중에 광대 복장을 한 사람은 없었다.

"몰라."

"다른 사람들은?"

"집 안에 있어."

"저기는 왜 들어갔는데?"

나는 문만 빼고 반듯하게 세워져 있는 벽돌집을 가리켰다.

"여기서 재미있는 걸 한다잖아."

"누가? 광대가?"

"엉."

"그래서 사람들이 광대를 따라서 이 집에 들어간 거야? 도도 역시 덩달아 신나서 함께 들어간 거고?"

"엉."

대답은 잘한다.

"뭐 하는 놈들이냐?"

"어서 말해!"

친구들이 쓰러져 있는 사내들을 일으켜 앉히며 심문하고 있었다. 알아주는 가문의 자손들이라 그런지 사내들을 다루는 행동이나 말투에 꽤 위엄이 서려 있었다. 친구들의 기세에 눌렸는지 사내들은 몸을 움츠리고 속삭이듯 대답했다. 놈들이 무슨 말을 하는지는 들리지 않았지만 죄를 지은 것만은 틀림없는 듯했다.

"카론."

취조를 끝낸 위고가 나한테 다가왔다.

"저놈들 정체를 알아냈어?"

나도 궁금했다.

"노예 상인들이야."

"뭐? 이곳에서 노예로 쓸 사람들을 잡아가려고 했단 말야?"

"응."

"참말로 어이가 없는 놈들이군."

노예 사냥은 국법으로 엄히 금지되어 있었다. 만일 걸리기라도 하면 사형을 면치 못했다. 하물며 요즘은 검문이 강화된 시기이다. 그런데 버젓이 노예 사냥을 하다니, 제정신이 아니고는 생각도 못할 일이었다.

"동제국(The East Empire)에 노예를 넘기기로 했는데 약속한 날짜가 다가오니까 할 수 없이 그랬다고 하네?"

"그러게 야만인들하고 그런 짓을 왜 해?"

이스팀 대륙의 동쪽 끝에 위치한 세인트 산맥만 넘으면 우리하고는 근본부터 다른 야만인들의 나라 동제국이 있었다.

"일단 저놈들은 경비대에 넘길 거야. 그런데……."

위고는 내 옆에 서 있는 도도를 지그시 바라보았다.

"도도, 인사해."

내가 눈치를 채고 도도의 손을 잡아끌었다. 그 모습이 놀라운지 위고가 흠칫한다.

"누군데?"

“도서관에서 찾던 친구야.”

내가 위고부터 소개를 해주었다.

“위고라고 합니다.”

입이 함지박만하게 벌어진다. 남자들은 예쁜 여자라면 사족을 못 쓰는 게 틀림없었다. 그 증거는 다른 친구들이 달려들면서 더욱 확실하게 나타났다.

“카론, 우리도 소개해 줘.”

“그, 그래… 이쪽은……..”

말도 꺼내기 전이었다.

“저는 살리모……..”

“튜니오입니다.”

“키다리 가페로죠.”

키가 큰 친구가 제일 얼굴이 빨개진다.

“저는 도도라고 해요. 카론의 친구라니, 만나서 반가워요.”

도도는 자기 이름을 말하며 아주 거만하게 친구들의 인사를 받았다. 그 모습이 왠지 나를 흐뭇하게 만들었다. 친구들이 제발 도도에게 나하고의 관계를 물어주기 바랐다. 하지만 그 기대까지는 충족할 수 없었다.

“싸움 실력이 대단하시네요.”

“그냥 보통이죠.”

웬일로 겸손?

“혹시 사귀는 사람 있으세요?”

친구들의 눈이 반짝인다. 하지만 도도의 관심은 다른 곳에 있었다.

“광대!”

“예?”

“놈을 잡아서 복수해야 해.”

내용을 모르는 친구들은 도도의 대답을 어떻게 해석해야 할지 갈팡질팡한다. 느닷없이 광대라니, 얼른 이해가 되지 않을 것이다.

“도망간 놈을 어떻게 잡아?”

나는 입술을 꾹 깨무는 도도를 못마땅하게 쳐다보았다. 그렇게 당하고도 또 무슨 일을 저지르려고 씩씩거리는지 알 수가 없었다.

“이리로 다시 돌아올 거야.”

“도망갔을 수도 있어.”

그때 위고가 우리의 대화에 끼어들었다.

“저……”

“왜 그래, 위고?”

위고가 크게 미소를 지으며 나하고 도도를 번갈아 보았다.

“사랑하는 광대가 도도님 곁을 떠났나 봐?”

“……”

나는 잠깐 동안 위고의 어수룩한 모습을 느껴야 했다.

“하하하!”

내가 웃음으로 대답할 수밖에 없는 이유를 친구들이 알 리 없었다. 그래서 멍하니 서 있는 친구들에게 진실을 말해야 했다.

오랜만에 친구들을 만난 것은 고향에 와서 제일 반가운 일이었다. 그들의 입을 통해 그렇게도 걱정했던 우리 집도 아직은 별 탈 없다는 것을 알았고, 도시의 건조한 분위기가 어떤 것인지도 파악할 수 있었다. 하지만 도도를 찾으면서부터 친구들이 점점 나의 신경을 건드린다. 콜렉터를 잡으러 외지로 쓸쓸히 돌아다니다 보니 너무 보고프던 놈들이었지만 막상 얼굴 맞대면 기쁨도 잠시, 치고받기 일쑤였다. 이번에는 평소와 다른 어수선한 만남이었기에 좀 덜한가 했더니 전혀 그렇지가 않았다. 어릴 적부터 티격태격하던 일들까지 팍팍 떠오르고 있었다.

"도도님, 틀림없이 이쪽으로 갔나요?"

위고는 얼굴에서 미소를 지우지 않았다. 도도와 인사를 하면서 늘어붙인 그 역겨운 웃음이 내 속을 북북 긁어댄다.

"벽돌집에 잡혀 있느라고 광대가 어디로 갔는지는 자세히 몰라요."

도도까지 쌩글거린다.

"그럼 어떡하지?"

땅꼬마 튜니오가 네 갈래로 갈라져 있는 길들을 쭉 둘러본다. 그녀의 주변으로 바짝 몰려드는 친구들을 보면서 부글거리는 속을 꾹 눌러 참고 있다.

"벽돌집에서 기다릴 걸 그랬어."

"아냐, 그 집은 문도 부서지고 해서 놈이 쉽게 눈치 챌 거야."

주근깨 살리모와 키다리 가페로도 도도를 보면서 한마디씩 주고받는다.

"방법을 찾아야겠다."

"그러게 말야."

도도의 발길질에 정신 못 차리던 '노예 상인' 들은 병사들을 불러서 그들이 가야 할 곳으로 잘 보냈고, 잡혀 있던 사람들은 모두 집으로 돌려보냈다. 심각할 뻔했던 노예 사건은 짧은 해프닝으로 끝났지만 문제는 도도의 화가 풀리지 않았다는 것이었다. 그 덕분에 우리는 원인 제공자인 광대를 찾고 있었다. 제국의 국민들을 위해서 나쁜 짓을 일삼는 범죄자를 잡기 위해서가 아니라 오직 도도의 즐거움을 사기 쳤다는 이유 하나만으로 우리 친구들이 의기투합해서 그녀의 말 같지 않은 복수를 해주려 한다. 친구들의 시커먼 속을 모를 리 없는 나의 기분은 엉망이었다. 더욱이 지금은 빨리 집에 가서 식구들이 친구들 말대로 안전한지 두 눈으로 직접 확인해야 했으므로 도도의 행동 역시 마음에 안 들었다.

"도도님, 여기 숨어서 기다리면 어떨까요?"

위고가 도도의 의견을 물어본다.

"으음!"

골똘한 표정을 짓는다. 단순 화끈한 도도에겐 조금 어울리지 않은 모습이었다.

"도도님, 그렇게 해요."

"내가 봐도 그게 좋겠어."

친구들은 도도에게 말 붙이기에 바쁘다. 놈들은 그녀의 결정을 목마르게 기다리고 있었다. 마치 아름다운 공주의 사랑을 구걸하는 추종자들의 모습이다. 주제들도 모르고 눈은 있어서 예쁜 여자에게 잘 보이려는 짓거리들이 눈꼴시다.

"친구 분들이 원하는 대로 할 게요."

전혀 다른 모습이다. 도도에게 저런 면도 있다니, 한 달 가까이 함께 했는데도 믿어지지 않을 정도였다. 친구들에게 쌩글거리며 웃어주는 그녀 때문에 부글거리던 내 속내가 마침내 터져 나오고 말았다.

"야!"

있는 힘껏 소리를 질렀다.

"……?"

"……?"

도도와 친구들이 나를 멀뚱멀뚱 쳐다본다.

"카론, 왜 그래?"

"그러니까……."

일단 소리는 질렀는데 뭐라 할 말이 없었다. 그렇다고 물러설 내가 아니었다.

"…지금 너희들이 올지 안 올지도 모르는 노예 상인을 기다릴 때가 아니잖아.”

“나쁜 놈은 잡아야지.”

위고가 별일 다 본다는 표정이다.

“물론 광대인가 하는 나쁜 놈은 잡아야 하지만 그거야 병사들에게 시키고 너희들은 반란군을 찾아야 하는 거 아냐?”

소리 지른 변명으로 대충 만들어낸 말이지만 하다가 보니까 틀린 얘기는 아니었다.

“그렇긴 한데……”

친구들이 할 말을 잃고 서로 눈치만 살핀다. 특히 그들은 위고의 명령을 기다리고 있었다. 그는 ‘도서관 사감’ 일 뿐만 아니라 ‘예비 기사단’ 의 리더이기도 했다.

솔직히 인물로야 본다면 친구들 중에서 내가 제일 빠지지만 그래도 땅꼬마나 키다리, 주근깨는 걱정이 되지 않았다. 문제는 위고였는데, 그는 ‘왕립 아카데미’ 에서 가장 멋있고 마음 씀씀이가 넉넉한 근육질의 잘생긴 친구였다. 검술도 어느 정도 뛰어났으며 기사단의 리더를 맡아볼 정도로 인간성도 좋았다. 하지만 나를 정말 긴장시키는 것은 ‘바람둥이’ 라는 그의 별명이었다.

“도도!”

친구들에게 향했던 핏대를 이번에는 도도에게 보냈다.

“우리 집부터 가야 하잖아!”

나는 정공법으로 나갔다. 그러나 도도는 별것 아니라는 듯 쉽게 대답했다.

“싫어!”

“그래?”

"응."

"우리 친구들도 맡은 임무가 있어서 더 이상은 도와줄 수 없어."

나는 일단 친구들을 훑어보았다. 그들은 나한테 한소리 들은 후라서 아무 소리 못하고 가만히 있었다.

"나 혼자라도 광대를 잡을 거야."

그때 친구인지 원수인지 거듭 헷갈리게 하는 위고가 우리 사이에 끼어들었다.

"카론, 여기는 걱정하지 말고 어서 집에 가봐."

"그래, 오랜만에 고향에 왔으니 얼마나 집에 가고 싶겠어?"

튜니오까지 나선다.

"도도님은 내가 잘 모셔다 드릴게."

살리모는 아예 나를 떼민다. 억지로 웃음까지 만들었던 내 얼굴이 일그러진다.

"너희들은 내 말을 못 알아듣는 거야?"

"어쩌면 그 광대도 반란군일 수 있잖아."

평소에는 깊게 생각하는 법이 없던 키다리였다.

"도도!"

나는 친구들의 말에는 신경도 쓰지 않고 도도를 불렀다.

"왜 자꾸 불러?"

정면으로 안 되면 측면으로 돌아야 했다. 그녀가 가지고 있는 유일한 약점을 이용할 수밖에 없었다. 나도 별로 그러고 싶지는 않았지만 우선은 친구들로부터 자유로워져야 했다.

"도도 마음대로 해."

"카론도 여기 있게?"

"아니!"

"그럼 혼자 집에 갈 거야?"

"별수없잖아."

"잘 생각했어. 나도 광대만 잡으면 '스메드 가'로 갈게."

도도가 내 등을 토닥거린다.

"나중에 후회하지 마."

"후회는 뭐……."

"알았어."

나는 굳었던 얼굴을 풀며 느긋하게 도도를 바라보았다. 그러나 워낙 둔한 그녀인지라 내 의도를 전혀 눈치 못 채고 있었다.

"제라드가 참 좋아하겠다."

내 한마디에 도도의 환했던 얼굴이 주저앉았다.

"도도에게 나를 지키라고 부탁한 건 제라드였어. 그 부탁을 무참히 깨버렸는데 내가 모른 척 넘어갈 수야 없지."

"……."

도도의 일그러지는 표정을 보며 약간은 미안했다. 그러나 마음과 다르게 내 감정은 계속 도도를 못살게 굴었다.

"아무 남자에게나 친절하고 말야."

"내가 언제?"

"우리 친구들에게 그렇고……."

말끝을 흐렸지만 친구들하고 실실거리는 꼴이 너무 싫었다.

"그거야 카론 친구들이니까 그런 거지."

핑계 아닌 핑계를 대는 도도의 목소리에 기운이 없었다.

"내 친구라서?"

괜히 기분이 풀리려 한다. 그래도 그냥 넘어갈 수는 없었다.

"아무튼 보기 안 좋았어."

"다음부터는 안 그럴게."

내 말에 쩔쩔매는 도도에게 있어서 제라드의 존재가 무척이나 크게 보였다. 이쯤에서 친구들에게도 확실히 못을 박아야 했다.

"얘들아!"

나는 친구들을 심각한 어조로 불렀다.

"……?"

놈들은 도도를 데려가려는 내 노력을 탐탁지 않은 눈으로 쳐다보고 있었다. 더군다나 도도가 자기들한테 친절하게 대한 것 가지고 뭐라 하는 내가 곱게만 느끼지는 않을 것이다.

"너희들이 내 애인을 돌봐주려는 마음은 고마운데, 일단은 우리 집에 가서 인사를 드려야 해. 그래야 앞으로 할 일들을 진행할 거 아냐?"

이번에는 친구들의 얼굴이 무너져 내린다.

"뭐, 뭐?"

"애, 애인이라고?"

"누가 애인인데?"

내가 밝은 미소를 지으며 어깨를 으쓱했다.

"도도님이 카론의 애인이란 말야?"

친구들이 일제히 도도에게 시선을 돌렸다.

"카론, 어서 집으로 가자."

시무룩해 있던 도도가 체념한 듯 나에게 말을 던졌다.

"그래."

나는 도도의 데리고 집 쪽으로 방향을 잡았다. 제라드까지 팔아서 그녀를 꼼짝 못하게 한 것이 남자로서 치사하기는 했지만 나중에라도 그녀가 내 마음을 이해해 주기 바랐다.

"잠깐만!"

친구들이 우리를 막아선다.

"너희들도 반란군 색출이나 하세요."

내가 핀잔을 주었다.

"너한테는 볼일없고……."

위고가 나를 옆으로 밀어내더니 도도 앞으로 갔다.

"도도님, 정말로 카론의 애인인가요?"

"예."

단순 명확한 대답이었다.

"허!"

"이런."

친구들은 각자 나름대로 불신의 감정을 드러냈다.

"이제는 가도 되지?"

나는 의기양양하게 도도의 손까지 잡았다.

"잠깐!"

친구들이란 게 끝까지 나를 물고늘어지려고 한다. 아무튼 너도나도 눈들은 달려 있어서 예쁜 애인을 둔 나 같은 남자를 왜 이렇게 힘들게 하는지 모르겠다.

"또 뭐야?"

욕이라도 한 줄 쏟으려고 했다.

"저기!"

튜니오가 손가락으로 건너편 길을 가리켰다. 우리들의 초롱거리던 눈들이 동시에 주르륵 그쪽으로 몰렸다.

"광대잖아?"

"맞아, 광대다!"

광대는 사람들의 틈바구니에서 커다란 키를 휘청거리며 걸어오고 있었다. 희희낙락거리는 사람들은 아마도 그의 거짓말에 속아서 재미있는 곡예를 보러 오는 중일 것이다.

"이놈!"

도도에게는 말이 필요없었다. 그녀는 뭐든지 행동이 우선인 실천주의자였다.

"같이 가!"

내가 그녀의 뒤를 따르자 '예비 기사단' 의 친구들도 허리춤으로 손을 가져가며 달려왔다.

"멈춰!"

도도가 광대 앞을 가로막았다.

"어라?"

놈이 놀란 표정을 짓는다. 분명히 잡혀 있어야 할 여자가 자신 앞에 서 있으니 실감이 나지 않을 것이다.

"노예 상인을 잡아라!"

나와 친구들이 광대를 빙 둘러 감싸며 주변의 사람들을 뒤로 물렸다.

"이런 낭패가 있나."

광대는 당황하지 않았다. 그는 천천히 모자도 벗고 옷도 풀어헤쳤다.

"뭐 하는 거냐?"

위고가 칼을 뽑으며 앞으로 나섰다. 정식 기사는 아니었지만 검술 실력만은 그럭저럭 쓸 만했다.

"후후후."

광대는 대답하지 않고 웃기만 했다.

"가만히 있지 못해!"

친구들이 모두 칼을 뽑으며 광대의 행동을 주의 깊게 바라보았다.

"손님들을 이렇게 맞이할 수야 없지."

광대는 우리에게 전혀 위협을 느끼지 않고 있었다. 그가 광대 옷을 벗고 키를 높이기 위해 발에 끼고 있던 기다란 막대기를 풀어냈다. 평상복 차림으로 바뀐 사내의 키는 그렇게 크지 않았다.

"다른 놈들은 모두 잡혔어!"

가페로가 칼을 치켜들었다.

"그래서?"

"너도 순순히 우리하고 같이 가야겠다!"

"별로 그러고 싶지 않은데?"

"이놈이!"

숫자로는 우리가 유리할 줄 알았는데 광대의 기세가 예사롭지 않았다.

"하고 싶은 대로 해봐."

믿는 구석이 있는지 너무 태연하다. 그 모습이 이상하게도 우리를 함부로 하지 못하게 했다. 그러나 놈의 그런 태도도 안 통하는 사람이 있었다.

"화장한 거 지우지 마."

도도가 엉뚱한 말을 한다.

"뭐?"

얼굴의 광대 분칠을 지우던 사내가 잠시 멈칫한다. 반쯤 지워진 그의 얼굴을 보니 우리하고 비슷한 나이였다.

"화장한 머리는 만져 본 적이 없거든. 더군다나 광대 화장을 한 머리는 흔하지 않잖아."

"그 말은 내 얼굴을 만져 보고 싶다는 말인가?"

광대가 씽긋 웃는다.

"엉."

"하하하!"

"호호호!"

둘이 마주 보고 한참을 웃었다.

"예쁜 아가씨가 원하니까 그 소원을 들어주지."

"고마워."

"하지만 손으로 말고 입술로 하면 어떨까?"

광대가 이죽거린다.

"그건 일단 자른 다음에 생각해 볼게."

"뭐?"

"너무 걱정하지 마. 아프지 않게 잘라줄게."

도도는 롱 소드를 이리저리 흔들었다.

"예쁘다고 놀아주니까 말을 함부로 하는군."

광대의 얼굴이 바짝 굳어진다. 그런데 표정이 바뀌는 것은 친구들도 마찬가지였다. 나야 하도 경험해 봐서 그런가 보다 하지만 친구들은 상상도 못했을 것이다. 그렇게 친절하던 예쁜 여자의 입에서 저질 용병들이나 뱉어내는 화끈한 말이 나올 수 있다는 자체를 미스터리로 여기는 듯했다.

"쓸데없는 말은 집어치우고 어서 이리 와서 잘못했다고 빌어!"

도도가 광대에게 손짓을 한다.

"내가 뭘 잘못했지?"

"재미있는 거 보여준다고 거짓말을 했잖아!"

"후후후, 속은 네가 바보지."

"그래서 못 빌겠다?"

"당연하지."

"바보에게 목 잘리면 얼마나 시원한지 가르쳐 주지."

도도가 성큼성큼 광대에게 다가갔다. 겁이라곤 전혀 없는 레이디였다.

"용기는 가상하지만 쉽지 않을걸."

"하기야 그건 당해봐야 아는 거지."

입 싸움에서도 결코 밀리지 않은 도도였다. 그런 그녀의 모습을 친구들은 넋 나간 표정으로 바라볼 뿐이었다.

"카론, 그냥 놔둬도 돼?"

위고가 걱정스럽게 물었다.

"좀 더 지켜보자."

"상대가 되겠어?"

살리모도 발을 동동 굴린다. 다른 친구들도 말은 안 했지만 불안한 표정이 역력했다. 참으로 고마운 일이었지만 한편으로는 별꼴이었다. 애인인 나도 가만있는데 친구들이 더 나서는 모양새가 어째 달갑지 않았다.

"너희들보다 훨씬 실력이 좋으니까 걱정하지 마."

당연한 말이었지만 내 감정이 실려서인지 친구들의 기분을 건드렸다. 아무래도 나한테 문제가 많은 듯하다.

"카론, 무슨 불만 있어?"

"아냐, 상황이 그래서 그래."

질투 때문이라고 말할 수는 없었다.

"이얍!"

친구들과의 어색한 순간은 도도의 기합 소리로 싹 사라졌다.

쨍!

어느 틈인가 광대의 손에는 대거(Dagger : 단검(短劍))가 들려 있었다. 그는 도도의 공격을 가볍게 막으려 뒤로 물러났다.

"흥! 제법인데?"

"예쁜 여자의 칼이 너무 잔인하네."

"내가 필요한 건 네 목이야."

첫 공격을 실패한 도도의 칼이 여전히 광대의 목 높이에서 수평으로 뻗어 있었다.

"검술이 조금 특이하군."

"네 목을 따는 데는 지장없지."

"대륙의 검술은 아닌데……."

나야 검술을 제대로 알지 못하니까 뭐라 말할 수 없지만 위고나 친구들 눈에는 이상하게 보이나 보다.

"카론, 도도님이 어디 출신이지?"

"몰라."

"롱 소드를 한 손으로 길게 뻗고 있다니, 처음 보는 자세야."

칼이 크기도 했지만 롱 소드는 보통 두 손으로 잡고 앞에 세우는 것이 기본 자세였다.

"도도, 빨리 끝내고 가자."

내가 재촉을 했다.

"카론, 기다려!"

자신만만하다.

"쉽게는 안 된다니까."

"되나 안 되나 해볼까?"

도도가 두 번째 공격을 시도했다.

"이얍!"

칼이 광대의 목줄기로 곧게 뻗어갔다. 그 속도가 너무 빨라 섬광이 번쩍 하는 듯했다.

"어딜?"

광대가 대거를 수직으로 세워 도도의 칼을 받아냈다.

쨍!

"흥!"

코웃음이 울리며 도도의 몸이 옆으로 돌았다. 대거에 막혀 있던 롱 소드가 주인의 몸을 따라 옆으로 움직이며 공간을 확보했다.

"에잇!"

롱 소드가 허술해진 대거의 틈을 짓이겨 들어간다.

"으헉!"

깜짝 놀란 광대가 뒤로 덤블링을 했다.

"호호호, 잔재주가 있었네?"

도도는 항상 싸움을 즐기는 여자다.

"당신은?"

광대가 몸을 추스르며 깜짝 놀란다.

"내 실력이 대단한가 보네."

도도가 만족스러운 표정이다.

"섬하고 무슨 연관이 있는 거지… 요?"

광대의 표정이 불안하다. 말까지 더듬거리는 것을 보니 크게 동요하고 있는 듯했다.

"……!"

다음 공격을 하려고 롱 소드를 고쳐 잡던 도도가 갑자기 칼을 내려놓았다.

"어쩐지 솜씨가 예사롭지 않다고 했더니……."

광대의 얼굴로 바짝 긴장이 스민다.

"당신도 섬에서 왔어?"

도도의 말투가 많이 부드러워졌다.

"무슨 일이야?"

내가 도도의 옆으로 달려갔다.

"카론, 너하고 같은 식구야."

"뭐?"

도도가 광대의 손가락을 가리켰다.

"이거 말인가요?"

광대가 손을 들어 나를 보여주었다. 구릿빛 장미 반지가 뚜렷하게 보였다.

"콜… 렉터?"

"당신도?"

나는 얼른 내 손을 숨겼다.

“카론, 왜 그래?”

“아, 아냐.”

이유는 모르지만 보여줘선 안 될 것 같다는 생각을 들었다. 그런 나를 광대는 이상한 눈으로 한 번 슬쩍 보고는 도도에게 관심을 드러냈다.

“아가씨가 ‘바튼 성(城)’ 의⋯⋯.”

“그만 하세요!”

도도가 광대의 말을 끊어버렸다.

“예?”

광대가 당황하며 한 발 물러선다. 그 모습으로 봐서는 도도가 ‘로즈 아일랜드’ 에서 꽤 높은 자리에 있었던 것 같았다.

“콜렉터가 무슨 일로 노예 상인이 됐지?”

나는 궁금증을 참지 못하는 인간이다.

“하하하! 노예 중에는 예쁜 여자도 많아.”

“먹이를 구하기 위해서?”

“생각보다 쉽거든.”

광대는 별것 아니라는 듯 쉽게 대답했다. 콜렉터가 먹이를 구하는 방법도 가지각색인가 보다. 그래도 노예 상인은 조금 이해가 되지 않았다.

“브론즈가 골드에게 말을 놓으면 안 되죠.”

도도가 우리의 대화를 들으며 콜렉터의 서열을 바로잡아 준다.

“하하하! 아직은 후계자 같은데요?”

“어떻게 알았어요?”

“하하하!”

참으로 웃음이 많은 콜렉터였다.

"내 얼굴 때문인가 보네?"

나는 쓴웃음을 지었다.

"하하하! 섬에서 그런 모습으로 내보내지는 않았을 테니까."

브론즈 콜렉터는 뭐든지 쉽게 대답한다. 하지만 그의 이런 대답이 친구들의 출현으로 궁지에 몰리고 말았다. 뒤쪽에서 우리들의 대화를 듣고 있던 친구들의 손에는 커다란 칼이 들려 있었다.

"그 반지 좀 다시 볼까?"

위고가 강압적으로 나왔다. 순간 나는 아차 했다.

"이거 말인가?"

광대는 아무렇지 않게 브론즈 반지를 보여주었다.

"꼼짝 마라!"

친구들이 광대를 둘러쌌다.

"이 친구들은 우리 편이 아닌가 보네?"

광대가 나를 쳐다본다.

"그게……."

상황이 묘하게 돌아가고 있었다.

"반란군은 우리하고 함께 가야겠다."

위고는 칼을 곧추세웠다.

"하하하! 조금 전에는 노예 상인이라고 하더니 이번에는 반란군이라고 하네?"

"얼렁뚱땅 넘어갈 생각은 하지 마!"

친구들이 점점 광대를 조여들어 갔다.

"웃기는군."

광대는 전혀 동요가 없었다.

"그 웃음은 참았다가 나중에 처형당할 때 쓰지."

위고가 제일 먼저 칼을 휘둘렀다.

쨍그랑!

광대의 대거가 위고의 칼을 퉁겨냈다. 그러자 친구들이 한꺼번에 달려들었다.

"그냥은 못 가겠단 말이지?"

"곱게 잡히는 게 서로에게 좋아!"

친구들은 칼을 쥔 손에 힘을 싣고 있었다.

"그렇다면 저 친구도 반란군이겠군?"

광대가 나를 가리킨다.

"카론은 우연히 반지를 주웠을 뿐이야."

위고가 나를 변론한다.

"주웠다고?"

광대가 나를 잠시 쳐다보았다.

"……."

난감했다.

"아가씨."

광대는 도도에게 무슨 말인가 하려는 듯했다. 하지만 그녀 역시 뭐라고 할 말이 없을 것이다. 이 상황에서 어떠한 대답도 친구들을 이해시킬 수는 없을 것이다.

"카론, 저 친구하고 아무 관계도 없는 거지?"

위고가 우리 사이에 흐르는 이상한 기류를 눈치 챈 듯 조심스럽게 물어본다.

“어… 엉…….”

“도도님도 마찬가지고?”

“그, 그럼.”

그렇게 말하며 나는 도도를 슬쩍 쳐다보았다. 그러나 내 의도는 무참히 깨지고 말았다.

“그 반지는 주울 수 있는 게 아니야.”

“도도?”

분위기 파악을 전혀 못하고 있다.

“비밀은 지켜야 하지만 반지를 부정할 수는 없잖아.”

“전에 실버 콜렉터도 마법사에게 그랬잖아? 자신의 반지를 콜렉터의 징표라고 하지 않았는데…….”

얼마 전에 하얀 머리의 마법사 코넬프에게 목숨을 잃은 실버 콜렉터가 떠올랐다. 그는 자신의 반지를 대수롭지 않은 것으로 말했었다.

“코넬프의 위기에서 벗어나기 위해서 그런 것이지 반지 자체를 부정한 건 아니잖아.”

“머리도 아프지 않았다고!”

만일 내가 콜렉터의 법칙에 어긋나는 행동을 했다면 무진장 아픈 벌을 받아야 했지만 반지를 주웠다고 했을 때는 아무런 이상이 없었다.

“아무튼 반지에 대한 거짓은 안 돼.”

“이런!”

왜 그런지 설명도 없이 무조건 안 된단다. ‘로즈 아일랜드’에 가면 물어볼 것이 또 하나 늘어난 셈이다.

“카론!”

위고가 칼을 아래로 내리며 나를 바라보았다.

"아냐! 나는 반란군이 아니라고!"

"왜 거짓말을 했지?"

"그럴 만한 이유가 있어."

"그게 뭔데?"

"내가 콜렉터라고 말하면 믿겠어?"

친구들이 잠시 나를 날카롭게 노려보았다.

휙휙휙! 휙휙휙!

위고가 갑자기 호루라기를 불었다.

"무슨 짓이야?"

"반란군을 잡아야지."

"뭐?"

뒤통수를 맞은 기분이다.

"카론, 이리 와!"

도도가 잽싸게 나를 자신의 뒤로 잡아당기며 '예비 기사단' 과 마주
대했다.

"누구든 카론에게 손대지 못해!"

"도도님도 반란군인가요?"

위고는 확인하고 싶은 듯했다. 도도는 반지를 끼고 있지 않았으므로
더욱 그런 마음이 들었을 것이다.

"그건 아니지만 난 무조건 카론 편이야."

도도가 단호하게 대답했다.

"그렇다면 하는 수 없군요."

친구들이 나와 도도, 그리고 광대를 번갈아 보는 동안 호루라기 소
리를 들은 병사들이 몰려왔다. 그들 사이에는 로브를 걸친 마법사들도

보였다.

"저들을 잡아라!"

병사들이 도착하자마자 위고는 명령을 내렸다. '예비 기사단'의 리더에게는 그럴 자격이 충분히 있었다. 그는 황제의 측근인 '하몬스 가(家)'의 장남이었다.

"예!"

위고의 명령은 즉각 실행됐다. 몇몇 장교들을 앞장세운 병사들이 우리 셋을 조여 들어왔다. 이젠 광대와 함께 반란군으로 몰려 장렬히 싸우다가 죽든지, 잡혀서 처형당하든지 둘 중 하나였다.

싸움은 싱겁게 끝나고 말았다. 나야 있으나마나 펑퍼짐한 밀가루 포대지만 도도나 브론즈 콜렉터는 상당한 실력이었다. 하지만 도도는 마법사의 단 한 번 공격에 나가떨어졌고, 광대의 화장을 하고 있던 콜렉터는 스스로 목숨을 끊고 말았다.

"콜렉터의 최후가 너무 비참하다."

나는 땅바닥에 쓰러져 있는 콜렉터를 서글픈 눈으로 바라보았다. 복수로 시작한 콜렉터의 꿈이었지만 이렇게 비참하지는 않았다. 수많은 여자들이 내 품에 안겨 사랑의 눈물을 뚝뚝 흘리는 모습을 즐기는 꿈만 꾸었다. 그러나 전에 보았던 실버 콜렉터나 지금 내 곁에 누워 있는 콜렉터는 '로즈 아일랜드'의 비밀을 지키기 위해 죽음을 선택한 것이다. 그 모습은 다른 사람이 아닌 바로 나의 미래였다.

"카론!"

위고가 병사들에게 잡혀 있는 나와 도도에게 다가왔다. 싸움이 끝나자 다른 친구들하고 우리의 처리 문제를 의논했던 그였다.

"이제 어떡할 건데?"

나는 위고와 '예비 기사단' 친구들을 노려보았다.

"우리가 어떡하기를 바래?"

"그거야……."

당장 놓아달라고 하고 싶지만 자존심이 있지 쉽게 나올 말은 아니었다. 더군다나 개인적으로 화가 치밀고 있었기에 마음에는 있어도 꺼낼 수 없었다.

"위고, 이게 친구한테 할 수 있는 짓이야?"

"속인 건 네가 먼저 했어."

"그렇다고 칼을 들이밀어?"

"반항하지 않았으면 우리도 친구에게 칼을 겨누지는 않았겠지."

"내가……."

몇 마디 더 쏘아붙이려다가 도도를 보며 입을 다물었다. 천방지축으로 롱 소드를 흔들더니, 마법사에게 꼼짝도 못하고 한 방에 나가떨어진 그녀였다.

"카론."

"왜?"

"이 도시를 떠나라."

낮은 목소리로 심각하다.

"……?"

"너한테 해줄 수 있는 마지막 배려야."

위고가 선심을 써준다.

"흥! 웃기고 있네!"

속으로는—그나마 다행이다—가슴을 쓸어 내렸지만 한편으로는 지금
까지의 상황을 수긍할 수가 없었다. 솔직히 내가 무엇을 잘못했단 말
인가?

"카론, 위고 말을 들어야 해!"

가페로가 엄한 얼굴을 한다.

"싫어!"

"카론!"

튜니오는 한 대 때릴 기세다.

"아무튼 나는 못 떠나!"

나도 단호하게 대처했다. 이대로 고향을 등진다면 내 스스로 반란군
임을 인정하는 꼴이었다. 뿐만 아니라 코넬프들로 조직된 레코만 왕자
의 친위대가 떠나는 나를 그냥 두지는 않을 것이다.

"카론, 우리는 너를 못 본 걸로 하겠어."

"그걸 말이라고 해?"

나는 친구들의 뒤쪽에 쭉 나열해 있는 병사들을 훑어보았다.

"저들은 우리 집안의 사병들이야."

위고가 안심하라는 표시를 했다.

"입 달린 인간을 어떻게 믿어?"

"스메드 가는 그럴지 모르지만 우리 '하몬스 가'의 병사들은 목숨
보다 신의를 중요시하거든."

이젠 웃기까지 하면서 나를 약 올린다.

"아무튼 나는 집으로 갈 거야."

나는 도도의 손을 잡았다.

"카론, 현실을 직시해야 해."

살리모가 험한 얼굴로 나를 막아선다.

"직시고 뭐고 나는 반란군도, 노예 상인도 아냐."

"우리도 그렇다고 믿어. 하지만 눈에 보이는 건 그게 아니잖아."

위고는 내 손을 가리켰다.

"글쎄 이 반지는 그런 게 아니라니까!"

"네 말대로 콜렉터라 해도 이 도시에 둘 수는 없어. 우리의 사랑하는 연인들을 빼앗길 순 없으니까."

"허허!"

갑자기 허탈했다. 이 부분에서 내가 아직은 정식 콜렉터가 아니고 앞으로 '로즈 아일랜드'에 가서 교육을 더 받아야 한다는 둥의 얘기를 꺼낸다면 친구들은 나를 더욱 이상하게 볼 것이다. 나를 도시에서 쫓아내려는 위고의 농담에 굳이 대응할 필요는 없었다.

"너희들이 뭘로 생각하든지 나는 진실을 밝힐 거야."

"그건 우리가 해줄게."

위고가 내 어깨를 잡는다.

"너희들이 무슨 수로?"

"처음에는 장미 반지가 반란군의 징표로 알았는데 너를 보면서 아닐 거라는 믿음이 생겼거든. 우리는 어찌 됐든 의리의 친구들이잖아."

웃어야 되는 건지 울어야 되는 건지, 친구들의 우정이 내 마음을 갈팡질팡하게 만든다.

"그 마음은 고마운데 내 명예, 아니, '스메드 가'의 명예가 걸린 문제니까 내가 직접 풀어낼게. 너희들도 내 능력을 알잖아."

머리를 툭툭 두드리는 내 목소리가 많이 풀려 있었다.

“우리가 너를 이 도시에서 추방하는 것은 알프레드 백작님을 위해서
야.”

갑자기 뭉클하다. 아버지란 존재는 이름만으로도 나를 감동하게 만
든다.

“…….”

“반란군인 아들 때문에 고통받으실 생각을 해봐.”

친구들의 진심은 이거였나 보다. 그들은 나하고 도도를 잡아놓고 심
도 깊게 의논을 나눈 듯했다. 항상 어린애인 줄 알았더니 나만큼 어른
이 돼 있었다.

“내가 있으면 힘들까?”

“똑똑한 네가 더 잘 알잖아.”

도시에 남으려던 의지가 약해진다. 반란군으로 낙인찍힌 아들이 집
에 있다면 아버지나 어머니, 그리고 식구들에게 큰 피해를 줄 것은 뻔
했다.

“카론, 지금 이 순간부터 우리는 너를 본 적이 없어.”

가메로가 어서 떠나라는 듯 손을 흔든다.

“뒷일은 우리에게 맡기면 돼.”

튜니오의 얼굴에 의지가 보인다.

“휴우!”

더 이상은 버틸 수 없었다. 두 가지 중에 최선의 방법을 선택하는 것
이 실패가 적은 것이다. 내가 아무리 고집이 세고 자존심 강한 삐돌
이—자주 삐친다고 해서 불리는 별명—지만 냉정한 판단력에 무진장 이지
적인 아이였다.

“도도, 가자.”

기운이 쭉 빠진다.

"알았어."

엉망인 내 기분을 아는지 도도가 얌전하게 뒤를 따른다.

"카론, 건강해라."

"조심해."

친구들의 배웅 아닌 배웅을 받으면서 추방당하는 나는 이제 어디로 가야 할지도 생각나지 않았다. 그저 터벅거리며 고향을 등질 뿐이었다.

"카론."

도도의 말투가 조심스럽다.

"말하고 싶지 않아."

"너무 괴로워할 것 없어."

"내가 원하던 건 이런 게 아니었어."

"그것 봐, 콜렉터의 길은 멀고도 험하다니까."

도시의 외곽을 빠져나오는 동안 시종 묵묵부답으로 일관하던 내가 입을 열어서인지 도도가 쌩긋 웃으며 말을 받는다.

"제발… 말이 되는 말 좀 해."

신경질이 나려고 한다.

"내가 한 말 중에 못 알아듣는 거 있어?"

전혀 무감각한 여자.

"콜렉터의 길이 반란군이 되는 거야?"

결국은 소리를 지르게 만든다.

"그건 아니지만… 어쨌든 콜렉터의 반지 때문이잖아."

주춤하지만 할 말은 다 한다.

“흥! 도도만 가만있었으면 별일없었어.”

추방의 원인을 도도에게 돌렸다.

“카론이 반지를 부정했잖아. 거짓말하는 것은 나쁜 거야.”

“사람이 옳게만 살 수 있어?”

“그럼 거짓말한 게 잘한 거란 말야?”

커다란 눈을 동그랗게 뜬다.

“잘한 건 아니지만 남에게 피해를 주지 않을 정도는 선의의 거짓말인 거야. 때때로는 그런 것도 필요하다는 거지.”

“나는 어떤 경우라도 정석으로 살아야 된다고 봐!”

도도가 깊은 어조로 강조한다.

“흥! 나는 거짓말을 밥 먹듯이 하는 사기꾼이고 도도는 똑바로 사는 바른 인간이라서 사람을 그렇게 쉽게 죽이냐?”

“당연하지.”

“뭐?”

말싸움으로 번지고 있다.

“나한테 죽은 놈들은 다 그럴 만한 이유가 있었어. 정도가 아닌 길을 간 거지.”

“코넬프들도 자신의 길이 옳다고 생각해?”

“난…….”

무슨 대단한 말을 하려는지 숨까지 고른다.

“섬 식구들을 지킬 의무가 있어. 특히 제라드는 내가 사랑하는 남자거든.”

완전히 자기 마음대로였다.

“하기야 도도하고 맞지 않으면 다 나쁜 놈이지.”

내가 비꼬았다.

"그것도 당연하지."

"관두자!"

나는 더 이상의 입씨름이 얼마나 소용없는 짓인지를 알고 있다. 그리고 지금은 머리에 열받아가면서까지 씩씩거리고 싶지 않았다. 하지만 아무리 그렇더라도 한마디 하지 않으면 내 성질이 못 견딜 것만 같았다.

"똑바로 사는 인간을 친구로 둔 덕분에 고향에서 쫓겨나고 내 신세가 불쌍하다."

"어차피 콜렉터가 되면 고향을 떠나야 할 텐데 너무 억울해하지 마."

한 달을 가깝게 함께 다니면서 지는 법이 없는 도도였다.

"잠시 조용히 하자."

"혼자 말 다 하고 뭘 그래?"

"으그그."

우리는 도시의 외곽을 벗어나서 아침에 올랐던 언덕을 지나고 있었다. 눈 아래 보이던 유스레오 시를 보면서 너무나 행복했던 순간이 떠올랐다.

"어휴~"

한숨이 절로 나온다.

"……."

나는 언제쯤 다시 돌아올 수 있을지 모를 고향을 뒤돌아 걸었다. 이미 어둠이 내려오고 있었으므로 도시는 희뿌연 밤 안개에 묻히고 있었다. 마치 내가 떠나자마자 장막을 둘러 숨어버리려는 듯했다.

"엄마……."

울음이 왈칵 쏟아진다. 외아들이라고 한 번도 엄마 마음을 편하게 해준 적이 없었다. 매일같이 미친놈처럼 밖으로만 돌아다니는 나를 보며 가슴 아파했을 엄마를 다시 볼 수 없다고 생각하자 가슴 한편이 축축했다.

"어디서 잘까?"

"뭐, 뭐?"

감정에 복받쳐 있던 나는 젖어 있던 나는 얼른 눈가를 훔쳤다.

"카론, 울어?"

"울긴 누가 울어?"

도도에게 약한 모습은 보이기 싫었다.

"근데 목소리가 왜 그래?"

"아, 안개 때문에 그런 거지."

말도 안 되는 변명이었다. 하지만 도도는 안쓰러운 표정으로 내 어깨를 툭툭 쳤다.

"그러게 안개 조금만 마시지."

"엉?"

이건 또 무슨 이론인가?

"로즈 아일랜드에서도 안개가 넘쳐 오를 때는 모두 입을 막고 있어. 그래도 육지 안개는 견딜 만하던데 카론은 반응이 심한가 보네? 목소리가… 흑흑… 이러네?"

도도가 내 우는 목소리를 흉내 낸다.

"섬에도 안개가 심한가 보구나?"

"말도 못하지."

“그렇구나.”

‘로즈 아일랜드’가 핑크 빛 물안개에 휩싸여 있다는 것은 책을 통해 알고 있었다. 그런데 그 안개가 뭔지는 몰라도 안 좋은 쪽으로 지독한 듯했다. 아무튼 도도만의 상식으로 울보 소리는 안 들어도 됐다.

“도도, 오늘은 그냥 여기서 자자.”

나는 주변을 둘러보았다.

“왜? 고향 떠나기가 그렇게 아쉬워?”

“아쉬운 거야 말도 못하지. 하지만 지금은 우리 목숨이 더 중요해.”

“마법사 코넬프들 때문에?”

“친구들이 병사들의 입을 아무리 막아놓는다 해도 완벽할 수는 없을 거야.”

“그럼 더 멀리 도망가야지?”

“놈들도 우리가 멀리 간 줄 알 거야.”

“그러니까 놈들의 허를 찌르자는 거네?”

이제 제법 내 말귀를 알아듣는다.

“호호호.”

도도는 슬쩍 웃음을 흘렸다.

“왜 웃어?”

“고향에서 쫓겨났다고 징징거릴 때는 언제고 꽤 냉정한데?”

“살긴 살아야 하니까.”

비록 웃으며 농담으로 대답했지만 이성적인 판단력은 머리 좋은 나의 또 다른 장점이었다. 어려울수록 더욱 차분해지는 내 성격 탓이다.

“방을 구해야지?”

도도가 방글거린다.

“아니.”

나는 고개를 살며시 흔들었다.

“그럼?”

“여기서 노숙할 거야.”

크게 미소 지으며 이빨을 드러냈다.

“그렇다면 나무 위가 좋겠네?”

금방 내 뜻을 알아채고 주변의 나무들을 살펴본다. 같이 있다 보니 이 정도는 기본적으로 통하게 된 듯했다. 별일은 없었더라도 한 침대에서 동침했던 우리다.

“이 나무로 정하자.”

“그래.”

도도가 고심 끝에 선택한 나무는 어른 몇 명이서 손을 잡고 빙 둘러싸야 할 정도로 몸통이 굵은 은행나무였다. 덩치만큼이나 이파리가 제법 울창한 것이 오늘밤 하루 묵기에는 안성맞춤이었다.

“배고프다.”

잠자리를 구해놓자 긴장이 풀렸는지 속이 쓰려왔다. 왕자의 친위대 마법사들에게 죽을 뻔하고, 반란군으로 낙인찍혀 추방까지 당한, 우여곡절이 많았던 긴장된 하루였기에 내 배는 더욱 꼬르륵거린다.

“내가 먹을 걸 구해올게.”

도도가 나선다.

“어떻게 알았어?”

우리가 이렇게까지 통하는 줄은 몰랐다.

“우리가 하루 이틀인가 뭐?”

“그럼 나는 나무 위에 올라가 있을게.”

"엉."

날이 날이라서 그런가? 말도 꺼내기 전에 내 의도를 벌써 몇 번이고 알아챈다. 평소에는 꺼내는 말마다 들이받을 듯 덤벼들지만 그래도 오늘은 내 기분을 맞춰주려는지 스스로 솔선수범한다. 아무튼 나하고 그녀 사이에 이질적인 간격이 많이 좁혀지고 있는 것은 확실했다.

"빨리 다녀와!"

"알았어."

도도는 장미 반지도 없고 연약한 여자—겉으로 보기에만—이기 때문에 의심받지 않을 것이다. 굳이 도시로 들어가지 않고 들짐승을 잡아 온다고 해도 그녀가 나보다는 훨씬 능력이 좋았다. 그때 말발굽 소리가 들려왔다.

따가닥! 따가닥!

"누구지?"

"벌써 우리를 추적하나?"

따가닥! 따가닥!

"카론, 어서 나무 위로 숨어."

"그래."

불안한 마음으로 급하게 나무를 타는데 어느새인가 말발굽 소리가 귀 아래로 들리더니 이내 조용해졌다.

"멈춰라!"

나무를 기어올라 가던 나는 심장이 먼저 멈추는 줄 알았다.

"무… 슨 일이시죠?"

"언제부터 여기 있었지?"

굵은 목소리의 사내들이 아래쪽에서 웅성거렸다.

"지금 막 지나치는 중인데요."

도도가 침착하게 대답한다.

"그럼 어느 쪽에서 왔지?"

"저~ 쪽이요."

"어디?"

"저~ 쪽이요."

잠시 사내의 목소리가 끊겼다. 아마 도도가 왔다는 곳을 유심히 살피는 듯했다.

"산속에서 왔단 말인가?"

"예?"

"저쪽은 산이 있는 곳인데?"

"그… 그게……."

도도에게 제대로 된 걸 바라는 게 무리였다. 그녀 때문에 한 번도 편하게 넘어간 적이 없는 하루살이 같은 나날들이었다.

"산에서 뭘 했지?"

사내의 의심스러운 말투를 들으며 나는 더욱 바짝 나무에 붙었다.

"열… 매를 땄죠."

"그 열매는 어디 있나?"

"그러니까……."

계속해서 버벅거린다.

"크잔토님, 수상한데요."

또 다른 사내가 있는 듯했다. 밑을 내려다볼 수 없으니 답답했다. 하기야 내가 아래의 상황을 안다고 해서 특별히 달라지는 것은 없었다. 이 순간에 내가 할 수 있는 일은 떨어지지 않도록 나무를 꼭 안고 있는 일이었다.

“오면서 다 먹었는데요?”

“으음!”

사내가 또다시 침묵으로 일관한다.

“저는 그만 가볼게요.”

도도는 어영부영 자리를 떠나려고 했다. 위험에서 벗어나려면 그 방법이 최고였다.

“잠깐!”

사내가 도도를 불러 세웠다.

“혹시 수상한 사람을 보지 못했나?”

“못 봤는데요.”

몇 명의 사내들은 틀림없이 나를 잡으러 온 놈들이었다.

“알았다.”

“……”

“멀리 가지 못했을 것이다! 어서 쫓아라!”

“예!”

대답하는 숫자로 봐서는 꽤 많은 수의 추적자들이었다.

“이랴!”

사내들이 타고 온 말을 몰아 사라지자 도도가 나를 불렀다.

“카론, 잘 숨어 있어.”

“어디 가게?”

“먹을 거 구해오라며?”

“참, 그랬지?”

너무 긴장했었나 보다.

"빨리 다녀올게."

"조심해."

"엉."

도도는 마을 쪽으로 걸어가고 있었다.

"이쯤이 좋겠군."

나무의 굵은 가지가 내 몸을 받치는 데는 별 무리가 없었다. 위로 뻗쳐 올라가는 두 갈래 줄기의 한쪽에 머리를 기대고 비스듬히 누울 만큼 나무는 거대하기까지 했다. 나는 하늘을 바라보았다.

"별은 참 밝다."

높은 곳에 자리를 잡아서인지 머리 위로는 이파리가 별로 없었다. 그 틈새로 보이는 푸른 불빛은 너무도 아름다웠다. 하지만 별들을 바라보며 손가락으로 이 별 저 별 선을 긋다 보니 친구들의 얼굴이 그려졌다.

"친구들이 말했을 리는 없는데……."

위고가 그렇게 자신만만해하던 병사들의 입치고는 너무 빨리 퍼진 듯했다. 빨라도 너무 빠른 감이 있었다. 우리가 도시를 나오자마자 놈들이 달려오다니, 대단한 놈들이다.

"여기도 안전하지는 않겠어."

당장 급한 불은 껐지만 사내들은 다시 돌아올 것이다. 문제는 어디로 도망가느냐인데 어딜 가든 안전할 수는 없었다.

"도시로 들어가자!"

위험은 했지만 최악의 경우 등을 비빌 곳은 역시 '스메드 가' 뿐이었다.

"진실을 알려면 여기서 풀어야 해."

반란군과 연계되어 있는 모든 것들이 내가 밝혀야 할 진실이었다. 반란군의 징표가 되어버린 장미 반지와 코넬프로 조직된 레코만 왕자의 친위대, 그리고 내 정체를 알면서도 죽이려 했던 그들의 음모를 알아내야 했다.

"카론, 어디 있어?"

나뭇가지에 기대어 별들과 함께 여러 생각들을 공유하던 나는 도도의 목소리에 몸을 일으켰다. 아래쪽에서 나뭇가지 젖히는 소리가 났다.

"이쪽이야."

나무가 너무 무성해서 나를 찾기가 쉽지 않을 것이다.

"어디?"

한참 동안 나뭇가지 젖히는 소리가 들리더니 도도가 내가 있는 곳으로 올라왔다.

"먹을 것을 구했어?"

"빵 몇 개 얻어왔지."

"그래?"

먹을 거라는 소리에 어지러울 정도로 복잡했던 머리가 싹 개운해졌다. 언제부터인지 나답지 않은 버릇이 생겼는데, 먹는 것에 너무 단순한 인간이 되어버리는 것이었다.

"많이 먹어."

도도가 내 쪽으로 빵을 담아온 보자기를 내민다.

"같이 먹자."

나는 말과 달리 보자기를 덥석 껴안았다. 이 덩치를 유지하려면 어쩔 수 없는 본능이었다.

"맛있네."

아직도 김이 모락모락 피어오르는 빵은 주먹만한 밀가루 뭉치였다.
하지만 허기진 배를 채우는 데는 큰 무리가 없었다.

"이거 마셔!"

도도가 옆에 끼고 있던 물병을 내게 건네주었다.

"고마워."

"먹을 만해?"

"엉, 맛있어."

나는 대답을 하면서도 연신 먹기에 바빴다.

"오늘은 여기서 잔다고 하지만 내일은 어디로 갈 거야?"

도도는 빵에 손을 대지 않고 있었다.

"근데 왜 안 먹어?"

"난 먹고 왔어."

"엉?"

"그런데 어디로 갈 거냐니까?"

집요하게 묻는 것이 이상하다.

"글쎄."

"제라드를 찾아가자."

도도의 본심은 제라드였다.

"어디 있는지 모르잖아."

나는 시큰둥하게 대답했다. 별들하고 상의해서 다시 고향으로 돌아
가려고 결심해서가 아니었다. 제라드라는 이름만 들으면 알지 못할 묘
한 감정이 생겨났다. 특히 도도하고 관련돼서 이름이 떠오를 때면 그
정도는 더욱 심해지고 있었다.

"여기서 가까운 곳이라고 했으니까 주변 마을에 있을 거야."

도도의 목소리가 기대에 차 있다.

"주변 마을이 한두 군데도 아닌데 어딘 줄 알고 돌아다녀? 괜히 잘 못해서 잡히면 죽을지도 몰라. 그것보다는 다시 도시로 들어가서 제라드를 기다리는 게 더 안전할 거야."

"아냐."

도도의 눈이 반짝거린다.

"방법이 있어?"

"내가 빵을 구하면서 알아봤는데, 이 근처에서 제일 예쁜 여자가 있는 곳은 '차오스'라는 작은 도시에 사는 쥴리아라고 하던데 아마……."

"제라드가 거기 있을 거다?"

"그렇지."

전혀 일리없는 말은 아니었다.

"차오스 시(市)는 여기서 반나절 거리야. 가는 동안 별일없으리라는 법이 없잖아."

"지금 가자!"

먹던 빵을 내려놓았다.

"제라드가 그렇게 보고 싶어?"

입맛이 딱 사라진다.

"우리를 지켜줄 수 있는 건 제라드뿐이야."

"으음!"

이 세상에서 나를 지켜줄 유일한 사람이 제라드라는 데는 나도 별로 토를 달고 싶지 않았다. 그리고 그의 진정한 마음을 알고부터 존경하는 마음도 조금 생기려고 하는데 도도라는 여자만 끼면 마음이 다른 쪽으로 돌고 있었다.

"그렇게 하는 거지?"

내 마음은 전혀 알아주지 않는 미운 여자다.

"생각 좀 해보고."

"생각할 게 뭐 있어?"

도도는 벌써 나무를 내려가려는 자세를 잡았다.

"그래도 오늘은 여기서 하루 자자."

"……."

주먹 빵을 뇌둔 채 나뭇가지에 기대며 팔베개를 했다. 나도 얼른 이 자리를 피해야 한다는 것은 알고 있었지만 그놈의 자존심이 슬슬 발동한 것이다.

"도도."

"왜?"

제라드를 찾으러 바로 가지 않아서 심통이 났는지 퉁명스럽다.

"한 번 말한 것은 지켜야 하는 거 아냐?"

말꼬리를 다른 데로 돌렸다.

"당연하지."

"그런데 말한 지 한 시간도 안 지나서 사람이 그렇게 바뀌나?"

"내가 뭘?"

"아까 나무 밑에서 거짓말 잘하던데."

가볍게 농담을 던졌다. 그러나 도도의 목소리가 앙칼지다.

"나무 밑에서?"

"후후후, 산에서 열매를 땄다고 했잖아."

어째 웃음이 별로다. 좀 더 자연스럽게 웃어야 장난 같을 텐데, 말하고 있는 나도 전혀 그렇게 느끼지 못하고 있었다.

"그거야 어쩔 수 없었던 거지!"

아니나 다를까, 도도가 두 눈에 쌍심지를 켜며 말한다.

"항상 정도(正道)를 걸어야 한다며?"

내 의도와 달리 풀리는 말끝에는 흥이 나지 않는다.

"시끄러!"

화를 바락 내는 모습이 괜히 씁쓸하다. 내 마음속에는 정체를 알 수 없는 어눌함이 그늘처럼 존재하고 있었다.

"그만 자자."

"……."

분위기를 풀려고 시작한 얘기가 우리 사이를 더욱 힘들게 만들어 버렸다. 밤하늘의 별은 더욱 빛을 뿜으며 초롱거리는데 나와 도도는 서로에게 등을 돌려 나뭇가지에 기댄 채 오지도 않는 잠을 청해야만 했다.

깊은 잠 속은 아닌 듯했다. 꿈속에서 들리는 달콤한 노랫소리가 한 올도 빠지지 않고 줄줄이 가슴에 새겨진다. 남자의 음성은 내가 부르는 건지, 다른 사람이 부르는지는 비몽사몽간에 자세히 알 수 없었지만 그 음률만은 내가 들어도 기분이 상쾌해졌다. 남자는 조금 느린 속도로 부드럽게 노래를 이어갔다.

나의 사랑은
봄볕이 부럽지 않아.
찰나에
세 번씩 움찔되는
심장으로
뜨겁게 솟구치는

그대의 향기가 너무도 아찔해.

맑은 눈빛의 천사로
내 곁에
누워 있는 그대.
사랑에 취해
눈이 멀고 귀가 멀어도
숨소리 한 올마다
그대의 사랑 고이 간직할 거야.

노래는 구구절절 아늑하게 울려 퍼졌다. 세상의 어떤 여자가 들어도 깜빡 넘어갈 수밖에 없는 아름다운 언어들의 조합이었다. 그러나 여자라도 다 같지는 않은가 보다.

"카론! 조용히 못 해!"

"음냐냐……."

도도는 꿈속까지 따라와서 난리다. 하지만 나의 사랑 노래는 계속해서 들리고 있었다.

"조용히 하라니까!"

감상적인 아름다움을 모르는 여자.

"음냐냐……."

도도가 소리를 지르든 말든 나는 붕 떠 있는 기분으로 잠을 즐기는 중이다.

퍽!

머리 속에서 뭔가 깨지는 소리가 들린다. 그 덕분에 아직도 잠 속에

절어 있는 두 눈을 억지로 치켜 올렸다.

쫘르르르!

별들이 보이던 나뭇잎 사이로 노란 빛이 부챗살처럼 퍼지며 눈을 간질간질 따갑게 한다. 벌써 아침인 듯했다.

픽!

또 한 번 수박 깨지는 소리가 들린다. 그런데 이번에는 그전에 들렸던 타격음에 고통까지 합해지며 내 머리로 고스란히 내려앉았다. 참을 수 없는 아픔이 전신으로 쫘악 퍼진다.

"아얏!"

비명으로 아침을 여는 사람은 별로 없을 것이다.

"조용히 하라는 소리 안 들려?"

도도가 씩씩대며 부스럭거린다.

"잘 자고 있는데 왜 그래?"

"노래 때문에 시끄러워서 잠을 잘 수가 없잖아!"

"누가 노래를 부른다고 그래?"

"카론이 부르잖아!"

"아냐!"

나는 잠결에 벌떡 일어나 앉았다.

"쉬잇!"

순간 동시에 눈을 뜬 도도가 내 입을 막는다.

"어라?"

몽한 정신 속에서도 노랫소리는 계속 들리고 있었다. 꿈속의 달콤함은 아닌 듯했다.

너무나 아름다운 그대,

영원히 머물러

내 사랑을 지켜주오.

나 또한

그대의 손 아래

무릎 꿇고 맹세합니다.

달콤한 입맞춤으로

사랑의 자유를 선물할 거라고…….

나는 머리를 힘껏 털어보았다. 분명히 우리는 잠에서 깨어나 일어나 앉아 있었다.

"카론이 아니었어?"

노랫소리는 계속 흘러나오고 있었다.

"쉿!"

도도의 입을 막으며 노랫소리가 들리는 곳으로 시선을 두었다.

"저쪽이다."

우리는 조심스럽게 이파리를 들추었다. 나무가 워낙 컸기 때문에 우리 말고도 다른 사람들이 머물고 있는 듯했다.

"으음?"

근처까지 오자 노랫소리가 멈춘다.

"도도, 조심해."

"걱정 마."

앞장서던 도도의 손이 롱 소드를 움켜잡는다.

"하나! 둘!"

천천히 나뭇잎을 들추던 도도의 어깨가 가늘게 흔들렸다. 겁이 없는 그녀였지만 어제 일로 긴장하는 듯했다.

"셋!"

마지막 카운트!

"꿀꺽!"

나 역시 손에 힘을 주었다. 순간 건너편에서 누구인지 도도보다 반 틈 정도 먼저 나뭇잎을 들추었다.

"까꿍!"

"으헉!"

도도가 너무 놀라 뒤로 넘어질 뻔했다.

"누, 누구냐?"

우리는 동시에 나뭇잎 사이로 빼꼼이 내민 얼굴을 보았다. 그 자리 에는 너무나 반가운 얼굴이 싱글거리고 있었다.

"제라드!"

내가 벌떡 일어나려다가 나뭇가지에 머리를 부딪쳤다. 오늘은 이래 저래 머리가 남아나지 않는 날이었다.

"으앙!"

도도는 아예 울어버린다. 그렇게 반가운가?

"어쩐 일이야?"

나는 스승을 빤히 쳐다보았다.

"먹이를 데리고 온다고 했잖아."

"그래도 이렇게 빨리?"

"반나절 거리인데 금방이지."

대수롭지 않게 대답한다.

“그럼 노랫소리가?”

“엉, 먹이를 재우고 있었지.”

“체!”

도도에게 맞은 머리가 아파온다.

“왜?”

“스승님 덕분에 머리 터지며 깨어나서 그래.”

“……?”

제라드가 알 수 없는 나의 푸념에 눈만 깜빡거린다.

“혹시 그 먹이의 이름이 줄리아야?”

나는 머리통을 매만졌다.

“우와! 대단한데?”

제라드가 신기한지 밝게 놀란다.

“위대해, 정말 위대해.”

나는 훌쩍대는 도도를 아무 말 없이 바라보았다.

“카론, 무슨 말이야?”

혼자 중얼거리는 내가 이상한지 제라드가 크게 미소 짓는다.

“아냐, 사랑의 힘이 굉장해서.”

“그래?”

“요즘 아주 처절하게 배우고 있어.”

단순한 성격의 ‘행동파 열혈 여성’ 도도가 머리까지 쓴 걸 보면 사랑은 분명 대단한 것이었다. 제라드가 있는 곳을 알아오려고 얼마나 고생했을까 생각하니 어젯밤에 잘해주지 못한 게 미안할 정도였다.

“도도, 괜찮아?”

나는 훌쩍거리는 도도의 어깨를 흔들었다.

"제라드, 나빠!"

"하하하!"

도도가 쉬지 않고 울고 있자 제라드가 미안한지 웃음으로 얼버무린다.

"많이 놀랐나 보네?"

"흑흑흑!"

"천하에 도도도 무서운 게 있어? 나는 그런 줄 몰랐지."

제라드는 장난친 것을 사과했다. 하기야 나도 그가 '까꿍' 할 땐 심장이 떨어져 나가는 줄 알았다. 숫제 '꼼짝 마!' 나 '죽어라!' 정도의 소리를 질렀다면 오히려 긴장하면서 괜찮았을 것이다. 전혀 분위기하고 어울리지 않는 행동이 긴장을 늘어뜨리며 나를 더욱 놀라게 했다. 그러나 도도가 우는 진짜 이유는 너무 반갑기 때문일 것이다.

"제라드, 우리 큰일 났어."

도도가 울음을 그치며 우리의 현재 상황을 설명하였다. 그녀의 얘기를 듣는 제라드의 얼굴이 점점 침울하게 가라앉는다.

"힘들게 됐네."

"콜렉터들도 '루벤스 제국' 에서는 조심해야 할 거야."

나는 반란군과 콜렉터의 관련 사실을 강조했다.

"그러게."

제라드가 고개를 끄떡였다.

"우선은 먹이부터 전송해야지."

나는 급한 일부터 처리하기로 했다.

"맞아."

도도가 맞장구치며 제라드 쪽으로 다가갔다.

"여기야."

제라드의 안내를 따라 다가간 나뭇가지에는 작은 몸의 여자가 기대
앉아 잠들어 있었다.

"우와!"

세상에는 예쁜 여자가 넘치고 있었다. 금발의 줄리아라는 먹이도 예
외는 아니었다. 감은 두 눈 위로 가지런히 올라가 있는 속눈썹이 매력
인 여자였다.

"카론."

제라드가 나를 곁으로 불렀다.

"왜?"

"어떻게 전송하는 줄은 알지?"

순간 머리 속이 까맣게 타버렸다. 그제야 '로즈 아일랜드'로 먹이를
전송시키는 당사자가 나라는 사실을 깨달았다.

"모, 몰라."

"전에 산타마에서 봤잖아."

제라드가 어깨를 들썩한다.

"그래도 몰라."

가슴이 두근거린다.

"잠을 자는데 괜찮을까?"

도도가 걱정스런 얼굴이다.

"일부러 재운 거야."

"전송하려고?"

"그래."

"우리가 여기 올 줄 어떻게 알고?"

도도는 정말 모르는지 깜찍하게 눈을 치뜬다.

"내 반지가 있잖아."

스승인 제라드는 내가 어디 있든지 찾아낼 수 있었다. 자기도 모를 리 없을 텐데 도도는 제라드에게 예쁘게 보이려고 노력 중인 것이다.

"먹이가 자면 힘들잖아?"

도도가 걱정스런 표정을 이어갔다.

"왜?"

나는 모르는 일이다.

"자게 되면 다른 생각을 할 수가 있거든."

"그렇구나."

머리 좋은 나는 금세 이해했다. 먹이는 콜렉터에 대한 순수한 사랑이 필요했다. 전송하는 순간은 더욱 콜렉터만 바라봐야 하는데 잠이 들면 꿈을 꿀 수도 있고, 다른 생각을 할 수도 있었다.

"나에 대한 사랑을 그대로 간직하고 있으니까 괜찮을 거야. 다만 카론이 입맞춤을 깊게 잘해야지."

우리의 걱정을 아는지 제라드가 안심을 시킨다.

"보통 때보다 깊게 해야 하는구나?"

도도는 이해한다는 표정이다. 하지만 생전 여자하고 입맞춤을 해본 적이 없는 나로서는 얕은 게 뭔지 깊은 게 뭔지, 또 깊으면 얼마나 깊은 건지 전혀 알 수가 없었다.

"카론, 잘할 수 있지?"

제라드는 나를 똑바로 쳐다보았다.

"글… 쎄……."

"전송하는 건 어려울 게 없어."

"어떻게?"

"먹이에게 키스를 하면 돼."

"키스?"

"카론, 키스해 본 적 있어?"

도도가 슬쩍 물어본다.

"아… 니."

왜 이렇게 떨리는 거야.

"정말이야?"

못 믿겠다는 표정이다.

"그래."

조그맣게 대답하는 내 얼굴이 화끈거렸다. 그런데 듣고 보니 도도는
키스를 해봤다는 말처럼 들렸다.

"하하하!"

제라드는 뭐가 좋은지 큰 소리로 웃는다.

"꿀꺽!"

곱게 잠들어 있는 쥴리아를 바라보았다. 그녀의 작은 입술이 무척이
나 빨갛게 느껴진다.

"키스는 입술과 입술이……."

제라드가 설명을 시작한다.

"나도 알아."

내 나이가 벌써 열여덟인데 이론으로는 빠삭했다.

"오호! 그럼 길게 말할 거 없네."

"제라드, 빨리 전송해."

도도가 재촉한다.

“꿀꺽!”

시간이 다가오는 것을 느끼며 침만 계속 목줄기를 타고 넘어갔다.

“뭐가 그리 급해?”

나는 침을 삼키며 도도를 째려보았다.

“놈들이 쫓아올지도 모르잖아.”

“카론, 도도의 말이 옳아.”

제라드까지 서두른다.

“알았어. 그래도 잠시만…….”

나는 심호흡을 했다. 더 이상 시간 끌 일이 아니었다. 어젯밤은 다행히도 추적자들이 오지 않았지만 시간이 흐를수록 그들과 만날 확률은 더욱 높아지는 것이었다.

“휴우―”

가슴을 크게 벌렸다가 숨을 빼고는 웅크렸다.

“카론, 한 번에 끝내야 해.”

제라드가 주의를 준다.

“깊게만 하면 된다며?”

“키스는 본능이 이끄는 대로 해야 해.”

경험이 정말 있는지 도도가 나선다.

“중간에 호흡이 끊어지면 안 돼!”

제라드는 차근차근 키스하는 방법을 가르쳐 주었다. 물론 여자를 ‘로즈 아일랜드’로 전송하는 키스 방법이었다.

“전송이 끝날 때까지 깊이 해야 한다는 거지?”

“맞아.”

“전송에 실패하면?”

“으음!”

제라드가 대답을 안 해준다.

“콜렉터도 죽는 거야?”

“그래.”

“똑똑한 후계자라니까.”

도도가 불쑥 나를 치켜세운다.

“그만 해.”

별로 기분이 좋지 않았다. 나의 관심은 온통 도도가 누구하고 처음으로 키스했을까에 집중되어 있었다. 이것도 간사한 남자의 마음인가 보다. 전송을 잘못해서 죽는 것은 그 다음 문제였다.

“이론은 알고 있다니까 슬슬 해보자.”

제라드의 눈빛이 반짝한다.

“처음에는 입술을 바짝 붙이고 먹이의 혀를 내 입으로 빨아들여서 깊게 물고 있어야 해.”

“카론, 너는 지금부터 그녀를 사랑하는 거야. 그 감정을 잊으면 안 돼!”

도도 역시 섬 출신이라서 그런지 먹이 전송하는 방법을 일일이 나열한다.

“알았어.”

한 번 더 침을 삼켰다.

“시작해!”

“응!”

다부지게 각오를 하고 천천히 쥴리아의 입술을 향해서 얼굴을 가까이 가져갔다. 그녀의 코끝이 가볍게 스치며 온몸에 긴장을 돋운다.

“어후!”

“왜 그래, 카론?”

기대에 차 있던 도도가 실망한 눈치다. 그녀의 관심은 내가 빨리 먹이를 전송하고 제라드의 에너지원인 ‘레드 볼’을 받는 것이었다.

“안 되겠어.”

“카론, 너무 긴장하지 마.”

제라드가 내 등을 쓰다듬는다.

“긴장은 아닌데…….”

처음에 내가 먹이를 보내야 한다고 할 때 무척 긴장한 것은 사실이었다. 침도 굵게 넘어가고 몸도 몸살 걸린 듯 떨리고 했다. 하지만 어차피 할 거라서 그런지 긴장은 많이 사라지고 없었다. 다만 내가 태어나서 첫 키스라는 사실이 탐탁지 않았다.

“키스를 못할 거 같아?”

“…….”

나는 대답을 하지 않고 도도를 바라보았다.

“키스를 못하는 것이 아니고…….”

첫 키스만은 사랑하는 여자와 하고 싶었다.

“그럼 뭐야?”

콜렉터가 된다면 수많은 여자들하고 입을 맞출 텐데 내 생애 처음은 꼭 사랑하는 여자에게 주고 싶었다. 하지만 비밀스럽게 갖고 있던 나만의 각오를 말할 수는 없었다.

“다시 해볼게.”

뒤통수로 제라드와 도도의 시선이 느껴졌다. 그들의 숨소리가 고르지 않게 흐르고 있었다. 한 번의 실수도 용납할 수 없는 순간이었다.

“…….”

먹이의 속눈썹이 파르르 흔들린다.

“후우~”

나는 다시 고개를 들었다. 아무래도 자신이 없었다.

“바보! 그것도 못해!”

도도가 나를 몰아붙인다.

“제라드, 뭐 하나 물어봐도 돼?”

“그럼.”

제라드는 부드럽게 대답했다. 나의 힘든 마음을 달래주려는 듯한 음성이었다.

“키스부터 배우는 후계자가 있어?”

“아마 카론이 처음일걸.”

“아무튼 나만 특별나구나.”

후계자가 된 후를 돌아보면 나의 삶은 절대 평탄치가 않았다. 도도의 신념이라는 정석적인 삶이었다면 다른 후계자들처럼 ‘로즈 아일랜드’에서 제대로 된 수업을 배울 텐데, 나는 완전히 ‘특수 용병 콜렉터’였다.

“도도.”

제라드가 도도를 불렀다.

“엉?”

“카론하고 키스해.”

“뭐?”

도도는 제라드의 말을 제대로 못 알아들은 듯했다. 나 역시 어리벙벙하게 스승을 바라보았다. 말을 꺼낸 당사자는 별거 아니라는 표정이었다.

"제라드, 도도랑 키스하라고?"

정말인지 확인이 필요했다.

"그래, 먹이를 전송하듯이 해봐."

깊숙이 혀를 물고 있으라는 말이었다.

"싫어!"

도도가 펄쩍 뛴다. 당연히 그럴 것이다. 이유야 어쨌든 사랑하는 남자 앞에서 다른 남자와 키스를 하다니, 있을 수도 없는 일이었다.

"나도 싫어."

마음이야 굴뚝같았지만 나 싫다는 여자와 억지로 하고 싶지는 않았다. 생긴 것은 이래도 자존심 하나로 버텨온 나다.

"도도는 왜 싫어?"

제라드가 도도부터 문책한다.

"사실은……."

울음을 터뜨리면서 제라드에게 사랑 고백을 할 것이다. 그러나 내 판단은 여지없이 무너지고 말았다.

"사실은……."

도도는 주춤거리며 처음 한 말만 되풀이했다.

"사실은 뭐?"

"나도 키스를 해본 적이 없거든."

얼굴이 빨개진다.

"도도는 먹이 역할이니까 눈만 감고 있으면 돼."

"…알았어."

나는 멍하니 도도를 바라보았다. 언제나 내 기대와 다르게 빠져나가는 그녀가 다시 예뻐 보이려고 한다.

"카론은 왜, 싫어?"

"아냐… 난 좋아……. 다만……."

도대체 뭐라고 변명해야 할지 생각이 나지 않는다.

"좋아, 그럼 빨리 키스해 봐."

제라드가 나의 손을 잡아끌었다.

"도도, 괜찮겠어?"

나는 도도의 마음이 걱정이다.

"카론이나 잘해. 나는 눈만 감고 있으면 되잖아."

"어… 엉."

내가 잘못 알고 있는 듯하다. 키스란 게 사랑하는 사람하고 하는 것이 원칙인데 제라드는 그렇다고 해도 도도까지 별거 아닌 듯 말하니 이해가 되지 않았다. 설령 사랑하는 남자를 위해서 그녀 한 몸 바친다 해도 비장한 각오가 보여야 했다. 그러나 도도는 커다란 눈을 똑바로 뜨고 내가 키스하기만을 기다렸다.

"그럼 한다?"

나는 도도의 어깨를 잡았다.

"알았다니까."

도도가 나를 말똥말똥 쳐다본다

"눈 감아야지."

"엉."

"……."

숨소리가 뜨겁게 다가온다.

'도도.'

나도 눈을 감으며 도도의 이름을 마음속으로 계속 불렀다. 그녀를
사랑하고 있는 내 마음을 전해주고 싶었다.

'도도……'

가슴이 울렁거린다.

"으음!"

도도의 이름을 몇 번쯤 불렀을 때 입술로 촉촉한 떨림이 닿아왔
다.

"아……."

뜨거운 기운이 확하고 지나간다.

'사랑해!'

나는 조금 더 입술을 밀착했다.

"……"

도도의 입술이 약간 벌어졌다. 순간 가슴이 답답해지며 머리로 불덩
이가 내려왔다.

"아악!"

얼마나 시간이 지났는지 모른다. 겨우 떠 보는 시야로 제라드와 도
도가 뿌옇게 나타났다.

"카론, 괜찮아?"

"어… 떻게 된 거야?"

나는 일어나 앉으며 입을 열었다.

"기절했었어."

"정말?"

할 말이 없다. 아무리 키스가 처음이라서 긴장했다곤 하지만 기절까

지 하다니, 내가 생각해도 내 자신이 한심했다.

"섬에서 후계자를 부르고 있어."

"응?"

"내가 먹이를 보낸 지 한 달이 다 되어가니까 신호를 주는 거야."

"그래서 기절한 거야?"

"엉, 카론."

제라드는 내가 기절한 이유를 간략하게 설명했다.

"그래도 보통은 한 달이 지나야 신호가 오는데 섬에 무슨 일이 있나?"

"나도 연락받은 거 없어."

도도가 제라드의 시선을 받아넘긴다.

"무슨 신호가 기절할 정도로 와?"

"카론이 아직 적응하지 못해서 그래."

"이젠 정말 시간이 없네."

도도는 나를 잡아끌었다.

"다음 신호가 오기 전에 얼른 먹이를 전송해야 해. 만일 다음 신호까지도 먹이를 전송하지 않으면 섬에서 귀환을 시키지. 그때 후계자도 함께 가는 거야."

제라드가 나한테 계속 설명했다.

"그러면 제라드는 죽는 거네?"

"하하하!"

죽는다는 사실을 웃음으로 대답한다.

"자, 자!"

도도가 어수선한 분위기를 바로잡았다.

“카론, 빨리 하자.”

둘이 동시에 서두른다.

“알았어.”

나는 투덜거리며 먹이인 줄리아 앞으로 갔다.

“하필이면 그때 신호가 오고 그래?”

“깊이 해야 해.”

제라드가 주의 사항을 재차 강조했다.

“푸우~”

도도와의 첫 키스가 너무 아쉬웠다. 다시는 이런 기회가 없을 것이다. 하지만 이런 상황에서도 내 잔머리가 돌아가는 것을 보면 신기했다.

“제라드.”

잔머리 시작.

“아직도 못할 거 같아?”

제라드의 걱정스러운 표정.

“다른 게 아니고 감정이 안 살아서 그래. 사랑하는 느낌 그대로 해야 한다며?”

능청스러운 연기.

“그렇지.”

“도도하고 다시 한 번 키스해 볼게.”

정곡을 찌르기.

“그러면 될 거 같아?”

“도도를 사랑하지는 않지만 그래도 먹이보다는 나을 거 같아서……. 그리고 안 돼도 해보는 거지 뭐.”

속마음을 숨기며 도도의 눈치를 슬그머니 보았다.

"시간없는데……. 알았어, 빨리 해봐."

언제 봐도 막힘없이 시원시원하다.

"그래."

나는 다시 도도의 어깨를 잡았다. 심호흡을 크게 하고 조금 전에 했던 대로 도도의 이름을 사랑한다는 단어와 함께 마음속으로 수없이 뇌까렸다.

"으음!"

역시 사랑은 쉽게 수그러들지 않았다. 촉촉한 감촉이 입술에 닿으며 살짝 벌어지는 도도의 입술을 나는 놓치지 않았다. 그리고는 깊은 입맞춤. 먹이의 역할을 자처한 그녀였기에 연인끼리 주고받는 뜨거운 감정을 느낄 순 없었지만 나 혼자 그 순간을 간직하기에는 부족함이 없었다.

"……."

첫 키스의 느낌은 어지러움이었다. 그리고는 온몸이 찌릿거리며 전기가 흘러 다녔다. 하지만 그뿐이었다. 더 이상의 별다른 징후는 나타나지 않았다. 평소에 가졌던 달콤한 환상도 없었다. 그저 정신만 멍해 시간만 흐를 뿐이었다.

"이제 실전을 해봐!"

그렇게 시간이 흐를 때 도도가 나를 밀쳐 냈다. 이상한 것은 아무 감정이 없던 그녀의 호흡이 빨라졌다는 것이다.

"알았어."

나는 무안한 표정으로 도도를 바라보았다. 그녀의 얼굴이 붉게 달아 올라 왔다.

"카론, 침착하게 해라."

제라드가 내 등을 몇 번 두드려 준다.

"걱정 말아."

나는 제라드를 안심시키며 도도를 또 한 번 바라보았다

"잘… 해."

도도가 입술을 깨문다. 그녀는 알지 못할 감정 변화를 일으키고 있었다.

"감정을 잃지 않게 손을 잡아줘."

"그래."

내가 내민 손을 도도가 꼭 쥐었다.

찌리리리!

키스할 때도 느끼지 못했던 숨 가쁜 감정이 그녀의 손을 통해 내 몸으로 들어왔다.

'도도……'

나는 눈을 감으며 쥴리아에게 다가갔다.

"으음!"

잠을 자고 있는 쥴리아의 작은 입술은 깔깔했다. 그러나 무미건조한 그녀의 입술을 크게 개의치 않았다. 먹이는 이미 내가 사랑하는 여자가 되어 도도라는 이름으로 내 마음속에서 불리는 중이었다. 그 여자는 조그마한 손을 통해 따뜻하게 나를 감싸 안고 있었다.

대
리
인

온몸에 벌레가 기어다니는 착각이 들었다. 흐물흐물 녹아들어 가는 여자의 입술은 묘한 감정을 불러일으킨다. 입 안에서 뭉클뭉클 씹히는 비릿한 역겨움이 물밀듯이 폐부로 스며들어 왔다. 사랑하는 여인을 그리며 시작한 먹이 전송은 시간이 지나면서 강력한 인내력을 필요로 했다. 제라드의 생명이 걸린 일이긴 했지만 두 손을 꼭 쥔 도도의 느낌이 아니었다면 벌써 자리를 박차고 일어났을 것이다. 그만큼 먹이 전송은 정신적인 고통이 수반되는 어려운 작업이었다. 긴 시간은 아니었지만 내 몸뚱이는 온통 땀으로 범벅되어 있었다.

"카론, 그만 됐어."

도도가 쥐고 있던 손을 슬쩍 뺀다.

"수고했어."

제라드는 손수건으로 내 이마의 땀을 닦아주었다.

“다 된 거야?”

입술을 깨물고 있는 내가 감았던 눈을 떴다. 제라드와 도도가 밝은 모습으로 나를 쳐다보고 있었다.

“이게 무사히 내 손에 있잖아.”

제라드가 ‘레드 볼’을 쥐고 흔든다. 정식 교육도 받지 않은 상태에서 처음 시도한 먹이 전송이 성공한 것이다. 내가 생각해도 참으로 기특한 일이었다. 하지만 모든 공을 다른 사람에게 돌리고 말았다.

“전부 도도 덕이야.”

나는 사랑스런 눈빛을 도도에게 주었다. 그녀도 싫지 않은지 방글거리며 쓸데없는 내 걱정을 해준다.

“속은 괜찮아?”

몽롱한 정신 속에 잠시 잊고 있던 고통의 끝자락이 목구멍을 통해 수직으로 올라왔다. 도도는 내 걱정을 해준 게 아니라 약을 올린 것이다.

“우엑!”

헛구역질이 쏟아지며 먹이 전송할 때의 스멀거리던 역겨움이 흐릿한 망상처럼 머리 속을 콕콕 찔렀다.

“조금 지나면 괜찮을 거야.”

제라드의 위로에도 불구하고 비릿한 냄새는 쉽게 가시지 않았다.

“우엑!”

“그만 해. 남자가 그 정도도 못 참으면 어떡해?”

내가 누구 때문에 이 고생을 하는데 위로는 못할망정 핀잔까지 주고 난리다.

“도도는 가만히 있는 게 나 도와주는 거야.”

얄미웠다.

"콜렉터가 되려면 다 겪어야 하는 거야."

"여자면서 어찌 그리 잘 아누?"

아무리 섬 출신이라도 콜렉터가 될 수 없는 도도였다.

"도도는 '로즈 아일랜드'에서 왔지."

제라드는 내가 도도의 비밀을 모르는지 아나 보다.

"나도 알아."

"그래?"

"내가 말했어."

"정말?"

제라드가 도도를 놀란 눈으로 바라보았다.

"왜 그렇게 놀라?"

나는 부글거리는 배를 동글동글 어루만지며 궁금증을 들이밀었다.

"도도는 '바튼 성의……."

"제라드, 섬의 비밀은 말하지 않는 걸 텐데?"

도도가 낮은 목소리로 눈을 흘긴다. 어제 광대로 분장했던 브론즈 콜렉터도 도도의 정체를 알아채면서 '바튼 성'의 존재를 말했었다.

"아구구, 꽤 무서운데?"

제라드가 벌벌 떠는 시늉을 한다.

"제라드!"

"하하하!"

제라드가 큰 소리로 웃었다.

"맨날 사람을 놀리고 그래?"

"놀리긴……."

"그게 놀리는 거 아냐?"

도도가 다시 한 번 쩡하게 노려본다.

"있는 그대로를 말해 주는 거지. 이제부터 카론도 우리 식구니까 알 건 알아야 해. 그래야 어디를 가든 실수하지 않지."

"맞아, 나도 바튼 성을 알아."

나는 어제 브론즈 콜렉터에게 들은 얘기를 했다.

"그럼 말하기가 더 편하네."

도도이 얼굴이 별로 좋지 않다.

"섬의 비밀을 말하는 순간 무서운 벌이 내릴 거야."

"그런 일은 없을 거야. 도도의 비밀을 말하지 말라는 규칙은 없거든."

"우씨!"

"하하하!"

나는 두 사람의 잡담이 얼른 끝나기만을 기다렸다. 도도의 비밀이 곧 밝혀질 거라는 사실이 내 마음을 들뜨게 했다. 먹이를 전송하는 순간 내가 도도를 사랑하고 있단 사실을 확실히 알게 되면서부터 그녀에 대해서 더욱 많은 것을 알고 싶었다. 특별히 다른 뜻이 있는 것은 아니지만 그렇게 해야 그녀와 좀 더 가까워질 수 있을 듯했다. 아마 나뿐만 아니라 사랑하는 사람들은 모두 그런 생각일 것이다.

"빨리 말해 줘봐!"

인간성 좋게 기다리던 내가 소리를 지르고 말았다. 조금만 더… 조금만 더 하면서 기다리기에는 쓸데없는 말싸움이 길어지고 있었다. 아마 성질 급한 사람은 혈압 때문에 쓰러졌을 것이다.

"카론, 이제 속은 괜찮아?"

도도를 슬슬 약 올리고 있던 제라드가 나를 툭 친다.

"우~"

순간 뱃속이 울렁거린다.

"오잉?"

두 사람이 긴장하며 나를 바라보았다. 그러나 더 이상의 헛구역질은 올라오지 않았다.

"커~억!"

나는 구역질 대신 올라온 트림을 쏟아냈다.

"아휴! 이제 좀 괜찮네."

"카론, 매번 힘들겠지만 그것도 시간이 지나면 곧 익숙해질 거야."

"엉."

세상의 모든 일들은 꿈을 꿀 때와 현실에서 대할 때와는 큰 차이가 있는 듯했다. 여러번의 경험으로 콜렉터가 황홀한 상상만은 아닌 것을 오싹할 정도로 느끼고 있었다.

"처음치고는 금방 좋아지네?"

제라드가 기특한지 따뜻한 눈빛을 보여준다.

"카론은 워낙 비위가 좋아."

"그래도 '스메드 가' 의 아드님께서 아무거나 먹을 리는 없지."

"아냐."

"아냐?"

"먹는 걸 보면 그 신분이 의심스럽다니까."

도도는 나를 걸고넘어졌다. 제라드의 말펀치에 당한 분풀이를 기어이 나한테 하려는 모양이다. 한 번도 먹는 것 가지고 시비를 건 적이 없는 그녀였다.

“내가 뭘?”

“먹는 건 그렇잖아.”

“참말로, 언제는 많이 먹으라고 떠밀기까지 하구선.”

“그거야 살 뺀다고 굶으니까 그런 거지.”

말싸움의 대상이 내 쪽으로 흐르고 있었다. 지금 내가 알고 싶은 것은 도도의 신분이지만 그렇다고 물러설 수는 없었다. 이건 사랑하고는 또 다른 차원의 생존이었다. 여기서 밀리면 내 자존심까지 무너지는 것이다.

“그러게 그냥 굶게 놔두지 왜 먹으라고 난리였어?”

“괜히 굶어서 쓰러지면 그 덩치를 누가 업어?”

단순해서 말 짧은 거 좋아하는 여자가 나하고 말할 때는 결코 물러섬이 없다.

“누가 업어달랬어?”

“제라드를 만나려면 할 수 없잖아!”

“이게?”

별거 아닌 말장난이 감정 싸움으로 가고 있었다. 도도가 제라드를 어떻게 생각하든 나만 그녀를 사랑하면 되는 것이지만 그녀와 제라드가 연결되는 것을 듣거나 보고 싶지는 않았다.

“이봐, 두 사람!”

제라드가 잽싸게 끼어들었다.

“왜?”

나와 도도는 서로를 노려보며 입을 악다물고 대답했다. 그 기세가 너무 강했던지 제라드가 주춤 물러난다.

“다른 게 아니고…….”

눈치까지 살핀다.

"뭔데?"

나와 도도는 이런 거나 척척 맞고 있다.

"둘이 더 싸우고 있으라고. 히히히!"

하얗고 잘생긴 얼굴이 천진난만하게 웃는다.

"……?"

"……?"

"난 식사나 하고 있을게."

제라드가 '레드 볼'을 흔들었다.

"알았어, 어서 식사나 해."

"나한테 신경 쓰지 말고 둘이 하던 거 마저 해."

손을 좌우로 흔들며 우리를 싸우라고 부추긴다. 그의 초록 눈동자에 장난기가 가득하다.

"하하!"

괜한 웃음이 튀어나왔다. 빵빵한 공에서 바람 빠지는 기분이 이럴 것이다.

"도도, 우리도 그만 하자."

말싸움은 일단 접기로 했다. 예전 같았으면 끝장을 보는 내 성격에 사생결단 냈겠지만 도도의 검은 눈만 보면 마음이 약해지는 건 어쩔 수 없었다.

"카론, 미안해."

도도가 먼저 사과를 한다. 상상도 못한 일이었다. 자신의 잘못도 변명거리가 없어야 겨우 인정하던 그녀가 너무 쉽게 물러선다.

"미안은, 오히려 내가 속이 좁아서……."

그렇다고 나는 또 이게 뭐야?

"카론, 다시는 먹는 거 가지고 뭐라 안 할게."

"언제 뭐라 한 적도 없잖아."

내가 눈에 힘을 풀고 도도를 쳐다보았다. 일부러 그런 건 아닌데 느닷없이 가슴이 찡하면서 눈에서 기운이 빠져나갔다. 그러자 그녀가 당황한다. 아무튼 우리 둘 다 키스하고 난 후 손을 잡으면서부터 조금은 달라져 있었다.

"엉… 오늘은……."

도도의 어색한 눈길이 제라드에게 향했다.

"제라드!"

"어, 어?"

'레드 볼'을 먹으려던 제라드가 도도의 갑작스러운 호통에 깜짝 놀란다.

"모두 제라드 때문이야!"

"이런!"

순간 제라드가 낭패한 얼굴을 했다. 그러나 내 눈길을 피하려는 도도의 카랑거리는 목소리는 줄지 않았다.

"그러게 섬 얘기는 왜 꺼내 가지고……."

"도도, 잠깐만!"

나는 도도를 말리며 작은 손짓으로 제라드를 가리켰다. 그는 심각한 표정으로 나무 아래쪽을 바라보고 있었다.

"왜 그래?"

"도도가 눈을 크게 뜬다.

"하하하! 아가씨의 우렁찬 목소리에 놀라서 '레드 볼'을 떨어뜨

렸어.”

제라드가 살짝 미소를 짓는다.

“떨어진 거 보여?”

나는 나뭇잎을 들춰가며 우리가 앉아 있는 가지 아래를 두리번거렸다.

“몰라.”

“그럼 얼른 찾아야지.”

“밑에 어디 있겠지.”

제라드는 여유를 보여주었다.

“어차피 여기서 오래 있을 수는 없으니까 내려가면서 찾아보자.”

나는 나뭇가지를 밟아가며 먼저 아래로 내려왔다.

“카론, 보여?”

뒤에서 쫓아오는 도도가 물어본다.

“아니!”

“꼼꼼히 찾아봐!”

“혹시 내가 못 보고 지나쳤을 수도 있으니까 도도하고 제라드도 잘 살펴봐!”

“알았어.”

우리는 서로 말을 주고받으며 나무를 내려오고 있었다. 그러나 제라드가 떨어뜨린 ‘레드 볼’은 어디에도 없었다.

“어디로 떨어진 거야?”

나는 중얼거리며 천천히 나무를 내려왔다. 위에서는 도도가 연신 ‘찾았어?’를 외치며 박자를 맞춰 따라오는 중이었다. 이미 내가 지나간 자리에는 아무것도 없는 것이 확실한 모양이다.

"정말 없네?"

나무 아래까지 내려온 나는 땅바닥을 두리번거렸다. '레드 볼'은 엄지손가락 크기의 빨간 알약이었다. 조금만 신경을 쓰고 보면 쉽게 찾으련만 보이지가 않았다.

"저쪽으로 떨어졌나?"

이번에는 나무 뒤로 돌아갔다. '레드 볼'이 떨어지면서 이리저리 쿵쾅쿵쾅 부딪치며 내려왔다면 다른 곳에 있을 수도 있었다.

"어디 보자."

뒤쪽으로 돌아간 내가 무릎을 꿇고 나무 밑을 찾으려는 순간이었다. 무엇인가 나를 딱 가로막는 거대한 물체가 짙은 그림자를 드리웠다.

"누구?"

"……!"

"어헉!"

나는 말을 잇지 못했다. 생각이 항상 앞서가는 나에게는 충격적인 일이었다.

"카론, 어디 있어?"

"도… 도도……."

"어디 있냐니까?"

"여, 여기야."

"왜 그렇게 말을 더듬어?"

어느새인가 내 뒤로 다가온 도도가 짜증 섞인 핀잔을 늘어놓았다. 하지만 나의 관심은 오로지 내 앞에 서 있는 거대한 방문객이었다.

"제라드……."

내가 어쩔 줄 모르고 제라드를 쳐다보았다.

“나도 같은 생각이다.”

제라드가 고개를 끄떡인다.

“그럼 이제 어떡해?”

답답할 노릇이었다. 잃어버린 ‘레드 볼’ 을 콜렉터가 어떻게 찾는지 배운 적이 없는 나로서는 당연했다.

“둘이 무슨 소리 하는 거야?”

도도는 우리의 생각을 읽지 못하나 보다.

“저거…….”

“뭐?”

도도는 의아한 표정으로 우리 앞에 떡 버티고 서 있는 네 발 달린 짐승을 물끄러미 바라보았다. 그 짐승이 아주 친근한 목소리로 우리를 환영해 준다.

음매~

눈망울이 선한 젖소였다. 목에 방울이 보이지 않는 것으로 봐서 떠돌이 소인 듯했다. 보통 사육하는 소는 목에 농장의 이름이 새겨진 방울이 달려 있다.

“혹시?”

도도가 감을 잡은 듯하다.

“저 소가 ‘레드 볼’ 을 먹은 게 틀림없어.”

나는 확신했다.

“주변에 없는 것을 보니 카론의 말이 거의 맞는 거 같네.”

제라드는 내 생각에 동의했다.

“아휴~”

도도는 털썩 주저앉았다. 모든 고생이 수포로 돌아가는 순간인데 기운 빠지는 것은 당연했다.

"정말 미치겠네."

겨우 먹이를 전송해서 얻은 '레드 볼'이었다.

"너무 걱정 마."

노란 머리칼을 쓸어 올리는 제라드의 엷은 미소가 왠지 서글펐다. 3일 정도 남은 시간 동안 먹이의 진정한 사랑을 얻어서 전송까지 한다는 것은 불가능했다.

"제라드."

"카론."

우리는 알게 모르게 끈끈한 정으로 통하고 있었나 보다. 굳이 말을 하지 않아도 서로의 마음을 느낄 수 있었다.

"카론, 너는 잘할 수 있어."

"그래, 나도 제라드처럼 훌륭한 골드 콜렉터가 될 거야."

"물론 그래야지. 그런데 당장은 그게 아니고……."

"……?"

"저 소를 전송해야 해."

"뭐, 뭐?"

"그래야 '레드 볼'을 다시 받을 수 있거든."

"그, 그럼 저 소하고 키스를?"

제라드가 고개를 끄떡이며 내 어깨에 기운을 실어주었다.

"호호호!"

도도가 배를 잡고 웃어 젖혔다.

"히히히!"

제라드도 입을 가리고 억지로 참는다.

"뭐가 그리 좋아?"

나는 인상을 찡그렸다.

"아냐, 미안."

제라드는 숨을 고르며 손을 저었다. 하지만 도도는 나오는 웃음을 멈출 수 없나 보다. 그냥 놔두면 땅바닥으로 구를 기세다.

"저 소하고……."

도도가 손가락으로 잠시 소를 가리킨다. 무슨 상상을 하는지 더욱 큰 소리로 허리가 휘어져라 깔깔거린다.

"우습잖아. 호호호!"

"으그!"

하루에 수십 번도 사람의 마음을 간사스럽게 만드는 여자였다. 이럴 땐 사랑이고 뭐고 한 대 콱 쥐어박고 싶었다.

음매!

젖소는 사람들끼리 바글바글 떠드는 소리가 신경에 거슬렸는지 길게 울음을 뽑는다.

"호호호! 소도 카론하고 키스하기 싫은가 봐."

"그만 해."

"호호호! 소도 보는 눈이 있다니까."

"그만 하라고 했다!"

"소도 불쌍하지, 어쩌다가 '레드 볼' 은 먹어가지고서……. 호호호!"

"야!"

나는 찡하게 도도를 노려보았다. 그러나 그녀의 무딘 신경이 내 마음을 헤아려 줄 리 없었다. 그때 웃음을 겨우 그친 제라드가 나를 위로한답시고 한마디 한다.

"그래도 암소라 다행이다."

"으그그그!"

아마 나에게 손이 두 개인 이유는 제라드와 도도를 한꺼번에 응징하라는 신의 뜻일 것이다.

음매—

내 뒤로 다가온 젖소가 또 한 번 울어 젖힌다. 그 입이 얼마나 크던지 온몸의 기운이 쭉 빠져나간다.

"아이고, 내 팔자야."

일이 꼬이고 꼬여 후계자라는 미명 아래 제라드의 대리인으로 삶을 살게 됐지만 초장부터 엉망진창이었다. 콜렉터가 무슨 수의사도 아니고 젖소 입에 키스, 아니다, 솔직히 키스보다는 머리를 통째로 집어넣는 묘기라는 말이 맞을 것이다.

"저리 가!"

나는 소를 밀쳐 냈다. 그러나 눈치없는 이놈의 순한 동물은 내 손길이 따뜻한지 더욱 내 등에다가 머리를 비벼댄다.

"비키라니까!"

뒤돌아 앉아 소를 발로 걷어찼다. 그러자 놈이 머리를 흔들며 거친 숨소리를 낸다.

푸르르!

"왜 그러는데?"

겁이 덜컥 났다. 혹시 화가 난 젖소가 커다란 몸으로 들이박는다면 나는 끽소리도 못하고 쫙 뻗을 것이다. 아니나 다를까, 나쁜 상상은 꼭 현실로 나타나던 내 경험을 확인이라도 시켜주듯 소가 머리로 나의 가슴을 가볍게 들이박았다.

"으악!"

충격은 별로 없었지만 나는 기겁하며 비명과 함께 벌러덩 뒤로 자빠졌다. 그제야 웃고만 있던 도도와 제라드가 걱정스런 모습으로 달려온다.

"카론!"

"괜찮아?"

소는 다른 사람들의 움직임에는 아랑곳없이 고개를 더욱 숙이고 내 얼굴을 이리저리 살피기에 바빴다. 침까지 뚝뚝 흘리는 모습을 더 이상은 볼 수 없어 질끈 눈을 감아버렸다. 이마부터 흐르는 끈끈한 느낌이 전율로 다가왔다.

푸르르!

한 번 더 되새김하듯 입을 푸는 소리가 들렸다. 그리고 얼마 뒤 무엇인가 껄껄하면서도 축축한 감촉의 넓은 가죽이 내 안면을 한꺼번에 쓸어 올린다.

쓰으윽!

한 번 더…….

쓰으윽!

소름이 오돌도돌 일어났다.

"……."

슬쩍 눈을 떠보니 젖소의 커다랗게 쩍 벌어진 입 사이로 굵은 혀가 천천히 흔들거리고 있었다. 그 뒤로는 도도의 웃음이 다시 이어졌고, 제라드는 그녀의 달갑지 않은 웃음에 박자를 맞춘다.

"호호호!"

"소가 카론이 마음에 드나 보네."

“그러게.”

두 사람에게 답사를 보내듯 소까지 나서서 난리다.

음매―

“시끄러!”

나는 소를 밀치며 일어나 앉았다. 그러나 두 사람의 말대로 내가 마음에 들었는지 오히려 소는 악다구니를 쓰는 나에게 더욱 친근감을 표시했다.

날름날름!

쉬지 않고 거친 혀로 나를 핥아댄다.

“저리 가!”

두 손으로 소의 머리를 힘껏 밀어보지만 별 효과는 없었다.

음매―

소는 더욱더 나에게 달라붙고 있었다. 그때 제라드가 흩어졌던 주변을 정리하며 긴장된 얼굴을 한다.

“카론, 얼른 시작해라.”

도대체 저 인간은 뭐가 참모습인지 알 수가 없었다. 어떨 때는 냉정하게 일 처리를 하다가도 지금처럼 생명이 달린 급한 일에서는 오히려 여유를 보이며 장난이나 치는, 조금은 나잇값을 못하는 철부지 같은 모습이다. 내 처지를 걱정할 정도로 정도 많고 남자치고는 수다도 심한 그를 정확히 파악하려면 조금 더 오랜 시간이 필요할 것 같았다. 하지만 언제나 변함없이 단순한 여자는 아직도 배를 잡고 웃고 있었다. 분위기 파악을 전혀 못하고 있는 것이다.

“호호호!”

아니나 다를까, 제라드에게 한소리 듣는다.

"도도, 그만 웃어!"

"……?"

도도가 이해하지 못하겠다는 표정이다. 하지만 곧바로 손으로 입을 가리며 웃음을 멈추었다. 그녀에게 제라드는 신 같은 존재였다. 아직은 아무 말 하지 않고 있었지만 그가 도도를 피해 또 도망갈지 모르는 일이었다.

"카론, 준비됐으면 키스해."

"아, 알았어."

한 사람의 목숨을 살려주는 좋은 일이라고 생각하는데 어째서 남을 대신해서 사는 인생은 왜 이렇게도 힘이 드는지 모르겠다.

음매―

소도 자신의 처지를 아는지 머리를 내 얼굴에 바짝 갖다 댄다.

"후흡!"

일단 숨을 쉬지 않기 위해 바깥 공기를 크게 들이마셨다. 그래야 소의 입 냄새를 견딜 수 있을 것 같았다. 그리고 얼른 소의 주둥이를 잡고 키스를 했다.

푸르르!

나의 갑작스러운 행동에 소가 놀라며 뒷걸음질쳤다. 그러나 나는 어떡하든지 놈의 혀를 물어야 한다. 곁에서 보고 있던 두 사람도 긴장했는지 주변이 잠잠해졌다.

"쭈우욱!"

겨우 소의 혀를 물려는 찰나였다.

"우리 소하고 뭐 하시는 거예요?"

여자의 작은 목소리가 내 귀를 간질인다. 그러자 소가 나를 밀치며 목소리의 주인공에게 달려갔다.

“푸하!”

결정적인 순간을 놓친 나는 잠깐 멈췄던 숨을 내쉬었다.

“잠깐!”

제라드가 재빠르게 여자에게 달려갔다.

“저희는 소 도둑이 아닙니다.”

“그… 럼요?”

열여섯 살가량의 소녀의 손에는 조그마한 뿔피리가 들려 있었다. 아마 우리를 소 도둑으로 보고 사람들을 부르려고 한 것 같았다.

“이 친구가 소를 너무 사랑해서 그런 겁니다.”

“……?”

미심쩍은 표정으로 나를 바라본다.

“그러니까 소하고 입맞춤도 하죠.”

이번에는 도도가 나섰다.

“예.”

소녀가 예쁜 여자의 말은 그래도 믿는 듯이 보였다. 경계의 눈빛은 여전했지만 그녀의 표정이 조금은 풀리고 있었다.

“소에 방울이 달려 있지 않아서 실수를 한 것 같네요.”

“다른 곳에서 데려온 지 얼마 안 돼서 아직 방울을 달지 못했어요.”

“혹시 그레타 아가씨 아니세요?”

제라드가 느닷없이 소녀를 아는 척했다.

“아… 뇨.”

소녀가 더듬거린다.

“그래요?”

제라드는 의외라는 표정.

"그레타 아가씨가 누군데?"

도도가 여자 이름 때문인지 민감하게 반응했다.

"자레타누에서 제일 아름다운 아가씨지."

"……?"

나는 소의 여운이 남아 있던 입을 닦으며 소녀를 쳐다보았다. 도도에게 중독이 되어서 그런지 썩 예쁘다는 느낌은 들지 않았지만 코가 오똑한 귀여운 아가씨였다.

"그레타 아가씨는 제가 모시는 분이세요."

소녀는 얼굴을 붉힌다. 예쁘다는 칭찬이 싫지 않은가 보다.

"아하!"

"저는 소냐라고 합니다."

"죄송해요. 아가씨가 너무 예뻐서 실수를 했네요."

"아, 아니에요."

얼굴이 더욱 붉어진다.

"소냐님이 워낙 예쁘기도 하지만 몸에 밴 기품이 너무 청초해서 당연히 그레타 아가씨라고 생각했어요."

"그렇게 봐주셨다니 감사합니다."

소냐가 어쩔 줄 몰라 한다. 앞에 서 있는 노란 머리의 잘생긴 남자가 그녀의 가슴을 쿵쾅거리게 만들고 있었다.

"우리도 '자레타누 시(市)' 로 가는 중이죠."

"정말요?"

소냐가 반색을 한다.

"예."

제라드가 능청스럽게 대답했다.

"저도 집으로 돌아가려는 참이었어요. 소 먹이를 다 먹였거든요. 이 녀석이 안 보여서 찾다가 여기까지 온 거예요."

소냐가 빠르게 말을 했다.

"그럼 같이 가죠."

"저쪽에 소들이 있는데 데려올 테니까 잠시만 기다려 주세요."

"예."

제라드는 얼굴 가득 미소를 지었다. 그 모습을 바라보는 소냐는 쓰러지기 직전이었다.

"참!"

소들에게 가려던 소냐가 걸음을 멈춘다.

"무슨 일……?"

"이놈 좀 봐주세요."

"하하하, 여기 신랑이 있으니까 걱정 마세요."

제라드는 나에게 윙크를 했다. 그때 젖소가 슬그머니 내 쪽으로 다가오더니 괜히 툭 하고 건드린다. 머리를 좌우로 흔들던 놈이 얼굴을 핥으려 머리를 들이밀었다.

음매—

"하하하, 소가 부끄러운가 보다."

나를 골려먹는 게 저리도 좋을까?

"아, 예, 그럼 금방 다녀올게요."

무슨 말이지도 모르는 소냐가 허둥지둥 달려갔다. 그녀의 관심은 오로지 제라드에게만 쏠려 있을 것이다.

"그 여자를 어떻게 알아?"

도도가 저만치 사라지는 소냐를 보며 제라드에게 묻는다.

"전에 먹이를 고를 때 '유스레오 시' 근처에서 쥴리아하고 그레타라는 여자가 제일 예쁘다는 소리를 들었는데 거리상으로 쥴리아가 살던 '차오스 시'가 가까워서 그리로 갔던 거지."

'유스레오 시'의 외곽에는 작은 도시들이 많았다. 수도를 지키는 군사적인 목적의 위성도시들이었다. 그중 차오스와 자레타누가 가장 커다란 곳이었다.

"한마디로 그냥 찍은 거네?"

"그렇지. 운이 좋아서 맞아떨어졌지만 아니어도 상관없지."

"그래?"

나는 제라드의 미소에 담긴 뜻을 파악하려 했다.

"소냐의 옷차림은 귀족 가문의 딸하고는 거리가 멀지. 신분이 낮고 나이가 어린 여자들은 현실에서 벗어나고 싶은 욕구가 많은데 모른 척하고 예쁜 귀족의 딸로 만들어주는 것도 그녀들의 기분을 살려주는 데는 좋은 방법이야. 그래야 가슴이 들떠서 판단력이 흐려지거든."

"카론, 스승님 말씀 잘 들었어?"

"엉!"

제라드를 만나고 처음으로 여자의 속성을 배운 셈이다.

"우선 제 일 목적은 소냐하고 같이 가야 하는 거야."

"왜?"

"저 소 때문이지."

나는 제라드가 가리키는 젖소를 보았다.

"레드 볼을 찾아야 하잖아."

"제라드, 나도 알아."

"덤으로 다음 달 먹이도 둘이나 건질 수 있을 테고."

자신만만한 목소리다.

"그러니까 소냐가 먹이네?"

"카론의 먹이지."

아주 여자 복이 터지고 있었다. 키스를 너무 해서 입술이 닳는 불상
사를 걱정해야 할 때가 올지도 모르는 일이었다. 그러다가 불현듯 떠
오른 생각이 있었다.

"제라드!"

나는 조심스럽게 스승님을 불렀다.

"말해."

"소하고 키스해 본 적 있어?"

"아니."

"호호호!"

도도는 잊고 있던 사실이 되살아난 듯 다시 웃음을 토해냈다.

"다른 콜렉터들은?"

"해본 적 없을 거야."

"왜?"

"왜는 뭐가 왜야? 그런 방법은 '로즈 아일랜드' 어디에도 없어."

도도가 배를 잡으며 설명을 한다.

"뭐야?"

나는 입술을 닦으며 제라드를 쳐다보았다.

"제라드가 카론을 놀린 거야. 호호호!"

"으악!"

속은 것이 억울해서 비명이 튀어나온다.

"호호호, 아까 제라드가 모른 체하라고 눈짓하는데 아주 우스워 죽는 줄 알았어."

부글거리는 열기가 머리 꼭대기가 아닌 입으로 풀풀 쏟아진다. 어쩐지 웃고 있던 도도를 제라드가 제지했을 때 그녀가 이상한 표정을 짓는 게 수상했었다.

"제라드!"

"미안!"

장난꾸러기 금발의 콜렉터가 어깨를 으쓱한다.

"미안하다면 다야?"

"카론이 키스할 때 말리려고 했는데 너무 빨리 소를 잡고 쭈우욱 하는 바람에 어쩔 수 없었어. 정말이야."

애원에 가까울 정도로 잘못을 인정한다.

"후우~"

몸 안으로 가득 차는 열기부터 뽑아냈다. 그리고 큰 선심을 써서 참기로 했다. 어차피 쏟아진 물인데 소리 질러봐야 내 목만 아플 것이다.

"후우~"

용서의 첫걸음은 마음을 진정시키는 것이었다.

"카론, 화내지 않는 거야?"

내가 한숨만 몰아쉬며 아무 소리 않자 제라드가 이상한지 물어본다.

"그럼."

괜찮다는 표정으로 웃기까지 했다.

"믿어도 돼?"

의심도 무지 많은 콜렉터다.

"하하하, 우린 친구잖아."

"고마워!"

"뭘 그 정도 가지고 그래."

나는 으쓱하며 도도를 바라보았다. 여자는 아량이 넓은 남자를 좋아한다고 들은 적이 있었다. 그녀도 나를 새삼스럽게 보는 듯했다.

"이제 어떻게 해야 하는데?"

"저 소를 지키고 있다가 배설물을 뒤져야!"

"카론, 당분간은 내 곁에 오지 마라."

도도는 벌써부터 코를 잡는다.

"레드 볼은 콜렉터가 아니면 섭취가 되지 않기 때문에 젖소의 소화가 끝나고 찌꺼기가 밖으로 나왔을 때 찾으면 돼."

"제라드, 그것도 내가 해야 해?"

인상이 저절로 찌그러졌다.

"꼭 그런 건 아닌데……."

제라드는 머뭇거리며 나를 바라본다. 그러나 도도는 확실하게 나라고 못을 박는다.

"당연히 카론이 해야지."

"왜, 내가 해야 하는데?"

"카론이 신랑이잖아."

"맞아! 바로 그거야."

제라드가 기다렸다는 듯이 도도의 생각에 동조했다.

정말 정 줄 수 없는 두 남녀였다. 덧붙여서 하나 더 뽑으라면 내 뒤통수를 핥고 있는 젖소까지 포함해서 발 달린 세 동물은 나한테 결코 도움이 되지 않고 있었다.

음매—

그나마 마음속으로 나를 달랠 수 있는 상상은―히히히―젖소 밖으로
나온 '레드 볼'을 제라드가 먹어야 된다는 것이었다. 냄새 무지 날 텐
데 스승님의 찌그러지는 얼굴 감상도 과히 나쁘지 않을 듯했다.

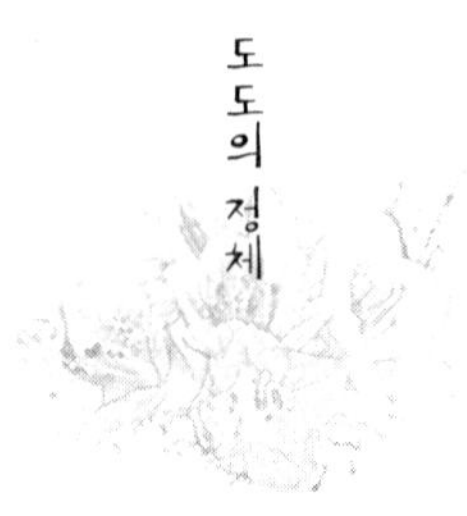

다고 했다. 그녀는 미소가 가득 넘치는 제라드에게서 눈을 떼지 못한 채 점심으로 가져온 빵이 입으로 제대로 들어가는지도 모르고 있었다.

"…그래서 결국은 오크가 나에게 '형님' 하면서 빌었잖아."

옆에서 들으면서도 뭔 소리를 하는지 나는 제대로 알아들을 수가 없었다. 하지만 소냐는 제라드하고 맞장구를 치며 웃고 있었다. 정말 알아들으면서 웃는 건지, 그냥 잘생긴 남자에게 호감을 사려고 아는 체하는 건지 모를 일이었다.

"호호호!"

"정말이야?"

"하하하, 믿거나 말거나."

제라드는 평소와 다른 말투로—왠지 속도도 느리고 가라앉은 게 남자가 보기에는 느끼한—이런저런 우스갯소리를 풀어내고 있다. 그러다가 혹시라도 소냐와 눈이라도 마주치면 너무나 환하게, 그러면서도 조금은 거만하게 씩 웃고는 시선을 돌려 다시 말을 이어갔다. 그럴 때마다 도도의 시샘 어린 눈빛이 예사롭지 않았다.

"으음!"

나는 제라드의 얘기보다 소냐의 입술에 더 많은 관심을 두었다. 일부러 그런 건 아니지만 먹이라는 생각이 들면서 내 시선은 자꾸 그녀의 작은 입으로만 쏠려 내려갔다. 이런 내 모습이 이상했나 보다.

"카론님!"

소냐가 발칵 한다. 그 순간 밝은 표정의 제라드와 억지로 웃고 있던 도도가 굳은 표정으로 그녀를 바라보았다.

"왜… 왜?"

놀라기는 나도 마찬가지였다.

"저한테 불만 있으세요?"

"아니?"

"그런데 왜 그렇게 뚫어져라 쳐다보죠?"

"어… 엉?"

머리통을 한 대 맞은 것 같은 통증이 얼굴을 화끈하게 만든다. 큰 잘못을 저지르다 들킨 못된 아이의 가슴 떨리는 심정이었다.

"기분 나쁜 거 있으면 말로 하세요!"

눈까지 허옇게 치뜬다.

"내가 기분 나쁠 게 뭐 있나?"

변명을 해야 하는데 적당한 것이 없다.

"다시는 그런 눈으로 보지 마세요. 소름이 끼칠 정도로 섬뜩해요."

소냐가 입술을 가린다.

"허!"

완전히 치한으로 전락하는 순간이었다. 피가 거꾸로 도는지 머리통이 끓어오른다. 가뜩이나 가운데로 몰려 있는 내 눈동자가 입술만 뚫어져라 쳐다보니 기분이 무척 상했을 수도 있다. 그렇다고 소리까지 지르고 면박을 줄 것까지는 없었다. 성질 더러운 거 티 내는 정도로밖에 안 보였다.

"소냐."

제라드가 아주 낮은 톤으로 부드럽게 부른다.

"예."

캉캉거리던 목소리가 제라드 앞에서는 얌전한 척 내숭이다.

"남자는 다 똑같죠."

"……?"

"예쁜 여자를 보면 눈을 떼지 못합니다."

제라드는 나와 달리 소냐에게 말을 높이고 있었다. 자세히는 모르지만 여자들은 대우받기를 좋아하니까. 특히 남들에게 무시당하던 하녀라면 잘생긴 남자에게 그런 대우를 받는다는 자체가 황홀할 것이다.

"호호호!"

소냐가 기분이 풀리는지 웃음을 되찾았다. 그녀는 자신이 예쁘다는 착각에 빠져들고 있었다. 물론 예쁘니까 제라드가 먹이로 점찍었겠지만 내가 보는 관점에서는 '전혀 아니올시다'였다. 어찌 됐든 소냐는 제라드에게 마음이 흔들리고 있을 것이다.

"저도 계속 소냐를 보고 있었는데요?"

이 정도면 카운터 펀치다.

"제라드님이?"

"그럼요."

고개를 끄떡이는 노란 머리는 미소를 절대로 잃지 않았다.

"아이, 참."

정말 눈꼴 시어서 도저히 못 보겠다. 도도보다도 예쁘지 않은 게 잘난 체하는 꼴이라니. 입술 쳐다본 실수만 아니었다면 끓고 있던 내가 그냥 있지는 않았을 것이다. 그러나 정작 기분이 상해 있던 사람은 도도였다. 제라드를 사랑하는 그녀로서는 당연했다.

"후우~"

아예 내 쪽으로 등을 돌리고 한숨만 푹푹 내쉰다. 그런 모습을 보는 나 역시 마음이 편하지를 않으니, 뭐가 뭔지 내 마음을 나도 모르겠다.

"그래도……."

소냐가 말끝을 흐리며 나를 쳐다본다. 그래도라니? 몬스터만큼 못생긴 내가 쳐다보는 것은 무조건 싫다는 뜻인 듯했다.

"으음!"

갑자기 얼굴이 차갑게 화끈거린다. 등줄기로 싸 하며 냉기가 스며든다. 처음에는 화가 나서 부글거렸지만 지금은 별것도 아닌 것이라 생각했던 하녀에게 무시당하는 기분이 내 자존심을 건드리고 있었다.

"그만 가죠."

제라드가 분위기를 바꾸며 슬쩍 소녀의 손을 잡아 일으킨다. 그녀는 이미 기분이 많이 좋아져 있었다.

"예."

소녀가 내 기분과는 상관없이 날아갈 듯 일어난다. 열받은 내 심정에 기름을 통째로 부은 것은 제라드였다.

"젖소들은 카론이 맡아."

"뭐?"

어지럼증까지 일어 핑 돈다.

"호호호!"

"하하하!"

제라드는 아무렇지도 않은 듯 소녀와 웃으며 앞으로 걸어간다. 가뜩이나 그녀의 말 때문에 나빠 있던 기분은 더욱 엉망진창이 되었다.

"소나 잘 봐!"

"도도?"

절대 안 빠지는 여자였다. 가슴속에서 부글거리는 분노의 곡선이 도도에게 휘어져 나가려는 참이었다. 하지만 그녀의 심각한 표정을 보며 잠시 주춤했다.

"저 소의 배에는 '레드 볼'이 있어."

도도는 띠또를 가리키며 우리의 목적을 상기시켜 주었다. 그런 와중에서도 할 일을 잊지 않고 있다니, 전혀 어울리지 않는 냉정한 모습이다.

"우리도 따라가자."

"어… 엉."

나는 성질을 삭이며 띠또부터 챙겼다. 그 뒤로 대여섯 마리의 젖소들이 '음매음매' 목청을 돋우며 따라왔다.

"휴우~"

도도가 풀이 죽은 모습으로 앞장선다.

"제라드는 먹이를 낚는 중이잖아."

"알아."

"너무 신경 쓰지 마."

내가 뒤쫓으며 도도를 달랬다.

"자꾸 마음이 쓰여서 그래."

"……."

진지한 모습의 도도를 보며 내 생각이 잘못됐다는 것을 알았다. 그녀가 천방지축 날뛸 때마다 보통 여자들처럼 얌전하기를 수도 없이 바랐는데 그것이 결코 바람직한 상태는 아닌 듯했다. 역시 사람은 타고난 성격대로 살아야 모든 사람이 두루두루 편하다. 도도의 변해 버린 태도 때문에 생긴 더 큰 문제는 그녀의 어깨가 처질수록 나 역시 마음이 무거워지고 있다는 것이었다.

"저렇게 좋을까?"

도도는 앞서가는 제라드와 소녀를 멍하니 바라보았다.

"둘이 많이 발전했네?"

제라드와 소냐는 큰 소리로 웃으면서 어깨를 툭툭 칠 정도로 가까워
져 있었다.

"나한테도 한 번만 웃어주면 좋을 텐데……."

"저건 진심이 아냐."

"그래도."

"살려면 할 수 없잖아."

말해 놓고 보니 남의 문제가 아니다. 여자에게 복수하는 내 행복한
상상이 언제쯤이나 이루어질지 모르지만 언젠가는 나도 제라드처럼 먹
이를 낚아야 하는 신세이다.

"딱 한 번만이라도 사랑한다고 해주면 죽어도 여한이 없을 거야. 그
게 거짓이라도 상관없어. 딱 한 번만."

"훗!"

심각해도 너무 오래 심각하다. 콜렉터라는 제라드의 처지를 누구보
다도 잘 알면서 도도는 그가 다른 여자에게 웃음을 보이는 게 부러운
가 보다.

"이제 그만 하시고 정신 차리세요."

말은 좋게 했지만 내가 사랑하는 여자가 다른 남자 때문에 징징거리
는 모습은 별로 달갑지 않은 일이었다.

"그래야지."

"잘 생각했어."

"휴우~"

그만 한다던 도도가 한숨을 내쉰다. 그 모습이 내 마음을 건드렸다.

"그렇게 신경 쓸 거면서 뭐 하러 쫓아다녀?"

"옆에 없으면 보고 싶으니까."

“체!”

대답은 여전히 시원스럽다.

“카론은 사랑을 안 해봐서 몰라.”

“왜 안 해? 나도…….”

하던 말을 멈추었다. 차마 도도를 사랑한다는 말은 할 수 없었다.

“지금 내 소원이 뭔지 알아?”

도도가 차분하게 묻는다.

“뭔데?”

“제라드가 내 곁에서 도망가지 않는 거야.”

“같이 있으면 맨날 이렇게 한숨만 푹푹 쉴 텐데 뭘 그래?”

“어차피 내가 받아들여야 하는 아픔이니까 할 수 없지 뭐.”

도도의 아픔이라는 표현이 진짜로 나를 아프게 한다. 소용없는 짓일 테지만 그녀는 현실을 직시할 필요가 있었다.

“제라드는 도도를 사랑하지 않아!”

나는 힘껏 강조했다. 특히 ‘사랑하지 않아’에서는 이빨이 부러질 정도로 꽉 힘을 주었다. 그러나 도도는 내 말에 전혀 개의치 않았다.

“내가 전에 말했지?”

“뭘?”

시큰둥하게 도도의 말을 받았다.

“제라드를 사랑하는 이유 말야.”

“세상에서 제일 불쌍한 남자라며?”

“기억력 하나는 좋다니까.”

농담하는 걸 보니 걱정했던 것보다 심각한 상태는 아닌 듯했다.

“제라드는 진정한 사랑을 하고 싶어해.”

"그런데?"

괜히 목소리가 높게 나온다. 듣다 보니 나 같은 남자는 거짓 사랑이나 하는 껍데기같이 느껴졌다.

"콜렉터의 운명은 그렇지를 못하잖아."

"사랑하는 여자도 먹이로 전송한단 말야?"

"이 땅에서는 그래."

처음 듣는 얘기다. 하지만 이해하기 어려운 내용은 아니었다. 콜렉터가 진정으로 사랑하는 여자라도 만일 키스를 한다면 '로즈 아일랜드'로 전송될 수 있을 것이다.

"섬에서는 괜찮고?"

"엉."

"그러니까 섬에 있는 여자들하고는 사랑할 수 있다는 말이지?"

"그래."

'로즈 아일랜드'에서는 사랑을 할 수 있다란 말이 일단은 안도감을 가져왔다. 도도를 사랑하는 나로서는 당연한 반응이었다.

"결론적으로 콜렉터는 육지로 나오는 순간부터 사랑할 수 없는 거네?"

"엉."

도도의 시선은 제라드에게서 떨어지지 않았다.

"그런데 섬에도 여자들이 있어?"

남자는 콜렉터 후계자들이 있을 테니까 묻지 않았다.

"바튼 성이라고 들었지?"

대답은 안 하고 느닷없이 성 얘기를 꺼낸다.

"엉."

두 번이나 들었던 걸 잊을 내가 아니다. 브론즈 콜렉터나 제라드가 그녀를 말하면서 바튼 성을 들먹였었다.

"그 성은 '로즈 아일랜드'의 유일한 지배자인 카투마가 사는 곳이야."

"카투마가 여자들을 먹는 거야?"

이것 역시 새로운 사실이다.

"아니야. 단지……."

잠시 뜸을 들인다.

"…그는 오랜 세월 섬에서 살아온 제사장일 뿐이야. 콜렉터가 보내온 먹이들을 한 달에 한 번씩 섬에게 바치지."

'로즈 아일랜드'의 실체를 하나씩 알아가는 순간이었다.

"섬에서는 제사장이 최고야?"

"섬 자체를 빼놓고는 그런 셈이지. 그리고 카투마는 콜렉터의 수업을 총괄해."

"그렇다면 섬이 살아 있다는 거네?"

"자세한 건 모르고 신 같은 존재라고 하면 맞을 거야."

이번에도 정확한 개념을 잡을 수가 없다. 하지만 현재 중요한 건 섬의 정체가 아니고 사랑이었다.

"카투마가 남자야?"

"아니."

"그럼 여자?"

"카투마는 누구도 사랑할 수 없는 중성이야."

나는 인상을 찡그렸다. 사랑으로 시작된 얘기가 로즈 아일랜드로 들어서면서 뒤죽박죽 이상한 쪽으로 진행되고 있었다. 일반적인 상식을 벗어난 말 같지 않은 얘기였다.

"그게 가능해?"

"그러니까 존재하지."

맞는 말이다. 내가 보지는 못했지만 도도가 저런 심각한 얼굴로 거짓말을 하진 않을 것이다. 종종 속 뒤집는 짓은 해도 제라드처럼 사악(?)한 장난은 하지 않았다.

"콜렉터가 보낸 여자들은 바튼 성에서 머무는구나?"

"캬~ 정말 머리 하나는 끝내 준다니까."

도도가 감탄을 한다. 매번 보는 나의 능력을 아직도 대단하게 생각해 주다니 고맙다고 해야 할 것 같았다.

"제사장이 제물을 관리하는 것은 당연한 거잖아."

바튼 성에서 젊은 남자와 여자가 함께 생활한다는 것은 사랑을 만들 수 있는 충분한 소잿거리였다.

"그런데 섬에서는 너무 아픈 사랑을 해."

자조 섞인 웃음. 심상치 않은 분위기다.

"왜?"

"이루어질 수 없는 사랑이니까."

나는 고개를 갸우뚱했다.

"콜렉터가 섬에서 얼마나 오래 있는데?"

"후계자로 들어와서 1년 동안 수업을 받아."

"그럼 최대한 1년을 사랑하는데… 이루어질 수 없다고 했으니까 육지로 나온 콜렉터는 섬으로 다시 돌아갈 수 없구나?"

"엉."

"여자는 제물이니까 섬에서 나올 수가 없겠지. 그 후로는 둘이 영영 만날 수 없을 테고……."

내 추리대로라면 그 사랑은 본인들에게 너무 슬플 것이다. 그러나 나의 상상은 도도의 말 한마디에 깨지고 말았다.

"섬에서는 사랑 자체가 존재하지 않아."

"오잉?"

갑자기 정리가 되지 않았다. '로즈 아일랜드'에서는 사랑을 할 수 있는데 그것이 슬픈 사랑이라고 하였다가 이제는 사랑 자체가 없다니 무슨 말인지 알 수가 없었다. 왠지 모를 비극이 깃들어 있는 얘기 같았다.

"그래서 섬에서의 사랑은 슬프지."

"무슨 얘기인지 모르겠다."

"후우~"

도도는 사랑 얘기만 나오면 진지해지는 버릇이 있었다. 얼굴은 환상을 좇는 듯한 졸린 표정이었는데 행복한 미소가 보일 때도 있었다. 내 경우는 가슴만 퍽퍽거리며 화가 나고 답답하던데 그녀나 나나 혼자 짝사랑하기는 마찬가지인데도 조금씩 다른 듯했다.

"원래 섬에서는 사랑을 할 수 없어."

"사랑을 하면?"

"그 순간 죽음이지."

"저… 정말?"

으스스하다. '로즈 아일랜드'의 사랑에 담긴 비극을 들으면서 그 사랑이 나에게는 심각한 문제로 다가왔다.

"종종 콜렉터와 제물로 잡혀온 여자들이 사랑하는 경우가 있지만 카투마가 엄격하게 법으로 막고 있어. 콜렉터나 여자들은 섬을 위해서만 존재 가치가 있기 때문이거든. 특히 여자들은 섬에게 바치는 제물로서 몸과 마음이 깨끗해야 해."

도도가 길게 설명한다.

"몰래 하면 되지?"

나는 도도의 얼굴을 빤히 들여다보았다.

"섬에서 콜렉터의 비밀은 존재하지 않아."

"마음까지도?"

"콜렉터가 되는 순간부터 몸도, 마음도 모두 섬의 소유야."

나는 굵은 침을 삼키며 내 목을 어루만졌다. 나도 도도를 사랑하니까 섬에 들어서자마자 콜렉터 수업이고 뭐고 죽어야 할지도 몰랐다.

"이건 만일인데, 정말 만일인데……."

도도가 슬그머니 나를 바라보았다.

"내가 도도를 사랑하면 어떻게 되는 거지?"

"뭐?"

갑작스러운 질문에 놀란 듯하다.

"정말 죽는 거야?"

"훗!"

실없이 웃는다. 반응이 늦었지만 내 말을 알아듣긴 했나 보다.

"웃지 말고 대답해 봐."

"그게 뭐가 중요해?"

"나한테는 중요해!"

도도가 잠시 주춤한다. 그녀는 눈도 깜빡이지 않고 나를 깊게 쳐다보았다.

"내가 섬에 들어가면 도도를 사랑하기 때문에 죽는 거냐고?"

“으음.”

대답이 쉽게 나오지를 않는다. 하지만 말을 하다가 보니 이상한 점이 있었다. 섬에서 사랑을 하면 모든 사람은 죽는다면서 도도는 예외의 대상이 되고 있었다.

“참, 도도는 제라드를 사랑하잖아? 그런데 죽지 않았잖아?”

내가 의혹의 눈초리를 보냈다.

“난…….”

도도가 머뭇거린다.

“로즈 아일랜드가 아니고 여기가 육지라서?”

“그건 아닌데…….”

“짝사랑이라서?”

“그것도 아니고…….”

“그럼 뭔데?”

“그게… 그러니까…….”

“어서 말해 봐.”

마구 다그쳤다. 궁금증을 참지 못하는 나였지만 목숨이 걸린 문제이기도 했다. 어찌 내 사랑은 이다지도 평탄하지 않은지 모르겠다.

“도도는 바튼 성하고 무슨 관련이 있는데?”

나는 마음을 차분히 가라앉히며 조금 다르게 결론을 얻어내려고 했다. 자주 쓰는 방법은 아니지만 내 잔머리가 움직이기 시작한 것이다.

“난…….”

도도가 말하기 곤란한가 보다. 그렇다고 그냥 넘어갈 내가 아니었다.

“어차피 나도 섬에 가면 알 텐데 말해 봐.”

도도의 눈치를 슬쩍 살폈다.

"휴우~"

깊숙이 내뱉는 한숨 속에 말 못할 사정이 들어 있는 듯했다. 그러나 도도는 이내 놀라운 사실을 토해냈다.

"나는 카투마의 딸이야."

"누가? 도도가?"

나는 그 자리에 멈추어 섰다. 뒤따라오던 젖소들이 엉거주춤한다.

음매―

소들의 목에서 방울 소리가 딸랑거린다.

"도, 도도가 카투마의 딸이라고?"

"나는 카투마의 뒤를 이어 바튼 성의 주인이 될 거야."

"도도가 다음 제사장이란 말이지?"

"엉."

놀람을 떠나서 도도가 중성이라는 카투마의 딸이란 사실이 머리 속을 혼란스럽게 만들었다. 그녀와 섬에 대해서 깊이 들어갈수록 내 호기심은 증폭되고 있었다.

"스무 살이 되는 해에 나도 정식으로 제사장이 돼."

"카투마는 중성이라면서 딸이 있다니……."

"원래 카투마도 나 같은 여자였어."

"……?"

"제사장이 되면서 중성으로 다시 태어난 거야."

"그럴 이유라도 있어?"

"제사장은 오로지 '로즈 아일랜드' 만을 사랑하고 모셔야 해."

"제사장 역시 딴생각을 못하게 하는 거구나?"

"그런 셈이지."

나는 놀람을 지나서 충격을 받고 있었다. 일단 섬에 종속된 모든 것들은 해바라기처럼 살아야 했다. 세상에 오직 하나인 섬을 위해서만 몸과 마음을 바쳐야 하는 것이다. 그러나 내가 정작 충격을 받은 것은 다른 데 있었다.

"도도 역시?"

"맞아."

도도의 얼굴로 알지 못할 슬픔이 하얗게 스며든다.

"어떻게 그런 일이?"

"휴우~"

깊은 한숨이 나까지 무겁게 만든다. 그녀가 중성이 된다면 내 사랑은?

"제사장이 안 되면 되잖아?"

"섬에서 타고난 운명은 바꿀 수가 없어. 그건 콜렉터도 마찬가지야."

"방법이 없단 말이야?"

"엉."

잠시 우리 둘 사이에 침묵이 흘렀다. 이런 상황에서 특별히 할 말은 없었다.

"내 질문에 대답해 봐."

나는 조용히 물었다.

"카론이 나를 사랑하면 어떻게 되냐고?"

"그래."

"제사장은 중성이라서 사랑을 할 수 없다니까."

"틀림없이 죽는 건 아니지?"

"죽는 게 두려워?"

"솔직히 두려워. 하지만 우선은 살아야 도도를 사랑할 수 있잖아."

"……."

도도가 나를 뚫어져라 쳐다본다. 그때 제라드와 소녀의 웃음소리가 멀리서 정겹게 들려왔다. 스승님께서 다음 먹이는 비교적 손쉽게 얻은 듯했다.

"호호호!"

"하하하!"

두 남녀의 즐거운 모습을 쓴웃음으로 멀거니 바라보던 도도가 제라드와의 관계를 차분하게 풀어놓았다.

"내가 제라드를 처음 만난 건……."

나는 조용히 그녀의 얘기를 들었다. 어차피 이 얘기의 시작은 그녀와 제라드의 사랑으로 시작된 것이었다.

"카투마의 딸로 태어나서……."

도도는 쉽게 얘기를 이어 나갔다. 그녀는 어린 시절부터 '로즈 아일랜드'에서 살았다. '바튼 성'의 주인인 카투마의 딸이란 신분은 섬에서는 절대적인 것이었다. 더군다나 엄마였던 카투마의 사랑이 엄청나서 커다란 어려움을 모르고 자랐다. 하지만 나이가 들면서 섬의 생활에 권태를 느끼게 되던 그녀는 색다른 걸 찾게 된다. 그중에 하나가 바로 검술이었다. 원래 제사장은 오로지 '로즈 아일랜드'만 섬겨야 하기 때문에 다른 것은 절대 배울 수가 없었다.

"엄마는 내 고집을 이기지 못해."

"그래서 검술을 배운 거야?"

"사실은 마법에 더 관심이 많았는데……."

"그런데?"

내가 성급하게 도도의 말을 재촉했다. 마법사에게 꼼짝 못하는 그녀의 비밀이 그 안에 있을 듯했다.

"마법은 절대 안 된다고 해서 검술을 배운 거야."

"어쩌면 도도가 마법사에게 꼼짝 못하는 것하고 관련이 있을 수도 있네?"

"엄마가 말을 안 해줘서 거기까지는 몰라."

핑핑 돌아가는 내 머리로 진단해 볼 때 틀림없이 무엇인가 있었다.

"그래서 제라드를 어떻게 만났는데?"

"나에게 검술을 가르쳐 준 게 제라드였어."

"육지로 나온 이유가 검술이었구나?"

"카론은 머리가 좋아서 얘기하기가 편해."

"이 정도야 당연한 거지."

"생긴 거랑 영 딴판이라니까."

"여기서 생긴 게 왜 나와?"

때때마다 내 능력을 알아주는 대가로 고마움을 표시하려던 마음이 싹 가셨다.

"호호호!"

"웃는 거 보니 기분이 좋아졌나 보네?"

내가 핀잔을 주었다.

"워낙 심각한 것하고는 안 맞잖아."

"그건 그래."

나는 고개를 끄떡였다. 제라드는 분명히 백 년 동안 콜렉터를 했다

고 했다. 그리고 콜렉터는 육지에 나오면 다시는 섬으로 가지 못한다
고 하니 방법은 하나뿐이다.

"엄마의 걱정이 심각한 수준이었지만 내 고집을 꺾지는 못했지. 그
래서 궁리 끝에 나를 맡긴 게 골드 콜렉터인 제라드였어."

"둘이 같이 있으면서 사랑이 싹튼 거구나?"

"나만 제라드를 사랑하게 된 거지."

"후!"

쓴웃음이 나왔다. 내 처지랑 똑같은 여자를 사랑하는 것도 운명이라
면 운명이었다.

"검술을 다 가르친 제라드는 나에게 섬으로 돌아가라 했지만 이미
그를 사랑한 나는 그럴 수 없었어."

"사랑이란 게 어떤데?"

물어보나마나 나하고 같을 것이다. 그래도 사랑이란 단어를 대하는
표정부터 다른 우리였으니까 도도의 감정은 또 다를 수도 있었다.

"섬의 많은 사람들을 생각했어."

"비극적인 사랑을 하는 사람들?"

"내가 제라드를 사랑하면서 그들의 아픔을 알 것 같더라고."

"하기야 사랑하다가 그렇게 죽는다면 너무 슬프네."

나는 사랑을 잘 몰라서 그런지 죽을 때 더 아플 거라는 생각이 먼저
들었다.

"사랑은 어디서나 다 소중한 거야."

또 졸린 눈으로 사랑타령이다.

"아무튼 도도는 섬에게 바칠 제물이 아니니까 사랑을 해도 상관없다
는 거지?"

재차 몇 번을 확인하고 싶은 말이었다. 나한테는 이게 제일 중요한 문제였다.

"나야 중성으로 변하면 사랑을 못하는데 뭐."

도도의 대답 또한 전과 같다. 약간 밝게 펴졌던 그녀의 얼굴이 다시 우울해진다.

"그래도 도도는 지금 제라드를 사랑하고 있잖아."

"……."

도도가 좀 더 우울해진다.

"앞으로 2년밖에 남지 않은 사랑인데 저렇게 나를 몰라주니 마음만 아플 뿐이지."

"2년이라……."

내 사랑도 2년이면 끝이었다.

"제라드를 사랑하게 된 것은 그가 너무 불쌍해서야."

"사랑을 못하는 콜렉터라서?"

"그래."

얘기는 다시 원점으로 돌아와 있었다.

"제라드는 진정한 사랑을 하고 싶어해."

"나 같은 인간이 돼서 말이지?"

'산타마'라는 작은 마을에서 제라드를 처음 만났을 때 그가 했던 말이었다.

"이룰 수 없는 사랑을 꿈꾸는 남자를 감싸주고 싶었어."

"으음, 그럴 수야 있지."

육지의 여자를 사랑하지 못한다면 짧은 시간이나마 도도밖에 없을 텐데 제라드가 거절하는 이유를 알 수 없었다. 나 같으면 무조건 그녀를 사랑했을 것이다.

"제라드는 영원한 사랑을 하고 싶대."

"2년밖에 안 되는 시한부 사랑은 싫다는 거야?"

"말은 안 하지만 그런 것 같아."

"하하하!"

"왜 웃어?"

"설령 제라드가 사람을 사랑할 수 있다고 해도 그 사람은 언젠가 죽어. 영원이란 단어는 있을 수 없다고."

"……."

도도는 아무 대꾸도 하지 않았다.

"잘은 모르지만 만일 영원한 사랑이 있다면 그건 마음에 가둬야 하는 걸 거야. 사람들은 그걸 추억이라고 하는데 그 깊이는 사랑했던 시간의 길이하고는 상관이 없어. 얼마나 구구절절 사랑했느냐 하는 농도가 중요하지."

사랑을 모르는 내가 한 말이지만 참으로 멋있는 말이다.

"나도 그렇게 말했는데 제라드는 싫대."

도도가 도리질한다.

"왜?"

"아픔은 남아 있는 자의 몫이라잖아."

"그래서?"

"평생 슬픔을 안고 살고 싶지 않대."

"그럼 어떻게 하겠다는 건데?"

얘기를 듣다 보니 짜증이 확 하고 올라왔다. 사람이 아무리 오래 산다고 해도 영원불사인 콜렉터에게는 아픔을 줄 수밖에 없다. 나이가 되면 죽는 게 사람의 숙명인데 제라드의 사랑 욕심은 좀 심한 듯했다.

"휴우~ 답답하다."

도도가 한숨을 크게 토해낸다.

"후우~ 나는 더 답답하다."

영문을 아는지 모르는지 내 한숨을 뒤로하고 도도가 앞으로 걸어나갔다. 갑자기 무거워진 우리 사이를 깨버린 건 띠또였다. 잘 따라오던 녀석이 자리에 우뚝 멈추어 서며 뒷걸음질쳤다.

음매—

가뜩이나 기운이 빠져 있던 터라 힘 한번 쓰지 못하고 뒤로 쭈르르 끌려갔다.

"왜 그래?"

내가 짜증을 냈지만 소가 대답할 리 없었다.

음매—

소의 얼굴이 잠시 굳어지는 듯하더니 뭔가 경쾌하지 않은 소리가 들렸다. 곧 이어 도도가 그 소리의 정체를 가르쳐 주었다.

"어라? 띠또가 응아 하네?"

"정말?"

나는 띠또의 뒤를 확인하며 제라드를 부르려고 했다.

"카론이 해."

"뭐?"

"제라드는 바쁘잖아."

"으그!"

인상을 쓰며 제라드를 바라보았다. 그는 소녀의 손을 흔들며 천천히 걸어가고 있었다. 내가 보기에는 시간에 비해서 조금 빠른 듯했지만 아무래도 콜렉터는 프로니까 어렵지 않게 여자를 먹이로 만든 것 같다.

"제라드에게는 내가 전할게."

도도가 제라드에게 뛰어갔다.

"알았어."

나는 띠또의 뒤로 엉거주춤 다가갔다. 코를 잡고 띠또가 볼일을 끝낼 때까지 기다렸다. 몇 덩어리 쏟아낸 띠또가 시원한지 큰 소리로 운다. 하지만 그 울음은 나의 곤욕을 알리는 신호이기도 했다.

음매―

막대기를 하나 집어 들고 누런 덩어리를 뒤지면서 손가락만한 '레드볼'을 찾기 시작했다. 이런 내 모습을 띠또가 재미있는지 눈을 떼지 않고 보고 있다. 아무리 생각없는 젖소라도 자신의 배설물을 뒤적이는 사람을 뭘로 볼까 궁금했다.

푸르르!

띠또는 아무래도 내 행동이 이상한지 머리로 나를 밀쳐 냈다.

"비켜."

푸르르!

"나도 이러는 거 싫어."

나는 띠또의 머리를 쓰다듬으며 세심하게 덩어리를 뒤져 나갔다. 그러나 '레드 볼'은 보이지 않았다. 좀 더 주의 깊게 살피려고 덩어리에 바짝 코를 갖다 댔다. 이미 코는 냄새에 중독돼서 아무렇지도 않았다.

음매―

엉덩이로 묵직한 기분을 느끼는 순간 내 몸이 앞으로 기운다.

철퍼덕!

더 이상은 생각나지 않았다. 물컹물컹하고 푸석한 쿠션이 얼굴 전체로 퍼지며 머리 속이 까맣게 타버렸다.

"야!"

나는 고개를 들며 띠또를 잡아먹을 듯 노려보았다.

음매―

띠또는 내 상태를 알지도 못하고 혀를 날름거린다.

"카론, 뭐 해?"

내게로 다가온 세 사람이 기가 막힌 표정으로 엉망이 된 내 얼굴을 쳐다보았다.

"몰라!"

"카론님은 정말 이상한 분이네요."

소녀가 코를 잡는다.

"으그그!"

"레드 볼은 찾았어?"

다른 때 같았으면 배가 터져라 웃었을 도도가 심각하게 묻는다.

"없어!"

나는 주변에 널려 있는 마른풀을 모아서 대충 얼굴을 닦아냈다.

"없어?"

제라드가 어두운 표정이 되어 띠또의 배설물덩어리로 시선을 돌린다.

"뭘 찾나 봐요?"

소녀가 궁금한지 제라드에게 묻는다.

"예."

"중요한 물건인가 봐요?"

얼굴에 소의 배설물까지 묻히고 찾는 거라면 누가 봐도 매우 중요한 물건이란 걸 알 수 있을 것이다.

"다른 사람들한테는 필요없는 건데……."

제라드가 소냐에게 대충 설명해 준다.

"혹시……."

우리는 모두 소냐를 주목했다.

"이거 아니에요?"

"아!"

나는 넋을 놓고 말았다. 별 짓을 다 하면서 찾으려고 애썼던 '레드 볼'이 소냐의 손에 들려 있었다. 이렇게 허무한 경우는 태어나서 처음일 것이다.

"그게 어떻게 소냐 손에 있어?"

도도가 신기한지 눈을 반짝인다. 그렇게 찾아도 없던 '레드 볼'이 제일 나중에 나타난 소냐에게서 나타났으니 그럴 만도 했다.

"띠또를 찾으러 갔다가 나무 밑에서 주웠어요."

소냐가 손을 내밀었다.

"우리는 왜 못 본 거지?"

"그러게 말야."

나는 투덜거렸다.

"카론, 눈이 잘못된 거 아냐?"

"도도, 지금 농담할 기분 아닌 거 알지?"

"호호호!"

내가 눈을 부라리며 말하자 도도는 웃음으로 얼버무렸다.

"소냐, 고마워요."

제라드가 소냐에게서 '레드 볼'을 건네받았다.

“카론은 얼굴이나 씻고 와.”

“알았어, 제라드.”

나는 근처를 두리번거렸다.

“저쪽으로 가면 시냇물이 있어요.”

소냐는 앞장서서 걷기 시작했다. 젖소를 데리고 다니면서 이 근처 지리를 잘 알고 있는 듯했다

“카론, 같이 가자.”

도도가 따라왔다.

“혼자 가도 돼.”

“놈들이 쫓아올까 봐 그래.”

“추적자들 말야?”

아침부터 나무 위에서 제라드 때문에 놀라더니, 레드 볼을 건너서 믿을 수 없는 도도의 정체까지 정신없이 시간을 보내면서 추적자들을 잠시 잊고 있었다.

“마법사들이면 소용없잖아.”

“그래도 소리는 칠 수 있어.”

“뭐라고?”

“제라드!”

“체!”

이래저래 도도의 입에는 제라드가 붙어 있다.

“저기 냇물이 있다.”

도도가 먼저 뛰어간다. 길가에서 제법 떨어져 있는 곳이었지만 주변엔 나무가 없고 넓은 들판 끝이라서 쉽게 눈에 띄었다.

“아—”

감탄사가 들려온다.

"도도, 시원해?"

"너무 시원해."

작은 손바닥에 물을 담아 머리를 쓸어넘기는 도도의 모습이 너무 아름다웠다. 검은 머릿결을 타고 알알이 흩어지는 물방울이 봄볕에 반짝인다.

"어디, 나도 씻어볼까?"

시냇가에 쭈그리고 앉아 손으로 물을 퍼 올려 얼굴 구석구석을 닦았다. 흐르는 물이 고인 웅덩이는 제법 깊어 보였다.

"정말 시원하네?"

띠또의 웅아덩어리에 얼굴이 범벅됐을 때만 해도 죽고 싶을 정도였는데 물의 감촉이 모든 걸 훌훌 날려 보냈다. 하지만 씻기 전부터 입에 달고 있던 욕설은 가시지 않았다.

"저놈의 소새끼는 오늘 저녁거리야. 아주 잘게 잘게 씹어줘야지."

이빨에서 으드득 소리가 들린다.

"가죽을 벗겨서 옷 한 벌 만들고 갈비는 바비큐해 먹고 엉덩이 살로는 쏘시지를 만들어서 목에 걸고 다니면서 성질날 때마다 하나씩 먹어야지."

생각만 해도 흐뭇하다.

"저 건방진 계집애는 전송할 때 아예 혀를 뽑아버릴 거야."

하녀인 주제에 제라드가 잘해주니까 보이는 게 없나 보다. 지금이라도 내 신분만 밝히면 쩔쩔맬 것이 까불고 있다.

"내 품에 안겨서 전설을 구경하는 재미도 괜찮을 거다. 제라드인 줄 알고 흐뭇하게 사라지겠지. 히히히."

“쭈우욱!”

혼자서 열심히 연습까지 해본다.

“쭈우욱!”

조금 더 찐하게.

“아주 쭈―욱!”

이번에는 달콤하게 깊숙이.

“뻥!”

입술을 너무 세게 빨았는지 입에서 코르크 병마개 빠지는 소리가 나
온다.

“뭘 그렇게 혼자 중얼거리면서 별의별 짓을 다 하고 그래?”

옆에서 손을 씻던 도도가 재미있는 표정이다.

“소냐인지 소스인지 하는 계집애가 건방져서 욕하는 중이야.”

“호호호!”

내가 씩씩거리는 폼이 우스운가 보다.

“감히 ‘스메드 가’ 의 아들을 함부로 대하다니…….”

“치! 잘난 체는?”

도도의 살짝 깨문 미소가 예쁘다.

“당장에 달려가서 혼내줄까 보다.”

“카론, 참아!”

“말리지 마!”

씻다 말고 벌떡 일어났다.

“호호호!”

장난인지 아는 도도가 큰 소리로 웃는다.

“성질나면 같이 죽는 수가 있어!”

“호호호!”

웃는 소리가 더 커진다. 내가 신분을 감추고 있는 것은 반란군으로 몰려서 쫓기고 있기 때문이었다. 괜히 나서서 ‘나 여기 있으니 잡아가세요’ 할 필요는 없었다.

“욕을 실컷 했더니 목이 타네.”

입 안도 쩍쩍 눌러붙는 듯했다.

“쩝쩝쩝!”

가뜩이나 맑은 물을 바라보니 갈증이 더욱 올라왔다.

“입이나 닦아야겠다.”

나는 다시 쭈그리고 앉아 두 손으로 물을 퍼서 입으로 가져갔다.

“아르르르~”

물을 입에 물고 목까지 뒤로 꺾으며 요란하게 입을 헹궈냈다.

“아르르르~”

그때 무엇인가 목젖을 친다.

“이얍!”

짧은 시간, 숨 막힌 순간.

“쿨럭!”

앞으로 넘어지며 물을 쏟아내자 기침이 쉬지 않고 나온다. 그 속에는 아군인지 적군이지 알 수 없는 여자의 웃음소리가 자지러진다.

“호호호!”

“쿨럭… 쿨럭…….”

내가 세상에서 제일 무서워하는 게 사레였다. 기침을 할 때마다 숨이 끊어지는 고통을 참을 수가 없었다.

“도, 도도!”

“물 마시고 싶다고 해서 도와준 거야.”

“내가 언제… 콜록… 콜록!”

아고고, 죽을 맛이다.

“목이 탄다며?”

“콜록… 콜록!”

“호호호!”

“잡히면 그냥 안 둘 거야!”

“메롱!”

“쿨룩… 아고고.”

“호호호!”

도도가 밝게 웃으며 제라드와 소냐가 있는 곳으로 달려간다. 그녀의 얼굴에는 조금 전의 우울하게 처져 있던 모습은 전혀 없었다.

“후후후.”

사랑스럽다.

“도도… 넌… 웃을 때가 제일 예뻐.”

나는 사레가 멈추자 서서히 일행들이 모여 있는 곳으로 발걸음을 옮겼다.

〈제1권 끝〉

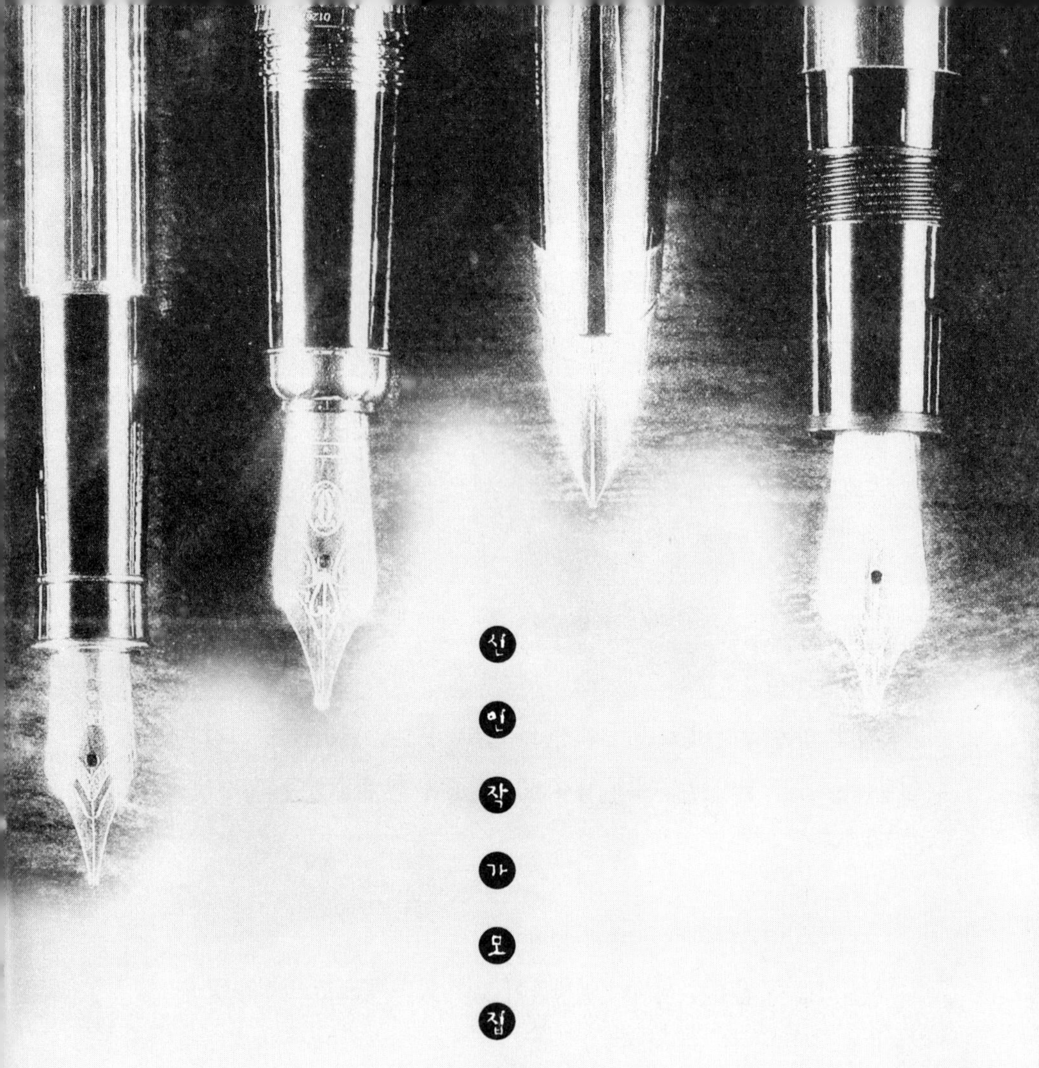

신
인
작
가
모
집